海边列车

谈波 著

人民文学出版社

图书在版编目（CIP）数据

海边列车 / 谈波著. -- 北京：人民文学出版社，2025.
ISBN 978-7-02-019264-9

Ⅰ . I247.5

中国国家版本馆CIP数据核字第2025GG3969号

责任编辑　黄盼盼
装帧设计　黄云香
责任印制　王重艺

出版发行　人民文学出版社
社　　址　北京市朝内大街166号
邮政编码　100705

印　　刷　侨友印刷（河北）有限公司
经　　销　全国新华书店等

字　　数　198千字
开　　本　850毫米×1168毫米　1/32
印　　张　10.75　插页1
版　　次　2025年7月北京第1版
印　　次　2025年7月第1次印刷

书　　号　978-7-02-019264-9
定　　价　68.00元

如有印装质量问题，请与本社图书销售中心调换。电话：010－59905336

目　录

1

化工总厂沿海而建，五座门岗一字排开，向内五条水泥主路，连接厂部大楼和二十二个车间，向外五条沥青马路，爬上一个缓坡，通往职工宿舍和家属区。

这天，吴信下夜班，他没有坐班车回家，而是背起画夹，走出二号门岗。

门岗外面，工友三五成堆，有的在抽烟，有的高声抬杠，有的蹲在地上打扑克。四个下夜班的姑娘并排前行，边交谈边回头朝厂里张望，不像在等人，又好像是在等人。忽然一声口哨响，姑娘们猛地加快了步伐，走出去挺远一段距离，相互瞅了瞅，笑出了声。一个胖矮个儿师傅，紧跟一个瘦高个儿师傅从厂里往外疾走，两人也不废话，出了门岗就动手，顺着缓坡，一直打到了坡顶，扭扯着摔倒了，咕噜噜往回滚。

吴信避开他俩，继续往坡上走。

他听到身后，站着观看打架的三位师傅在议论。

"小伙子有才，画画比照片还像。"

“画得快呢，嗖嗖嗖，几笔完活儿！”

“哪个车间的？”

“制碱车间学徒。不过人家早晚得进大楼，车间留不住。”

吴信知道这是在说自己，干脆小跑了几步。

女工宿舍四层，西头数第二个房间，总厂图书馆管理员林雪鸽在擦窗玻璃。

她发现了远处的吴信，便关上窗扇，把揉搓成球的脏报纸扔进纸篓，然后去水房洗了手，手绢擦干了，走下楼梯。

女工宿舍楼有两个大门洞，一个倒班女工住的，一个白班女工住的。吴信经过倒班大门洞，正彷徨呢，林雪鸽从白班大门洞出来。

“小吴，这边！”她招招手。

吴信快步走了过去。

“林老师好！”

上周六约好了周一来她宿舍画像。在吴信的眼中，总厂43628名干部职工，只有三个人的面庞上有“画”，林老师是其中之一。

上周六，林雪鸽在图书馆抹窗台，阳光透过玻璃照在她的头发上，脸上的“画”格外明显。来图书馆还书的吴信碰巧看到，赶快打开速写本，画她的侧面像，开始还小心翼翼，后来渐渐忘我，忘了周遭环境，被林雪鸽发觉。

林雪鸽走过来，拿过速写本，看着尚未完成的草稿，若有所思。

这个年轻人常来图书馆看书看杂志，林雪鸽一般跟他颔首示意，偶尔主动聊几句小说或者电影，有了新书新杂志，也会首先介绍给他。林雪鸽询问吴信，周一什么班？吴信说，今天周几？她笑他，倒班倒晕了，今天周六。他说，下夜班。她问，头半夜后半夜？他说，后半夜。后半夜班会辛苦一点，林雪鸽说。吴信说，不辛苦，有什么事吗？

周一林雪鸽休息，她邀请他去宿舍画像。吴信犹豫了片刻，答应了，他坦白告诉她，他画画属于搞创作，作品归他所有。林雪鸽表示理解和支持。

"男同志登记！"宿舍看门大姐从传达室小窗口伸出一只手，中指发电报状敲一个红塑料皮本子，"来访者姓名单位、被访者姓名单位！来访目的！"

吴信脸红了。

林雪鸽的脸也红了。

二十岁的吴信，进厂不满两年，这是他第一次来女工宿舍。

二十七岁的林雪鸽，进厂十年了，从未领过男同志来她宿舍。

窗框一颗钉子系着两条细绳，分别拴着红色登记本，和一支缠着黑胶布的圆珠笔芯。

吴信翻开登记本，拿过笔芯登记。笔芯不出油，他倒过笔头，哈口气，仍不出油。

传达室大姐扔出来一支新笔芯。

填到"来访目的"，吴信往前边看，全部都是"交流学习"，他也填上了"交流学习"。

吴信登记的时候，林雪鸽站在旁边等着。吴信登完了记，她带着他上楼梯，上到了四楼，向左拐，经过长长的走廊，进到了她的房间。

真干净啊！吴信差一点喊出口，窗玻璃擦得像没有安装玻璃，摆放物件虽不存在一定之规，可他觉得这房间里的物件都在它们最应该摆放，甚至唯一应该摆放的位置上，哪怕变动一点点，都不会如此整齐有序，而唯一多余的就是刚刚进来的他。

"小吴，不用拘束，随便坐。"林雪鸽说，"我给你泡茶。"

房间正南向，窗户两边各摆着一张木床，床上面的被子叠得整整齐齐。左边床的上方墙上有四个挂衣钩，空无一物，右边床的上方墙上也有四个挂衣钩，其中两个挂衣钩挂着山水画，一幅淡彩，一幅泼彩。

吴信把画夹放到椅子上，走到床边看画。

两幅画的题字字体不同，淡彩的楷书，泼彩的行书，内容却一字不差：江山如此多娇，赠女儿雪个。

"雪个就是我!"林雪鸽打开一袋劳保茶,往茶杯里捏茶叶,"我爸起的名,上学报名,我妈改成了和平鸽的鸽,白鸽的鸽。"

"你爸会不高兴吧?"吴信说。

"我五岁时他得病过世了。"

"哦,对不起。"

"没关系。他长什么样我都不记得了,我脑海中爸爸的形象,是他照片上的形象。"说着她往两幅山水画方向望去。

吴信跟着张望,心想也许墙上有她爸爸的照片,结果并没有。他环视一周,除了看到两幅山水,只有门口贴着的"职工住宿规则"。

林雪鸽端起暖水瓶冲茶。

"你下后半夜班,沏点浓茶喝,不然画画没有状态。"她说。

吴信说:"不用,我偷着睡了两个小时。"

林雪鸽说:"别让纪检队抓了,扣奖金。"

"我们设了岗哨。"吴信把四支铅笔摆在地上,整理画纸。

"凉一凉再喝。"林雪鸽指向冒热气的茶杯,对吴信做了个"请"的手势。

"谢谢。"吴信曲左臂端好画夹,"林老师,侧身一点坐。"

"这样吗？"林雪鸽走到窗前，在椅子上坐下，"这样可以？"

"可以。"吴信低头作画。

"对了，我正要问你个事呢。"林雪鸽说，"你们书记找你谈话，要你往大板报投画稿，帮助车间加分，你偏不投，有没有这回事？"

"那算什么。"吴信唰唰在纸上运笔，"胡副厂长打电话借调我画大板报呢，春节厂子要停检，说是三十年来最大一次检修，宣传鼓劲要跟得上。"

"太好了，胡副厂长出了名的热心肠，你呢，答应了？"

"目前没有。"

"真搞不懂，你为什么甘愿自我埋没呢？"林雪鸽说。

"化验室有个写诗的，只写给自己看，一旦被别人看了他就会撕掉，姓谈，叫什么我忘了，这人你认识吗？"吴信说。

"不认识。"林雪鸽说，"小吴，就说你，画大板报做宣传，工会一定重视你这个人才，正式抽调上去，用不了几年就可以转干了。"

"上班开会下班开会的，我才不稀罕呢。"吴信换了一张画纸，"还是倒班自由，倒班时间多，正好看书画画。"

"年轻人要有上进心。"

"我没有。"

"你有，你想当画家，对不对？"

"早当上了。"吴信扬了扬头。

"好吧，我承认。可是，画家也应该树立个具体目标吧！"

"进工会，出白班？"

"进了工会，方便出介绍信报考美院。"

"不考，考不上，政治语文背诵我头疼，再说了，没有规定画画必须去美院。"

"不说了，说不过你。"林雪鸽调整变换了一下视点。

"别动，就这样，请保持！"吴信说。

窗户等于一个取景框，小半个总厂框在其中：最远处海水之墨绿，最高处天空之湛蓝，云朵之灰白，厂房之土褐，大小烟囱冒出烟气之红、黄、黑、白，外加一小抹草绿，那是厂里一列废弃的绿皮火车车厢。

吴信在景物上做好颜色标注，然后专心描摹林雪鸽面庞上的"画"。

他变换着位置和角度，快速画完了第四张。

"林老师，可以放松了，后面几张我即兴发挥。"

"我不累，小吴，你慢慢画。"

大约画了两个多小时，八张纸画完。

"好了，谢谢林老师！"

吴信起身走到纸篓前，蹲下削铅笔。

林雪鸽把画纸拿到床上，一张一张铺开来看。

"太艺术了！"她说，"小吴，我能留下一张吗？"

"林老师，我们事先说好了的。"

"我后悔了！"

吴信削好了铅笔，来到床前。

"我瞧瞧，挑张差劲的。"他说。

"没有差劲的，都好。"林雪鸽说。

吴信挑出来一张，签上名和日期给她。

林雪鸽用一个晒衣夹，挂到对面床的挂衣钩上。

"怎么挂到别人的床顶上了？"吴信说。

林雪鸽得意地笑了。

"我看着方便。改天你再来给她也画一张，挂在我这边。"

吴信说："哼，不是每个人都能入画。"

"你不会不知道我老对儿是谁吧？"林雪鸽拔高音调，"你见过她本人吗？"

吴信收拾铅笔，连同画纸画夹往篷布画袋里装。"晕倒，总厂第一美人，能没见过？"他说。

"人家有大名，叫金素。"

"车间师傅称呼她'晕倒'，男人见了会晕倒。"

"你们师傅真粗鲁。"林雪鸽很不高兴，"他们还说什么了？"

吴信犹豫了一下，师傅们说到金素，免不了捎带几句林雪鸽，谁叫她俩形影不离呢。他们称林雪鸽"大白兔"，倒也没有多少恶意，因为除了"古怪""爱看书""高高在

8

上"，挑不出别的毛病，说到"晕倒"则毫不客气了，甚至相当恶毒下流，但是吴信不想跟林雪鸽说这些。

"我这个耳朵听，那个耳朵冒了。"吴信轻描淡写，"反正，她表面冷傲，其实挺乱七八糟的。"

林雪鸽刚把窗边椅子搬离地面，又重重蹾了回去。

"瞎说！我们同屋多年，我不最有发言权？快把那些不负责任的话收回，金素是总厂，是全天下，最好最好的姑娘！"

她把椅子重新搬起。

吴信抓过画袋往外走。

"等一等！"林雪鸽轻轻放下椅子，"小吴，这不是冲你。吃了午饭再走吧，我请客！"

"我不饿。谢谢林老师帮我做模特。"吴信走到门口。

"食堂今天包包子，小白菜猪肉包子。"林雪鸽说。

"是吗？"吴信回转身，"宿舍食堂我还一次没有去过呢。"

"那正好见识一下。"

林雪鸽到水房洗刷两个饭盒，甩干净了水，交给吴信一个，再洗刷两只钢勺，甩干净，交给吴信一只。

吴信把钢勺装进饭盒，盖上饭盒盖。

下楼梯的时候，他尽量不晃动胳膊，可是仍然觉得手上的饭盒，会突然咣啷作响。

他俩出了宿舍大楼，过了两条马路，从"摸黑通道"

进入食堂。经过水槽的时候，他俩一人一个水龙头，再次冲洗了饭盒和钢勺，然后来到一个最长的队伍后面排队。这个窗口卖包子。

总厂厂内厂外共有八座食堂，每一座食堂的入口和出口，都加上了一条带拐弯的摸黑通道，这是总厂独有的奇观。刚走进通道，眼睛没有适应，完全要摸黑走路，吴信刚进厂时十分不解，搞不懂为什么不安盏灯，老师傅们用一连串反问揭晓谜底："不懂吧小子？""没发现咱们食堂苍蝇少吗？""安灯？""你要给苍蝇指路？"

有爱疯闹的小伙子会提前藏在摸黑通道，等待他喜欢的姑娘进来，引出一阵尖叫、笑骂和追打。

包子一份四个，林雪鸽细嚼慢咽，吃完了一个，拿起第二个，发现对面的吴信已无事可做，他不但四个包子吃完，大米稀饭也早喝光了。

林雪鸽把饭盒盖上的两个包子推给吴信。

"不要。"吴信不很自信地轻轻回推了一下。

"我饱了，稀饭还没喝呢。"林雪鸽更远地推回去，"小吴，你知道摸黑通道是谁发明的吗？"

"我不客气了。"吴信拿起包子，咬了一口，"这谁不知道？陈工。"

"对的，现在应该称陈总。"林雪鸽说，"他可有智慧了，这是他五十年代提出的合理化建议，效果显著，一劳永逸，后来建的食堂，全部都照着样做。"

吴信说："刚进去黑咕隆咚不敢迈步，往外走还好一些。"

林雪鸽说："习惯了就会觉得它很有意思，很好玩。"

"一个了不起的巧思。"吴信拿起最后一个包子，"好长时间没在图书馆碰到陈总了。"

2

从食堂出来，画家和模特互道再见，画家去了 1 路公共汽车站，模特捧着两个空饭盒，回到了宿舍。

掏钥匙的一瞬间，林雪鸽突生一丝喜悦，尽管可能性很小，她还是想象了一下金素已经回来，人在屋里了。

最近一段时间，林雪鸽跟金素闹情绪，好几天没讲话了。今天，她邀请外人来宿舍画画，多少也是做给她看，引起她注意，只不过金素一大早出门了，并没有见到。

林雪鸽打开门，房间空无一人，金素并没有回来。

她和衣躺下，呆望着对面墙上的画像。

画上的林雪鸽娴静平和、超然物外，与看画的林雪鸽格格不入。

一九七四年，十七岁的林雪鸽高中毕业，哥哥和姐姐已经下乡，她排行老三，准备好了要下乡，学校突然通知考试，林雪鸽参加了，并以第一名的成绩被化工总厂录取。她先是被分配到仪表车间当学徒，积极给厂子大板报投稿诗歌散文，后来工会抽借她上来，锻炼培养了半年时间，正式调到了图书馆。

她后来得知，招工的报考名额，是妈妈托关系争取来的，按条件，她卡在边缘，可以允许报考，也可以不允许报考。但她并没有因此感激妈妈，她不怕吃苦，无论去哪里，无论干什么，她都充满了信心。

林雪鸽五岁丧父，妈妈再婚，后爸带来一儿一女，就是她的哥哥和姐姐，妈妈跟后爸生了两个妹妹。"三窝"孩子相处得还算融洽。林雪鸽对这个家没有恶感，但也没有多少好感。她跟家里所有人都亲密不起来，包括妈妈。进工厂不久，她便申请住进了宿舍，一心放在工作和学习上，平常很少回家。

宿舍一个房间四张床，另外三个女工贪睡，聊会儿天或者嬉闹一阵，就早早把灯关了。林雪鸽爱静，不参与她们的嬉闹，为了夜间能看书，她买了一盏台灯。三个姑娘孤立她，不跟她讲话，甚至不瞅她，但是都没见效果，便集体去领导那里告状，晚上开台灯影响她们休息，影响休息必然影响第二天"抓革命，促生产"，再说开半宿台灯算不算破坏"节约闹革命"？

领导找林雪鸽谈话，她寸步不让，厂纪舍规没有不允许开台灯，看书学习也是为了能更好地工作。领导无奈，只好旁敲侧击，让她尽量"合群""顺大溜""团结大多数"，不要那么"各"。

林雪鸽据理力争，她或许存在着这样或那样的不足，但属于个人性格范围，别人无权干涉。在实际行动中，她做到了"工作面前不缩手，利益面前不伸手"，宿舍房间八块玻璃，哪块玻璃不是她擦？春节分糖块瓜子，总是尽别人先挑先选。看书学习是原则问题，她不可能跟无知之辈妥协，"真理往往掌握在少数人手上"。

结果，她跟三位同屋的关系越搞越糟，处处别扭。负责领导对此十分头疼。

后勤科胡科长只好亲自上阵，带领两个青年积极分子，用车间施工剩下的碎砖块和水泥，把宿舍顶层一间杂物仓库一分为二，一半做仓库，一半做宿舍。仓库那间加装了多层隔板，足够放置原有物品。

胡科长找到林雪鸽，通知调新房间，说她快赶上厂长的待遇了！不过一个人住一个房间不符合规定，对女同志来说也不安全，组织决定从别的房间调一位同志过来。

林雪鸽要求调一个能够理解看书学习，同意她晚上开台灯的同志。

胡科长说这些组织都考虑过了，不然同志们出力不是白出了？组织希望小林能够珍惜这次机会，若再相处不好，组织也无能为力。林雪鸽说，只要不反对她开台灯看书，其他无论什么她都能忍。

胡科长不解又有些羡慕地望着她，问她书上有什么，就那么好看？林雪鸽昂着头"哼"了一声，拒绝回答。

林雪鸽搬进房间的第二天，一位名叫金素的姑娘调了进来。

金素不反对开台灯，开到天亮她都不反对，相反开着灯她睡得更踏实。

早晨，金素醒得早，蹑手蹑脚起床去食堂，回来顺便给林雪鸽带回早餐，后来她把两份早餐带回来，等着林雪鸽起床洗漱完毕，她俩一块儿吃，再后来，她们发现打一份饭就足够两个人吃的了，于是她俩无论是早餐还是正餐，只打一份，不浪费粮食，又省钱。为了能跟林雪鸽作息同步，托儿所保育员金素，把休息日调到了星期一。

林雪鸽对这个新舍友非常满意，金素不但人长得美丽，性格也一点不"家庭妇女"，从不嘀咕那些诸如找对象了、涨工资了、分东西多了少了、谁又说谁坏话了之类俗事，她受不了这些。不过事物总有两面，这个新舍友的嘴巴也过分紧了，只要跟自己有关的事情，只字不提，似乎对她来说，世界上有金素这个人，却不存在她的事迹。完全不像林雪鸽，藏不下一点点心事，只要认可一个人，就恨不得把心掏出来交给对方察看。再就是金素不爱看书，甚至对《青春之歌》都提不起兴趣。对于林雪鸽，书中的主人公令她振奋，是她的榜样，满足她的想象，金素却不以为然，并不认为书上的故事有多大意义，甚至很是看不上。

好几次林雪鸽热情洋溢推荐一本好书，金素随便翻了翻，当场交还，她的神情仿佛在说这是假的、浮浅的、糊弄小孩子的，而那被糊弄的小孩子不是别人，就是她林雪鸽。这一点让林雪鸽非常不开心。好在金素优点太多了，人无完人，谁还不有点小个性、小毛病？对于友情来说，爱看书不爱看书并不重要。有一次，电影院看电影，林雪鸽看哭了，她扭头观察金素，想看看她哭不哭，发现金素也在哭，她的心踏实了下来。

金素家住郊区，亲妈和后妈都是农村户口，爸爸是总厂合成氨车间的职工。那年合成氨着大火，金素爸爸当班，救火的时候被塌下来的门框砸倒，大面积烧伤，在医院挣扎了一个月后去世。临死前，爸爸以笔代口，请求允许读高中的大女儿接班，一直坚持到厂子答应给政策，爸爸才咽气。

十七岁的金素就这样进总厂当了工人。

独生女金素六岁的时候，妈妈得急病暴亡，邻居给爸爸介绍了个大姑娘，爸爸看中了，结婚后连续添了两个妹妹两个弟弟。后妈对金素不好，金素只盼着自己快快长大，好脱离这个家，爸爸的意外死亡使她心慌，却也让她的离家之梦提前实现。爸爸离世不到一年，后妈跟他人另组家庭，金素再没有回去过，宿舍成了她的家。

时间不紧不慢，金素二十五岁了，调到林雪鸽房间也过去了六年有余。有意思的是，同住这段时间里，她俩谁都没有谈过对象，当然了，之前也没有谈过。不但不找对象，也不聊这方面的话题，找对象啦，结婚啦，统统不聊。金素沉默寡言惯了，不知她心里是怎么想的，林雪鸽则公开表示这些话题太庸俗，她虽然身在工厂，但总觉着"工厂""工人""找对象"这些都跟爱情无关。她心中的爱情存在于小说中，存在于电影里，尽管那是别人的爱情，轮到她自己，她就是不愿意把爱情跟真实的现实生活联想到一起，现实生活不配，一旦把现实和书本硬性连接在一起，她脑海中的浪漫想象便会自动毁坏破灭。她工作上一向积极上进，感情方面却始终在回避，而且回避的方式理直气壮、正大光明。

从来不乏热心人要给林雪鸽介绍对象，可是，无论男方条件多么优秀，都会遭到林雪鸽的断然拒绝："谢谢，以工作学习为主，个人问题暂不考虑。"林雪鸽经常收到出自不同人之手的情书，其中有一小部分没敢留姓名地址，只想表达一下对林雪鸽的仰慕和赞美。对待留了姓名地址的，她认真一一回信拒绝。

有一个在甘井子区政府工作的小伙子，连续给林雪鸽写信写了四年多，至今没有死心，仍然在写。他的情书热情洋溢、文采斐然，钢笔字写得漂亮，可是林雪鸽丝毫不为所动。对那些没有署名，没有地址，想回也无法回的情书，她会集中烧毁，不保留，不外传。

林雪鸽的钢笔字优美雅致，她还会写毛笔字，粉笔字写得也落落大方，能写好几种字体。后勤胡科长刚升副厂长的时候，为了提高自己的文化水平，曾经把她从大板报撤下来的稿件当作字帖练字。有一次，工会会议散会时，胡副厂长当着林雪鸽和其他与会者的面，谦虚地说他学的是"鸽体"，小林是他的书法老师，等哪天选个好日子，饭店摆一桌，他要给小林老师行拜师礼。林雪鸽连说不敢当，赶快离开。

金素眉目动人，体态婀娜，是全厂公认的大美人。但奇怪的是，很少有人给她张罗介绍对象，也没有人给她写信写情书，反正林雪鸽没有看到过。金素对林雪鸽的情书却充满了好奇，她不爱看林雪鸽借的小说，却爱看林雪鸽收到的情书，她发誓不把内容讲出去，林雪鸽当然相信，才把情书给她看，可也有所选择，总厂男同志写的她不给看，外厂外单位不认识的可以。两个女孩往往为了信上的某个成语、某一句诗，会嘻嘻哈哈好长时间。也许金素太美、太娇艳了，一般人不敢追她，厂里厂外那些轻浮调皮的野小子，也只是远远地吹几声口哨，说笑几声，金素不去回应，自然也就没有下文了。

两个好朋友还有一个共同点，都修改了原来的名字。金素叫金素娥，进工厂填表时，她自己做主，去掉了"娥"。

金素刚来到林雪鸽房间那会儿，白天文文静静，少言寡语，晚上噩梦不断，不是哭泣就是叫喊，天亮后，又像没事人一样，林雪鸽想问又张不开嘴。有一次半夜，金素哭叫着从床上坐起身。林雪鸽不再装睡，起来抱住她，陪着一块儿哭。她同情金素的身世，心想她怎么会如此思念爸爸，自己偶尔也会思念爸爸，可从来没有达到痛哭流涕做噩梦的程度。

在林雪鸽的照料抚慰之下，金素渐渐哭得少了，做噩梦少了。这些年来，她俩相互关心，相互依赖，让林雪鸽觉得自己既是姐姐又是妹妹，而且当哪一个她都愿意，都感到幸福。别看金素年龄小，却性格沉稳、心灵手巧，生活中林雪鸽反倒大大咧咧、丢三落四，金素正好能互补上，好多时候，她比林雪鸽更像一个姐姐。最让林雪鸽满意的是，金素似乎默契地跟她达成了一项秘密协议，不谈恋爱，不找对象。这个谁也没有挑明了说出来，不知金素怎么想，反正林雪鸽不用深入思考，就是觉得在现实中无论找谁，都是错的，只有不找才是对的。尽管她比金素大，但她绝不会先于金素找对象，金素不找，她也不找，金素一辈子不找，她也一辈子不找，那才好呢，她俩一辈子住在一起，做好朋友，单看她这股子劲头，仿佛只要她俩能做朋友，青春也会随之永驻。

迟钝的林雪鸽第一次警觉到金素行为反常是在四个月前。

那是六月里第一个星期一，金素提出到市内转转，林雪鸽因迎接一年一度的部级安全大检查，要到工会赶稿，无法陪伴，只好让金素自己一个人去了。结果就在那天，她一去不复返，失踪了，可把林雪鸽吓坏了，能想到的地方她找了个遍，连续找了三天也没有找到。三天后，托儿所接到金素的长途请假电话，说去河北大姨家串亲戚了，没听她说过河北还有个大姨呀，但也总算有了着落。半个月后，金素回来，变了个人一样，眼睛里多了掩饰不住的欢快，并从此经常晚归，甚至整夜不归。可是没多久，她的情绪突然变坏，眼睛里的欢快不见了，换上了忧伤，比出走之前还要忧伤一百倍。最近有一次，她半夜回来，耳朵包着纱布。耳朵伤没好，紧接着又发高烧大病了一场，住院住了十多天。林雪鸽全程陪护，她拉住金素的手，告诉金素，有什么困难要说出来，没有解决不了的问题，实在不行可以找厂领导反映。林雪鸽甚至想到独自去找胡副厂长，从他那里寻求帮助，她还从来没有为了个人私事主动求助过他呢。

金素坚持说她没事，一切正常，普通感冒而已。

林雪鸽当然不相信，最近这几个月，从金素的情绪变化上分析，金素至少经历了三四件波澜起伏的大事情。

骄傲的"雪个"痛苦万分，她一方面烦恼金素辜负了神圣的友谊，关键时刻没有把她林雪鸽当成真正的朋友，另一方面又痛恨自己已无法对金素信任到底，开始各种猜疑她了，如果这时候确定了金素是个犯罪分子，她都不会吃惊。

你们俩一块儿食堂吃饭，一块儿澡堂洗澡，一块儿逛街买东西，一块儿天津街照相馆照相，一块儿先锋影院看电影。好多人看到你们中的一个，身边总是还站着另一个；想到一个，就会想到另一个；说到一个，就不会落下另一个。可是谁又能知道，事实真相是这一个竟然半点儿都不了解另一个，而另一个压根儿不想让你了解，林雪鸽啊林雪鸽，人家从来就没有跟你交心啊。

林雪鸽躺在宿舍床上，胡思乱想着，一声门锁响，金素回来了，她脸上愁云密布，走路摇摇晃晃。

林雪鸽心中所有埋怨立刻烟消云散，她马上起身上前，搀扶住金素。

金素扑倒在林雪鸽肩上。

"别让姐着急了！"林雪鸽说，"金子，勇敢点，把心里话都倒出来吧，你一定是遇到难事了，不怕，姐帮你想办法，天大的困难姐跟你一块儿扛，上刀山下火海，姐跟你一块儿。"

"我想爸爸了！我不想再在厂子待下去，一天都不想待了。"金素掏出手绢擦了把鼻涕，"到处都是爸爸的影子，无论我走到哪里，厂子的工友当面介绍，还是背后议论，说到我，总是那个工伤烧死金师傅的女儿。这么些年，我像困在一个大铁塔里，再不冲出去我会憋死。林姐，我不想再这样混日子，不想再在这儿待下去了。"

"你这个傻孩子，彪闺女，受这么长时间煎熬，就是为了这个！"林雪鸽松了一口气，"金素啊金素，姐要好好批评批评你，思念爸爸理所应当，但是你再怎么痛苦，再折磨自己，也不可能挽回爸爸的生命。你爸爸是为了集体而死，属于工伤，属于牺牲，死得光荣，你接班也接得光荣，走自己的路，让别人说去吧！勇敢地站起来！多参加集体活动，到第一线来！我的好老对儿，你嗓子明亮，唱歌好听，我帮你报名文艺队吧？"

金素摇摇头。

"他们还是会说'这就是那年被火烧死的那个金师傅的闺女'。再说我不想抛头露面，我不喜欢人们指指点点，当面的、背后的都不喜欢，我不喜欢家里的人，也不喜欢厂里的人，不喜欢厂子，不喜欢宿舍，我想逃离又不知道逃到哪里，我怎么办呀？"

"还有我呀！好妹子，你冷静一下，哪能不工作啊？没有单位怎么行？多少人羡慕咱们总厂，想来还来不了呢。"林雪鸽大道理劝了半天，见不到效果，于是一咬牙，"金素，要不我托人给你介绍个对象吧，你也到了谈恋爱的年龄，告诉我，你想找个什么条件的？"她抓紧金素的胳膊，等着她回话。

金素推开她。

"林姐，你说什么呀，你这么不了解我，非得逼我说出口？那我就说出来吧，我这辈子可能跟恋爱无缘了。"

林雪鸽轻轻打了金素一下。

"我去给你拿饼干吃。"她去柜子那边，拿过来一个纸袋，撕开封口，"陈总从北京带回来的。陈总来图书馆，我

21

和杨馆长一人一袋，你尝尝，好吃你全吃了。”

金素尝了一块，手背擦擦嘴角，又拣出四块。

“好吃，我吃五块够了，剩下的留着以后咱俩吃。”

“多拿些。”

“够了。”

“再拿五块，吃十块。”

“一块，凑个双。”金素从纸袋里再拿出一块饼干，“林姐，我跟你商量个事。”

“客气啥，说！”林雪鸽挺直了身体。

“你可以陪我去厂子一趟吗？”

“我当什么事呢，什么时候？”

“现在就去，再晚看不到了。”

“说得这么吓人，什么看不到了？”

“铁路要拖走那列车厢，我想去跟它告个别。”

厂里停着一列废弃了的火车车厢，一共有四节，从朝鲜战场下来的，当时战况紧急，挂上客车车厢运送物资，遭美国飞机轰炸受了重创，拖到总厂一段铁轨分岔上，一放就是三十年。林雪鸽曾经跟着金素去玩，车厢又破又脏，金素却喜欢得不得了，还拉着林雪鸽去第二次、第三次。有时候她们绕着列车转两圈，有时候会登上列车，只是车厢内太肮脏，遍地烟头和尿渍，林雪鸽不得不捏住鼻子，屏住呼吸，金素却不在乎这些。

林雪鸽同金素从二号门岗进厂，一路下坡，朝着海边走。

过了检修车间，那列绿皮车厢便出现在了她们视野当中。

因为几十年没挪地方，破败的车厢似乎锈粘在了铁轨上。

夕阳西坠，工人三三两两，拖着长长的影子，伫立在柔和的光芒中。他们在等待最后告别时刻的到来。

金素和林雪鸽绕到了车厢临海那一侧。涨满潮的时候，车厢距离海水不到三十米。

金素登上了车厢，林雪鸽跟了上去。

金素说："这要是辆能开的火车该多好，咱俩把它开走。"

林雪鸽说："它并没有车头啊。"

金素说："当作它有，它就有！"

林雪鸽说："真正的火车，我连坐都没坐过呢。怎么开呀？"

"我负责添煤，你拉汽笛。"金素说。

"添煤累，我添煤，你拉汽笛！"说完林雪鸽便觉察到，这个对话好像以前她俩以开玩笑的方式讲过。

可能因为要移交铁路，搞过了卫生，车厢比以前整洁了许多。

金素拉着林雪鸽坐下。

"各位旅客你们好，列车即将出发。林雪鸽同志请坐好，列车即将出发。"

"我们去哪儿呀？"

"本次列车驶向远方！驶向未来！"

咣当！车厢剧烈震动，震得人双脚发麻。

铁路派过来的火车头挂上了列车，迅速反方向牵引。

噗噜，一只银灰色的鸽子从行李架上坠落，下降过程中展开双翅，从两个人的面前，几乎蹭到了她俩的鼻子，滑翔出了车窗。

金素伸头到窗外，追随着鸽子，望向天空。

"终于离开了，自由了！"

车窗外，厂房和围观的人群纷纷后退。唯有火车的影子不离不弃，紧紧追随。

"怎么办？"林雪鸽前后张望，车厢里只有她们俩，"这可怎么办？"

"'离开索然无味的行列，离开单调的日子，无聊的生活不是生活，是对火热生命的扼杀。'这不是你经常吟诵的诗吗？随便去哪儿都行，哪儿都比这里强。"

"可我还没有请假呢。"林雪鸽说。

火车驶出了厂区，越开越快，快得离谱，窗外的景色拉成了一条直线。

"这也太快了吧！"林雪鸽心想。

金素一反常态，唱起了《祝酒歌》。

"来来来，征途上战鼓擂，条条战线捷报飞，待到理想化宏图，咱重摆美酒再相会，来来来……"

火车驶上一座铁桥，脱轨落水。

金素摔倒，昏死了过去。林雪鸽不顾一切冲上前，扯住了她的衣服。

水流灌进了车厢。

林雪鸽呛了一口水，发现是咸的，她抱紧金素，心想，"坏了，我们掉到海里了！"这时只听耳边有人叫道："起来罢！起来罢！"林雪鸽慌忙睁开眼睛，愣了一愣道："呀！原来是一梦！"

"林姐，我回来了。"金素站在床边，冲着林雪鸽微笑。

林雪鸽努力挣脱梦境。

"回来了就好。"林雪鸽说。以前，只要听到钥匙开门声，她就会飞跑去门口迎接，最近心灰意冷，热情不起来了。金素过来打招呼，她仍然躺在床上，没有起身。

"林姐，我饿了，还有饼干没有？"金素说。

"在柜里。"林雪鸽擦了擦刚才梦中流淌到嘴角的眼泪。

金素拿来饼干，吃了两块。这时，她发现自己床边墙上挂着一幅素描画像，赶快过去观看，由于签名过于潦草，看了半天也没有能够辨认出来。

"今天画的！在咱房间里画的！把林姐的神采画出来了，谁这么有才，今天来咱房间了？"

"朋友。"林雪鸽说，"你今天忙什么大事情，一大早，走的时候连个招呼都不打？"

金素说："早晨看姐还没睡醒，就没有打扰。林姐，有件事情我想听听你的意见。"

林雪鸽双手合掌，十指相扣，顶到下巴上。

"什么事？"

"我找对象了。"金素说。

"你说什么？"林雪鸽刚才还没有起身的意思，这回猛地坐了起来，"你再说一遍！"

"我没出息，背叛了我俩之间的友谊，违背了我内心的不结婚誓言，今天我去相对象了。"

"傻姑娘，这是好事。我还以为你犯了什么错误，或者被谁欺负了呢，我都想象怎样为你去拼命了！"

3

胡琴玉刚参加工作时，在总厂六号食堂洗菜刷碗，方方面面表现突出，不到三年时间就当上了厨子。总厂食堂一共有五位女厨子，号称食堂"五朵金花"，胡琴玉是力气最大的金花，她能够做到男厨子那样，跨在相邻两座锅台上用铁锨左右开弓炒菜。

最近胡琴玉好事连连，丈夫升副总工程师没多长时间，她也由食堂厨子提拔为后勤科副科长。这次提升，除了丈夫的影响力，胡副厂长在其中起到了很大作用。胡琴玉跟胡副厂长是没出五服的亲戚，按照辈分，胡副厂长管她叫三姑。

胡琴玉性格泼辣，眼尖嘴甜，在她的活动照顾之下，丈夫钱工跟其他知识分子相比，一路出奇地顺利，那么多场运动，下放、挨斗、靠边站，钱工基本都平安度过。当年总厂唯一留用知识分子出身的工程师就是钱工，当然了，这也跟钱工本人精明灵活、见风使舵有关。十年动乱结束，钱工跟着知识分子一同得到重用，提升为副总工程师。亲友们夸奖胡琴玉慧眼识英雄，胡琴玉心里美滋滋，讲话却很谦虚。

"狗熊吧，老钱么，我还不了解他，典型的滥竽充数，啥也不是。"

钱工追求胡琴玉的时候，知识分子已经不怎么吃香了，他除了被她高高大大的身材和心直口快的性格吸引，更看好她家在总厂的关系和势力。胡家是老甘井子坐地户，人多势众，盘根错节，给他这个来自杭州的落魄白面书生，带来极大安全感。

这天下午胡琴玉提前回家，做了一大桌子菜。

今晚的客人祖籍苏州，喜欢吃甜口，胡琴玉每一道菜额外加了两勺白糖。

菜一盘一盘端上了桌，只剩一个小鸡蘑菇，还在锅里炖着。

胡琴玉在围裙上擦擦手，对钱工说："不会忘了来赴宴吧，用不用往他办公室打个电话？"

钱副总工程师看看墙上的挂钟，再看看腕上的手表，摇摇头。

"你不了解他，要么不答应，答应了百分之百守约，还没到六点呢。"

五点五十九分，有人敲门。

两口子相视一笑，跑去迎接。

"请进，陈总，快请进，门开着呢！"

夫妻俩一人一只胳膊，搀扶着一个小老头进来。

陈总工程师全名叫陈呈章，大家习惯称他陈工，四十八岁，因为弯腰驼背，缩着脖子，怎么看都是个小老头。其实他中等身高，这一点他以前的同事能够证明，看他家里挂着的大学篮球队合影，年轻的陈工站在后排最右边，昂首挺胸，怎么看都不是个小个子。平反恢复名誉后，他从大刘家农场重新出现在总厂，大家惊讶不已，怎么整个人缩小了一号。钱副总工程师对此体会更深，年轻时他比陈工矮一个头，现在两个人一般高。

陈工就座。钱工拿起桌上的酒瓶，伸长胳膊扭瓶盖，手指几乎碰到了陈工的鼻子。

瓶盖打开了，胡琴玉从钱工手中接过酒瓶，上下左右察看酒瓶的标签，像是不认识上面的字似的，辨认了一段时间，也不知辨没辨认出来，她把写着"茅台"的标签转向陈工。

"陈总，我先给你满上！"

"谢谢。"

陈工双手执盅。

"放着，陈总，放桌子上就好。"胡琴玉给陈工斟满了，再斟给钱工。

钱工端起酒盅。

"干，老陈！"钱工一口干了，盯着陈工也干了，"老陈，马上给你看那好东西，你看了，保准得谢我。"他朝向胡琴玉，"去，把宝贝取来！"

"不急，它跑不了！"胡琴玉给陈工样样数数夹了好几筷子，"先让陈总吃点菜，来，陈总，吃菜！"

陈工放下酒盅，胡琴玉立刻斟满。

"陈总吃菜！"胡琴玉说。

陈工拿起筷子。

"陈总，我现学现卖，你多提宝贵意见。"胡琴玉瞅着陈工。

陈工吃了一口糖醋鱼，面部表情先是僵住了，然后迅速夹了第二筷子。吃完了鱼，又吃了木耳炒肉和炝拌土豆丝，紧皱的眉目舒展开来。

胡琴玉轻吐一口气。

钱工说："还对口味？"

陈工说："好吃，很好吃。"

钱工笑了，说："小胡忙了整整一个下午。"

陈工说："谢谢小胡，好久没吃到家乡菜的味道了。"

"小胡，得到老陈的认可了，表扬！"钱工举起酒盅，命令道，"差不多了，去把宝贝拿来，我要亲手把它献给老陈。来，老陈，咱俩再干一盅！"

陈工端起酒盅，表情木讷。

胡琴玉起身而去，不一会儿，她端着一个长条相框返回。

"慢着，慢一点！"钱工起身，小心翼翼接住相框，竖在胸前，给陈工看。

"我的，这是我的。"陈工站了起来，声音颤抖。

平反后抄家物品返还，大家去仓库排队认领物件，陈工没有，他开好介绍信，坐火车去了北京，直奔部资料库和几个大图书馆，他迫切想得到国外制碱最前沿工艺讯息，哪怕片言只语也是好的。从北京回来，财产返还工作已近尾声，他从剩下的一堆破烂儿当中，随便挑了几件属于自己的物件，这事就算罢了。到底遗失了多少东西，他并不在意，跟失去妻子和被迫荒废掉的青春年华相比，那点身外之物又算得了什么呢？唯一让他深感遗憾的是，一幅侯德榜先生赠送、范旭东先生亲书的墨宝丢失了。

落实政策过程中，无论是调职位补工资还是分房子，陈工均漠然视之，与己无关似的，能够回到岗位，恢复做技术工作，他已心满意足，况且又被委以重任，得以最大限度发挥他的学识和才智。他写数据，查图纸，下车间，全身心投入到工作上，不允许时间有丁点儿浪费。

陈工是总工程师，跟副厂长一个待遇标准，分房子应该住四居室的干部楼，这是部里戴着帽下来的指标，厂子无权更动，除非分房者本人主动让出。钱工是副总工程师，比陈工低一格，他分到的是一栋两间半小日本房，倒也算独门独院，只不过里头有一户工人暂时没有搬走，所以他实际只能先住其中的一间半，工人占着的那一间，搬走了才能倒给他，什么时候搬还不一定，即使搬走了，它的居住面积也远远赶不上楼房的四居室。

钱工便找陈工，诉苦自己孩子多，老大儿子结婚了没有房，跟自己住一起，老四上高中，需要自己一间屋做功课，他恳请陈工交换住房。陈工正在伏案画图，没等钱工讲完就同意了他的要求。事后胡琴玉却对外放风说陈工喜欢这种接地气的小日本房，不愿意上楼，她家老钱照顾陈工，才做的交换，还是小日本房好，院子里能种点辣椒小白菜，冬天取暖烧火墙，烧到四月也没人管，住楼房就没有这些条件了。

"这是我的！"陈工接过相框，"侯先生勉励我，赠送给我的！"

"可不是怎的，我一瞅，这不是老陈的么，我给要回来了！老陈，你别问我是从谁手里要回来的了，别让我为难，东西要回来就得了，是不是？"钱工转向胡琴玉，"财产返还那天，大家都早早在仓库排队，唯独缺少老陈。你看看人家老陈，为了找个数据，北京各大图书馆跑了个遍，他心里头没有别的，全是厂子，全是化工事业。小胡你能懂吗，这就是我们知识分子的高风亮节！"

"陈总高风亮节，总厂公认。你们？哼，有一头算一头，全是软皮囊子熊蛋包，自私自利伸手要！"胡琴玉脱口而出。

"瞧你，说的什么！"钱工揉了揉已经喝红了的眼圈，"老陈，那件事我真的对不起你！"

"哪件事？"胡琴玉瞪着钱工，"老钱，你又做什么见不得人的丑事了？"

"批斗会么。"钱工低下头，"人人都得表态，我揭发老陈，他讲小时候坐过飞机，他伪警察爸爸领着他在上海坐飞机，我揭发他，不以出身历史反革命家庭为耻，反以为荣。唉，在那个气氛里，也是迫不得已，我揭发完毕，革命派骂我避重就轻，逼我继续揭发，可老陈本来就话少，没留多少话柄，我这人也是，实在想不出老陈还有什么不当言行了，就把老陈跟实习学生的一次对话上纲上线。有个学生问老陈，问他为什么如此热爱化工工作，老陈回答说化工是科学，科学不能作假。我就揭发老陈这是在影射，科学不能作假，什么能作假？这是一件，还有一件，我们在学习班宿舍睡一个房间，晚上老陈说梦话，'弟弟，你终于回来了！'老陈有个弟弟逃到了台湾，老陈做梦都盼着蒋匪军反攻倒算，唉，这都是我干过的事，捕风捉影，无中生有，我良心不安，愧疚啊。现在说出来，压在我心头的石头也拿开了，老陈，我对不起你！"

"不怪你。"陈工说，"怪不了你。你算好的了。你没有打过人。"

"昨天还是工友同事邻居，今天就棍棒相加，那是人干的事？可我还是愧疚啊。"钱工一口把酒干了，"老陈，该找个媳妇了。"

陈工一哆嗦。

"右派"下放那年，形势严峻，前途未卜，陈工夫妻经过商议，妻子带着三岁的小女儿回湖南娘家，以图有个照顾，结果事出意外，妻子半夜忽染急症，乡下山路难行，费好大劲送到县医院，已经无力回天。陈工接到妻子去世的电报，请假奔丧，不被允许，他就逃离农场，买车票缺少介绍信，滞留在长途车站，被赶来的农场民兵捉回，捆住手脚，一顿毒打，扔到小黑屋关了三天，差点没死了。

平反后陈工去湘潭，几经周折，找到了女儿。这些年中，他给女儿汇钱，有通信，但女儿的舅舅出于保护外甥女考虑，也有因妹妹去世对妹夫怨恨的原因，一直不同意陈工来湖南看女儿。这次见面，女儿不认识他，他也认不出女儿。令他欣慰的是，由外婆和舅舅带大的女儿已经参加工作，结婚生子。陈工给女儿放下些钱，在妻子的坟前坐了一夜，返回了大连。

见陈工走神了，胡琴玉连忙打圆场道："陈总，菜的甜度怎么样？恰到好处不？苏菜的甜口不容易掌握，糖多了少了，差一点都不行。"

"恰到好处。"陈工回过神，"谢谢小胡。"

胡琴玉喜笑颜开。

"别只谢我，我还有个小助手在厨房呢。"她朝着厨房方向喊，"小金，差不多了，可以闭火上菜了。"

不一会儿，一个腰系围裙的年轻姑娘，端着一大盘子热气腾腾的小公鸡炖蘑菇来到桌前。

钱工把中间的盘子往边上挪，姑娘把盘子放到中央位置上。

"请慢用！"姑娘转身离开。

胡琴玉起身跟了出去。

陈工程师觉得这个青春扑面的漂亮姑娘有些面熟，好像当时她跟另一个姑娘在一起。跟另一个姑娘在一起时，他注意的是另一个姑娘，没太注意她，现在看到她，就忘了另一个姑娘，从而也就忘掉了是在哪里曾经见过她。

"喝酒！"钱工给陈工斟满。

胡琴玉推着那姑娘回来，带进来一股雪花膏的香气。姑娘已经换下围裙，洗过脸，刘海儿的发梢还是湿的。

"你们喝着，我送送小金姑娘。"胡琴玉说，"留她吃饭，怎么也不肯，你说气人不气人。"

"钱总、陈总，我走了。"姑娘说。

"怎么这就走了呢？一块儿吃一点！"钱工说。

"不了，我还有别的事情。"姑娘说。

"那好吧，这次就不留你了，下次来好好做客！"钱工说。

"好的。再见！"姑娘看了陈工一眼，"再见！"

“再见！”陈工要起身。

钱工伸胳膊拦住，说："不是外人，我二女儿托儿所的同事，小金。"

陈工想起来了，他见过小金，她来图书馆找小林，陈工跟小林熟，会打个招呼，说几句话，跟小金没有说过话。

"对了，我应该介绍一下。"胡琴玉说，"这是陈总，就不用说了吧！这位是小金，金素，总厂第一大美人，又美又稳重，话可少了。"

"小金，你好！"

"陈总好，再见！"

"再见！"

一会儿，送小金的胡琴玉回来。她对着钱工眉毛一挑。

钱工领了命令般转向陈工。

"老陈，来，干一盅！"

"干！"

"怎么样？"

"嗯？"

"嗯什么嗯，你看小金怎么样？"

"小金？"陈工说。

"对呀，小金。"钱工说，"小金给你做媳妇怎么样？"

"不！"陈工说。

"怎么，你没看上？"胡琴玉吓了一跳，"小金是个高中生，有文化，到托儿所又出外学习了半年音乐，人家那风琴弹的，才叫一个好，比我家老二可强太多了。她还会唱歌呢，多高的音都唱得上去，嗓音又甜又亮，赶上文工团水平了。"

"不可能！"陈工摆摆手，"不可能的，人家是小姑娘，我老头子了，想都不想了，怎么可能！"

"没有什么不可能！四十来岁的男人正当年，正是事业有成、成熟稳重的年龄。"胡琴玉说，"陈总，只要你没有意见，相中了，其他不用你管，女方那边，都交给我好了。"

"我结过婚，女儿都出嫁了。"陈工说。

"我们还不知道你结过婚？这有什么。"钱工轻声一笑，"老陈，你比我还小一岁呢。你的身体素质，可能比我年轻五岁都不止。"

"还是别提你吧，你也值得一提？"胡琴玉朝着钱工一挥手，"陈总下雪天还下海游泳呢。"

陈工说："我已经当外公，当姥爷了。"

钱工说："我还当爷爷了呢！"

胡琴玉眨巴眨巴眼，一时想不明白钱工这话是什么意思，如果钱工也找了一个跟金素一般年轻的老婆，他这话才有说服力。

"陈总，你女儿结婚了，有小孩了，其实都是好事。"胡琴玉说，"你想啊，她工作了，成家了，又在外地，不给新家庭添麻烦，小金嫁给你，可以直接当姥姥。"

陈工面红耳赤。

钱工也一时语塞，心想小胡太会说服教育人了，他等待了一会儿，见陈工不言语，便食指点着胡琴玉说："这事我做主了，就交给你办！陈总和我统筹指挥明年春季大检修，那将是我厂有史以来最大的一次检修，国家把重担放到我俩肩膀上，岂能有半点分心！红娘牵线的事情就由你全权负责，小胡你可记住了，事情虽小，却不允许闪失，若有闪失，唯你是问！"

胡琴玉立刻手心向内，双手叠放到胸口上。

"钱总请放心，小胡责无旁贷，保证百分之百完成组织交给我的这项光荣任务。陈总的事没有小事，小事也是大事。男子无妻不成家，少个女人洗洗涮涮缝缝补补那哪行。陈总，别看小金姑娘岁数小，做饭收拾家样样能干，还会做针线活儿呢，现在的小姑娘有几个会做针线活儿的，钉个衣服扣都钉不好，小金天生手巧，搭把手就能把整床被缝起来，将来再给你生个大胖小子，后头都是幸福的日子呢！"

4

回到家，陈工把相框挂到了书房的墙上。

他放下锤子，取出含在嘴上的钉子，后退两步，面对范先生的墨宝，恭恭敬敬默读了两遍："我愿从今以后，寡言力行。我愿从今以后，寡言力行。"

年轻时他便把范先生这句话视为座右铭，勉励鞭策自己。"侯氏制碱法"领先世界，传到他这一代化工人手上，并没有飞跃性进步，这曾一度让他耿耿于怀，寝食难安。现在他已经接受现实，把事业的目标调低，在先生辉煌成绩的基础之上添砖加瓦，总还切实可行。从学习化工那天，他立志献身，希望自己能够像侯先生那样以发明创造造福中国，乃至全人类，过程中无论遇到何种艰难困苦，都不在话下。一提到工作，他立刻热情高涨，哪怕在受迫害期间，这份热情也没有泯灭消失，他被赶出总厂、下放大刘家农场的时候，那些制碱制氨方程式仍然在他脑海中，以不同的压力温度进行着分裂组合。重返岗位实乃陈工不幸人生中之大幸，也是他的骄傲所在，这世界上，古今中外算上，能够把梦想跟工作合而为一，并取得一定成绩的，又能有几人呢？

默读完座右铭，陈工闭上眼睛，平复一下情绪，然后换上工作服，去浴室干活去了。

这段时间每天吃完晚饭，他都会到浴室干一个小时的杂活儿。

跟陈工同住的那户人家调房上了楼，现在整套日本房归了陈工。后勤派人来给全面收拾了一遍，外墙抹了灰水泥，里墙喷了白涂料，地板刷了大红油漆，剩一些细枝末节，陈工自己修修补补，当娱乐放松了。

房子最初是两居加一卫一厨一浴，后来的住户把浴室改成了半间小屋。陈工经过一番勘察，发现浴室的烟囱仍旧在房顶上结实地耸立着，藏在墙壁内的排烟通道也保存完好，于是他决定自己动手，把小房间改回浴室。

陈工喜欢泡澡，热水能消除筋骨的疲乏，泡澡时闭目养神，还能让他的头脑充分休息。平常，他在厂子的大浴池泡澡，满意的是它有三个池子，一个比一个热，特别适合他这种耐高温的泡澡者，三个池子轮着泡，不满意是澡堂子人太多太吵，影响他休息思考，现在好了，终于有条件在自己家里整一个浴室。

他去废品收购站，买回一个生铁炉和一个大号生铁锅，安装在新砌的土灶上，铁锅用细水泥抹盖好。原先镶嵌的彩色小马赛克搞不到，陈工去垃圾场捡了两麻袋碎碗片代替，光滑面朝外，密密实实镶好，再把边边角角打磨打磨，就算大功告成了。

陈工戴好口罩，蹲在浴缸里用细砂纸打磨，眼前一次次闪过小金的眉眼身形。钱工和胡琴玉的话在他耳朵里重复，"小金对陈总有好感！没见她脸一直红着吗？她没爹没妈，盼着有个自己的家。""老陈的学识、条件、地位、荣誉，对有修养的年轻女孩子有吸引力。""陈总人好，哪个女人不愿意跟一个好人过一辈子？男人二十五，裤子有人补，陈总都过了四十五了，没有个女人体贴着怎么行？我明天就找小金详谈。"

明天会谈得如何呢？会不会谈崩了？她真的对他感兴趣？姑娘的心思随时都可能反悔的。她有意，她家里人也不能同意呀。对了，她没爹没妈，自己做得了主。而你老陈呢？除了比一般人多懂了一点技术知识，其他一无是处，哪儿也配不上人家年轻姑娘。小金真美！世上怎么会有这么漂亮的姑娘，她这么美，怎么会少了追求者？她的眼光一定很高。

陈工一边干活，一边自问自答，时而自我否定，时而满怀期望。说实话，他从未想过他的再婚对象会是小金这样的绝代佳人，在这之前，他隐隐约约幻想的，大约是一位爱看书、爱艺术、文文静静的知识女性形象。

一个小时很快过去，他在水龙头套上胶管，冲了个凉水澡，顺便把浴缸里的粉末清洗干净。他擦干身体，穿上睡衣，看着自己的工作成果，感到非常满意，顶多再干两天，浴缸就可以使用了。他回到书房，在书桌前坐下。

陈工一般每天学习工作到十二点，然后带着一天的疲乏快速入眠，今天不行了，他既不能专注工作，又不能安然入睡。无论想工作，还是想睡觉，小金的面容身姿，总在他眼前浮现。陈工二十多年没有女人了，已经习惯了跟女人绝缘，落实政策后，不断有人给他介绍对象，倒是也有几个条件和年龄较为合适的，但看过照片后他放弃了，没有动心的感觉不如独身。他就是这个人，对生活的要求，对生命的要求，可以放大到最大，比如造浴室、听唱机、学画油画，也可以压抑到最低的限度，能吃上一块饼子，喝上杯热水就别无他求。他内心热爱着整个世界，热爱女人，却也可以逃避在工作中，不去做实际追求。

年轻时陈工兴趣广泛，表现突出，无论篮球还是足球他都能打满全场，两边争着拉他入帮；乒乓球比赛，他最好成绩是全厂第三，前两名是省队下来的专业运动员；夏天单位组织洗海澡，游泳比赛他稳拿第一，因为大学时他就学会了自由泳，善于潜入浪头底下，厂里人只会抬头蛙泳，遇到一点点风浪，仰头躲避，速度必然降低。

下放大刘家农场的时候，有一天，放工回工棚，陈工因为收拾农具，落在了最后，经过小学操场，几个小青年在操场摔跤，把他叫住。小青年们逼他穿上跤衣。革命群众的话陈工岂敢不听从，只得套上跤衣。有一个叫大宝子的小青年，一上来使了一个背豆包，把陈工摔个结实，然后别子勾子，换着来，大宝子摔够了，召唤别人照着样摔。大宝子是他们的头儿、师父，他给徒弟做个示范，同时也试试陈工会不会，发现他根本不会，就放心当沙包交给徒弟。可是，陈工被摔倒了十几次以后，逐渐摸到了门道，于是他降低重心，并抢先改变位置，倒地率马上降低了。他把对手当成一根不可靠近的柱子，绕着他转，近了就推出去、绕出去，总之不给他发力的机会。回工棚他洗洗伤痕，开始研究摔跤的窍门，研究重心、关节、杠杆、外绕、自转、手脚配合、扭头转脸。一周以后，再给小青年当陪练，从头到尾，他只倒下了五次，然后回去就这倒下的五次，深入分析，研究对策。很快，他琢磨出了一个在对手动作的方向上，抢先加速，继而反向用力加旋转的窍门，既保护自己不倒，又能不经意地把对手摔倒。终于有一天，陈工小声问大宝子，他可以尽情发挥吗？经过这一段时间的接触，大宝子一伙已经认可了陈工，觉得这个臭知识分子还算老实，不怎么烦人，摔他的时候由戏耍折磨转为了友好切磋。大宝子点头，允许他使招发力，这样才够劲，于是陈工找准方向一用劲，就把大宝子一个徒弟放倒了，徒弟不服，起来再摔，又被陈工放倒了，换上另一个徒弟，还是被陈工轻松摔倒。最后大宝子亲自上阵，费了好大劲，才把陈工摔倒，扳回一分。大宝子啧啧称奇，怀疑他是练过的，前些天隐藏了实力。他拍拍陈工的肩膀说："你们这些臭老九，大大地狡猾。"从此对陈工另眼相看。

陈工努力把思路往工作上引导。总厂是座老厂，装置设备老化严重，二十年的超负荷运行，已经病入膏肓，事故频发，效率低下，后患无穷。陈工上任总工程师，两天两夜没有睡觉，经过一番深思熟虑，他提议，必须全部车间停工，来一个彻底大检修。

总厂顾虑全厂停工停产"史无前例"，会影响"连续运行"这个指标，没有同意。陈工坚持己见，认为只有全部停工才能从根本上解决问题，这样做效益最大，成本最低，他把停工检修方案及开工后安全产量质量全面提升形成书面报告提交，班子再次讨论，同意和反对各占一半，不过这回获得了总厂党委书记老田的全力支持。

田书记是部队转业干部，抗日老革命，虽然不擅长技术工艺，但他明白"磨刀不误砍柴工"的道理，主要是信任陈工这个人。田书记思量权衡，意识到此事的十万火急，带着陈工直接去北京部里，当面陈述利害，让部领导感受到总厂全面停工检修的必要性和迫切性。

方案经过部领导和专业班子讨论，原则上同意全面大检修，但不可以全部停工停产。

田书记心领神会，保留一个循环水车间不停工就不算全部停工，仓库有货车出入库就不算停产。与此同时，陈工补充数据，完善方案，把细节考虑周全，以确保"停检开"三大环节万无一失。

陈工感觉今晚将要失眠，干脆从床上起来，重回书房，来到他未完成的油画前。

平常每天时间安排得满满的，他基本没有空闲想女人，除非是在画画的时候，因为他画的不是风景花卉或者别的什么，而是一幅女性肖像。今晚完全乱套了，不画画时他也在想女人，想小金，还由小金想到小林，近年来，小林是他唯一主动聊过天的姑娘。

陈工的油画是自学成才，而且画架上的女人头像，并没有模特原型，完全是根据想象画的，或者说画成这个样儿就是这个样儿，女人的形象由心与画笔相乘而生，跟着心与画笔的变化成长，已经画了一年多了，仍然没有完成的意思。往常，只有在周末空闲时间，他才会来到书房认真涂抹描绘。三个月前钱工两口子来访，看到了这幅画，"嫂子，这是嫂子。"胡琴玉说，她认出画的是他的前妻，钱工也这么认为。

一周后，金素将第一次来到陈工家，她来到书房，看到这幅画，惊呼道："咦，林姐！"她认为画的是林雪鸽。

再过一个月，金素会领着林雪鸽来到陈工家，让老对儿参观即将用于她跟陈工结婚的婚房，欣赏她们一同去秋林百货购买的窗帘，挂起来有多么漂亮。

那天，窗子打开着，洁白的窗帘随风飘卷，彩线绣成的荷叶荷花翻滚涌动。

看完了卧室的窗帘，金素带着林雪鸽来到书房，让她欣赏这幅画。林雪鸽端详着，认为画的是金素。

林雪鸽说："小金，看这幅画就可以知道，陈总多么用心，多么喜欢你。"

金素说："他天天修改，还没画完，开始她可不像我，像你，我现在还觉得画的是你呢！"

陈工走过来，站在一旁，像做错了什么事，轻声嗫嚅道："我正在摸索学习，还没有掌握绘画的技术要点，做不到想画谁就能够画得像谁。"

林雪鸽说："艺术的根本是境界和情感，不是技术。这幅画里有情感，有神。"

陈工看着林雪鸽，说："艺术的根本是境界和情感，不是技术。小林，你讲得好。"

林雪鸽说："我爸爸笔记本上写的。"

陈工说："令尊讲得好，他是哪个单位的？"

林雪鸽说："他早不在了，我很小的时候爸爸就去世了。我跟小金一样，我们都没有爸爸。"

陈工说："你有妈妈吧？"

林雪鸽说："妈妈在。"

陈工说："小金妈妈不在了。我的爸爸妈妈，也都不在了。"

林雪鸽第一次听一个跟她爸爸妈妈同辈的人说出"我的爸爸妈妈"，觉得好玩，也有些感动。

5

除了在图书馆和厂部大楼走廊，林雪鸽想不起来还在其他的地方见到过陈工。厂子开大会，主席台安排好了"陈总"的位置，却总也见不到"陈总"这个人，他要么在办公室运筹，要么下车间处理现场，从不在与工作学习无关的场所浪费时间。

图书馆是他比较爱去的地方，但那一般是在午休时间，他快速吃完午饭，骑自行车去图书馆借书，看期刊杂志。

不知是陈工长得好笑还是她太爱笑，反正每次看到陈工，林雪鸽都忍不住想笑。有时候她好容易绷住了，陈工跟她打招呼，她的笑容又重新绽放，偶尔还笑出声来，她顿觉失礼，只得边笑着边跟他讲话掩饰过去。陈工小眼睛，高颧骨，脸上表情似笑非笑，似哭非哭，取决于你从哪个角度观看，其实是面无表情，因为他坐在椅子上打瞌睡也是这个模样。他常年缩脖驼背，从后面看，侧面看，就是个颓唐小老头，正面看会好一些，眼睛虽小但有神，谦逊而镇定，遇到感兴趣的事情，立刻充满光芒。

林雪鸽非常尊重陈工，这无需理由，觉得他就应该受到尊重，每次见到陈工来图书馆，她都会倒杯热水放到他坐的桌子上。陈工会望着她说："谢谢你，小林。"除了这些平平常常的细节，她好像再也回想不起来她跟陈工之间有什么特别的事情了，不对，有一件，完全出乎她的意料，怎么偏偏把它忘了呢？

那天，轻易不开金口的陈工忽然关心起她的终身大事来，他问她有没有对象。林雪鸽不愿意谈这类话题，这要是换成别人她会生气的，陈工来问，她只是冷淡地回答说没有。

她以为顶多他要给她介绍对象，或者单纯唠家常，谁知陈工突然间来了这么一句。

他说："小林，你没有对象，我也没有，我们都是单身，理论上讲，我是可以跟你谈恋爱的。"

林雪鸽听了哈哈大笑，等她意识到自己笑声太大了，便迅速收住。

"我开个玩笑。"陈工走开到期刊架那边去了。

当时她的第一反应是觉得"理论上讲"这个说法太好笑了，才笑得那么开心。事后好多天，当她再次回想陈工说的话以及当时的情形，才生出："跟你恋爱，想都没想过，你太老了呀！"

结果想不到的是，"老头"谈了个更年轻的，金素比她还小两岁呢。

"你不觉得他年龄比你大那么多？"林雪鸽问金素，她多少有些替好朋友感到不平。

金素说："年龄确实大了一点，但也还行，我能够接受。"

林雪鸽说："大二十多岁呢。"

金素说："他不怎么显老。"

"还不显老？你要多老才叫显老？"林雪鸽停顿了一下，"不过你这么说也有道理，我现在想想也是，陈总是年轻人的性情，甚至有点小孩子样儿，有一次我看到他上楼梯时，一边走一边滑着楼梯扶手，手这样，噼噼啪啪，他以为走廊上没人呢，表情这样，很陶醉，跟他的年龄身份完全不相符。"

金素说："嗯，你学得真像！"

林雪鸽说："挺好玩的。他什么态度？"

金素说："他很愿意，希望尽快结婚。"

"啊。"林雪鸽怅然，"结了婚你就搬出这里了。"

"你可以去我们家住，我们家够住。到时候他住书房，我俩住卧室。"

"好嘛！"林雪鸽说，"还没怎么的，就我们家我们家的了。将来偶尔去你们家做一回客，蹭一顿饭还是可以的。"

金素说："好吧，不是我们家，你们家行了吧。"

"胡说！不过我去了不白吃，我去给你们做饭，我有好几个拿手菜。"林雪鸽说。

"算了吧，你面条都煮不好，还做菜呢！老陈是苏州人，他爱吃甜口，苏州菜，你会？"

"我可以学呀，哎，你是跟谁学的？"

"其实也简单，一大勺一大勺地加白糖，等我做的时候，你看一眼就会了。"金素转移话题，"下周我跟陈工去北京出差，咱俩以前不是约定好了，找个机会一块儿去北京旅游吗？你请个假，我们一块儿去，你陪我住招待所。林姐，这方面你也太可怜了，从没出过远门，连火车都没坐过，白读了那么多的书，出去看看吧，开开眼界，书本毕竟只是书本！"

林雪鸽说："我去当电灯泡，那怎么能行？不过，首都北京我最向往。"

"走出大连，你才会知道天地之大。"金素说。

"有那么神吗？不都说出去转一圈，哪儿都没有大连好吗？"

"井底之言！你出去一趟就知道了，出过门跟没出过门不一样的，我也不过才出去过一次，啊，原来世界真的很大。"

"有你说的那么好？我当然也希望去，可是，你愿意，陈总能愿意吗？"

"愿意，他肯定愿意。"

林雪鸽说："为什么，为什么说陈总肯定愿意？"

"因为我愿意啊。我愿意的事他都愿意。"金素说。

"哎哟，都到了这般默契程度了！"林雪鸽说，"组织上还让我密切注意你的情绪变化，好及时做好你的思想工作呢，看来完全没有必要。"

"什么意思？"

"担心你看不上陈总呢！看来组织这担心纯属多余。"

林雪鸽所说的组织，是指胡副厂长，那天她在厂部大楼开会，会后胡副厂长叫住她："小林到我办公室，我有事跟你说！"

林雪鸽跟着胡副厂长到了他的办公室。胡副厂长刚出院，前不久受了点外伤，走起路来一瘸一拐。

"请坐！"胡副厂长跟林雪鸽相熟多年，讲话不绕弯子，"小林，交给你个额外的任务，敢不敢接？"

"怎么不敢接，领导信任，只是不知道我能不能胜任。"

"一定能胜任，也只有你能胜任！"胡副厂长轻晃摇椅，"陈总是我们总厂的技术大拿，这不用多说。史无前例的大检修即将拉开序幕，这是总厂的头等大事，直通部里，不能出丁点差错。大检修的总策划总指挥是陈总，陈总这个人大家都知道，全心全意扑在工作上，个人问题他不考虑，尤其是婚姻大事，再耽误下去，年龄越来越大，黄花菜都凉了，他自己不放在心上，组织不能坐视不管。小林，陈总跟小金的事你了解吧？好，那我告诉你，陈总相中了小金，小金对陈总印象也不坏，小林你呢，一向乐于助人，又跟小金同住一个宿舍，这时候更要多鼓励多帮助小金，如果她有什么不妥的思想或情绪动向，多疏导她，多劝解她，宁拆一座庙，不拆一桩婚，你感觉处理不了，随时打电话找我汇报，反正我们一个目的，一个目标，全力促成陈总和小金的姻缘，这事做成，等于为总厂大检修做出了最大贡献。"

林雪鸽说："没问题，用不着任何人嘱咐，我跟小金是最好的朋友，不过，我可以观察她，了解她怎么想，不泼冷水，但我不能干涉人家的恋爱自由。"

"那当然，强扭的瓜不甜。咱们只负责爱护保护，锄草浇水，不拔苗助长。"胡副厂长说，"小林，你自己呢，是不是也该考虑一下个人问题了？"

"我不劳组织费心。"林雪鸽说。

"我代表我个人。"胡副厂长笑笑，"不代表组织。"

林雪鸽说："咸吃萝卜淡操心，再见了！今天上新刊，我得早点回图书馆。"

林雪鸽决定去北京。她打电话跟胡副厂长请假。

"我想请假一周。"她说。

因为大检修，总厂把三天以上的准假权收归厂级对口领导，工会下属的图书馆归口胡副厂长管理。

"请假一周，干什么？"胡副厂长问。

"我想去北京看看。"林雪鸽说，"该写的稿子我提前写好了，其他工作也都交接妥当，杨馆长已经打好了招呼，他同意，就等领导批准了。"

"只去北京吗？"胡副厂长问。

"是的，北京还不够玩的吗？"

"去北京还请什么假，出一个北京的差不就得了，等通知吧。"

陈工带队，金素和林雪鸽随从，去北京送碱样。

火车到北京，部里派来小车接上，先去研究所，把金素和林雪鸽放下，然后载着陈工去部里汇报工作。金素和林雪鸽把碱样送到研究所，打了收条，出差任务就算圆满完成，剩下的都是旅游时间了。两人在研究所的招待所住下，去食堂吃的晚饭。

陈工到招待所时天已经完全黑了，三个人在陈工房间，简单商量了一下第二天的安排。

晚上，金素和林雪鸽躺在床上聊天（跟总厂宿舍一样，林雪鸽选了窗子右边的床，金素则在左边）。金素不久前才来过一趟北京，林雪鸽询问故宫和颐和园的一些问题，金素能答出一些，还有好多她回答不上来，金素说，明天到现场就知道了，还不明白的话可以问老陈。

第二天一大早，他们去了天安门广场。

林雪鸽目不暇接，脑海中诗句纷飞。

陈工带着相机，人民大会堂、天安门、华表、金水桥，完全由着她俩，想在哪里照，他就负责给在哪里照，有单独的，有她俩的合影。

面对年轻美丽的两位姑娘，陈工心中一种劫后余生的幸福感油然而生，他默默祝福，为自己，为广场上的孩子，为带着笑容的所有人。他替身边这两位年轻的姑娘高兴，多么好哇，她们的前面，还有那么多年的美好未来在等待她们。并且因为恋爱和婚姻，自己也被涵盖在其中。金素比他年轻许多，他对未来的思考也相应地往后延长了许多年，这幸福感宽容慈悲，竟携带他跨越到从前，让他联想到当年他跟妻子恋爱结婚时的幸福时光，而且毫无违和感。

进故宫之前，陈工换了新胶卷，先给她俩照了几张，上好了胶卷，招手把相机交给林雪鸽，告诉她怎样取景，怎样按快门，然后小跑开，站在了金素身旁。

林雪鸽按下了快门，这是她给他俩照的第一张相，她脸红了，心想自己早应该考虑到，陈工跟金素才是主角，得给他俩多拍照。

陈工返回来，把林雪鸽手中的相机再次上好胶卷，跑回金素身边。他把手放到金素肩膀旁，金素的头向陈工一侧倾斜，在镜头里，他俩差不多一般高。

按快门之前，林雪鸽突然来了灵感，像个摄影行家般挥着手说："靠近一点，再近一点！好，别动，别眨眼，笑一笑，好了！"

金素跑过来，把相机从林雪鸽脖子上拿下，挂到自己脖子上，一只手朝着林雪鸽拨动，轰赶小鸡小狗一样。

"过去，过去！"

陈工要往回走。

"老陈，你原地站好！"金素说。

陈工赶紧不动了。

金素朝林雪鸽说："快过去，我给你俩照一张合影。"

林雪鸽走到陈工身边，她用余光比了一下，自己好像比陈总还高一点点。

"靠近一点，再近一点！好，别动。"金素说，"别眨眼，笑一笑，好了！"

一位年轻的解放军军官站在一旁，等待金素照完，他拿着自己的相机，请金素给他跟他的爱人照一张合影。他的爱人跟他一样年轻，容貌漂亮，两个人站在一起，英雄美人，般配得让人羡慕。

金素瞄了半天，最终还是放下了相机，对军官和他的爱人说："我不行，我是现学现卖。我找个专家给你照。老陈！"她把相机交给陈工。

陈工谦虚地笑笑，接过了相机。照相也是他的业余爱好之一，年轻的时候，陈工就喜欢上了照相，抄家时他的两个相机和好多相片被抄走，相机有一个是徕卡牌的，财产返还时，两个相机都丢失了，拿到平反补发的工资后，他买了一个海鸥135，现在用的就是它。

陈工蹲下去，站起来，最后固定在半蹲高度。

"靠近一点，再近一点！好，别动，别眨眼，笑一笑，好了！"他说，"等一等，再来一张！"

"解放军同志，麻烦你给我们照张合影。"金素说。

金素站在中间，陈工站在她右侧，林雪鸽站在左侧，三个人照了张合影。

游完故宫，陈工请客，在北京饭店吃饭，然后去了天坛，天快黑的时候，他们回到招待所，林雪鸽、金素两人欢声笑语聊到半夜。明天他们要游玩颐和园和圆明园，后天，十三陵和八达岭，除了十三陵和八达岭长城，其他景点金素上次基本都游玩过，照了许多相片，那些相片林雪鸽看过，金素面对镜头，笑容灿烂。

林雪鸽担心金素会对曾经去过的景点不感兴趣，金素说她上次来是夏天，现在是冬天，再说哪怕是同一个景点、同一个季节，也是百看不厌的，她恨不得现在就去，以后还得再去。

所有这些景点，对陈工都属于故地重游，他上大学时已游玩过多次。他没有一味伤感从前，他把心思放到金素身上，听着金素跟林雪鸽随便聊一些无关紧要的话题，都感到开心和感动，恍惚中，他觉得年轻的妻子也在他们的周围。

金素面对着一个个熟悉的景点，会突然眼泪在眼眶打转，幸亏有林雪鸽在，把她从沉思走神中唤醒。林雪鸽不明就里，只看到表面，暗暗为他俩祝福。

从八达岭返回，陈工看到在招待所大门口有一男一女朝他们张望。

走近了，认出是老同学孟工和爱人乔工。

两人得知陈工带着未婚妻来北京出差，过来接他们去家里做客，见了林雪鸽，也邀请一块儿去。林雪鸽不想去，陈工和金素不允许，孟工更不允许，宁落一村不落一人，孟工的爱人乔工不知怎么，一见面就很喜欢林雪鸽，拉住她的手，非要她去不可。

当年陈工夫妇跟孟工夫妇是清华的同班同学，毕业了，陈工跟爱人分配到了大连，孟工、乔工留在了北京，"反右"的时候，陈工家庭遭受了重大变故，孟工夫妇算熬过来了。孟工两口子一直挂记着陈工，对陈工的婚姻状况非常关心，希望能有个合适的女性去爱他关心他。在陈工来北京之前，他们通了电话，知道陈工有了未婚妻，很是为他高兴，但并不知道陈工要带未婚妻来北京，后来是乔工偶然听部里的同事说陈工来北京了，还带着未婚妻，便跟孟工一块儿来招待所找他。

三个人在孟工家吃了一顿家庭氛围浓厚的晚饭，第三天，返回了大连。

到大连后，金素和林雪鸽回宿舍休息，陈工到家放下背包就进了工厂。在办公室，他接到乔工从北京打来的电话，她告诉陈工，金素漂亮懂事，林雪鸽文静大方，她跟孟工两人一开始误会了，在招待所大门见面，还以为林雪鸽是陈工的未婚妻呢。金素容貌身材都漂亮，可以说太漂亮了，"像一团炭火"，吃饭那天当晚，乔工悄悄对孟工说出这个比喻。

6

北京回来后的第一个星期一，金素和林雪鸽休班，她俩睡了个懒觉，起床已过了食堂早饭时间，林雪鸽去取饼干，准备两人泡开水吃，金素阻拦，她拉着林雪鸽来到了陈工家。

金素用钥匙开院门，发现院门上的暗锁没有锁，推开门，院子里站着一个男人，三十多岁，中等身高，白皮肤，细眼睛，小嘴巴，不胖不瘦，正在往院墙边的小仓库里搬木板。

他眼角扫到有人进来了，加快了速度，把堆在地上的木板，三下五除二搬进了小仓库，然后抢在她俩走近之前，迅速关上仓库门，挂上锁头，咔嗒锁上了。

这人叫贺耀民，前不久才从这小院搬走，上了楼。照规则他不够上楼资格，可他摸准了厂里急着给陈总创造舒适居住环境，趁机加码，把自己的住房标准提升了两格，不然他不搬。工会只想给他提升一格，分配给他一套一室半平房，他要两间，还要上楼，工会不同意，相互较劲了一段时间，最终厂里拗不过他，破例同意了他的要求。可这人占便宜占惯了，管你是公家的便宜还是个人的便宜，大便宜小便宜，他都喜欢占，得寸进尺，得了锅还要霸着盆，他欺负陈总清高磨不开脸，家从小院搬走了，院里的小仓库却占用至今。对此连一向不理俗务的林雪鸽也感到愤愤不平。

"哎，这是谁呀？"林雪鸽明知故问。

"贺师傅吧？"金素说，"贺师傅，你来搬东西的？"

贺耀民含糊答应了一声。

林雪鸽说："贺师傅，搬家辛苦！用不用我们帮你往外抬呀？"

"命苦，你们来了！"贺耀民说，此人真不愧是厚脸皮的头子，说话时没有丝毫不自在，像是别人来到了他的地盘上似的。

林雪鸽气不打一处来，说悄悄话状俯身向金素，声音却很大，"人脸皮厚是真没辙，家搬走了，还占着仓库，看陈总老实，好欺负？"

金素说："不能吧，现在可不是'四害'横行，'老九'倒霉的时候了，谁想欺负都可以欺负一下。贺师傅占着小仓库，当时可能有困难，有原因，这咱不管它，今天他这不就过来收尾吗。"

林雪鸽说："本不该拖这么久，人搬走了，一堆破烂儿留在别人家院子里，这算什么事？"

金素说："这种事情啊，全靠自觉！"

林雪鸽说："人有脸树有皮，他没脸没皮豁出去，那也就真没什么好话可说的了，不行的话，出面找工会解决。"

贺耀民迎过来两步。

"你是小金吧？没有不知道你的，嘿嘿。"他说，"小金，小仓库的事我跟陈总早就打过招呼的，陈总大人大量，准许我这么用着，这事你怎么能知道，那时候陈总还没有谈对象，不认识你呢，嘿嘿。"

"这事我知道，贺师傅，当时你说你东西多，没地方放，暂时借仓库用一用，你慢慢找地方，找到地方就搬走。你是这么说的吧？"金素说，"到现在多长时间过去了？要找地方早该找到了，要搬走早该搬走了，我不明白贺师傅是忘了找，还是忘了搬？陈工不问你，不等于不想撵你。"

"应该是忘了搬。"林雪鸽说，"小金，你们也真够大胆的，你知道贺师傅放了多少好东西在小仓库，丢了赔得起也说不清啊。"

贺耀民说："哪有什么值钱的东西，都是些破烂儿，进厂这些年，攒了点破木板、方子、沙子、砖头，暂时还用不上，借陈总个地儿暂时放一放。"

金素说："既然用不上，那么贺师傅数数有多少块砖头，多少块木板，我们先借用了，正好收拾小院用，等你什么时候需要，我们再如数买了还你，送货上门，也省得你天天往这里跑了。你觉得算钱合适，就给你算钱，随你！小仓库是属于这座房子，这个院子的，你总占着，还拿着小院钥匙，不方便。"

"哼！"贺耀民面红耳赤，嘟囔了声，"看来是有备而来，行，算你小丫头狠，好男不跟女斗，不跟你们一般见识！"

他昂首挺胸走过去，把仓库门打开，摘下锁头装进了裤兜。

锁头落进裤兜里的一瞬间，他僵硬的身体迅速松弛了下来。

他转回身，一只胳膊没有跟着转，指向小仓库。

"这里头样样数数的东西倒是不老少，虽然不值多少钱，但是都能用得上，留给陈总用吧。"贺耀民说，"小金，这小媳妇，陈总娶了你，可抖起来了，将来当家过小日子，里里外外肯定都是把好手。"边说边往门外走。

"你放心，贺师傅。"金素说，"差不了你的，陈工只会多不会少，这你应该清楚。"

"那倒是，我相信陈总，陈总不小气。等我跟陈总打电话说吧。"贺耀民从腰间钥匙链上摘下一把钥匙，插到了小院门的锁孔里，头也不回走了出去。

林雪鸽和金素相视一笑，一击掌，完全不管贺耀民没有走远。

她俩去厨房做饭，早饭还没吃呢，都已经快到中午了，金素快速炒了一个土豆丝、一个葱花鸡蛋，蒸了一锅大米干饭。林雪鸽吃得饱饱的，跟金素闲聊了一会儿，去图书馆写稿去了。

林雪鸽走后，金素洗碗刷锅，把全屋卫生收拾了一遍，又洗了床单枕巾，然后卡着下班时间，做好了晚饭，等着陈工回家。

陈工下班回来，看到金素在，开心得不行，听她说完贺耀民的事，笑得合不上嘴，对金素和林雪鸽钦佩不已。陈工是个喜欢清静的人，很希望贺耀民能早一点搬走小仓库的东西，把小院钥匙交出来，但是他说不出口，也不敢拉下脸跟贺耀民交涉，交涉也不会成功，甚至极大可能招致进一步的损失，像他这种性格，面对贺耀民这种人，最明智的选择是不提这事。在以往跟贺耀民为数不多的几次接触中，陈工只能哑口聆听对方滔滔不绝，拿着不是当理讲，最后为了摆脱，陈工会主动选择再吃一点亏，再多让出一点利益给对方。所以不向贺耀民索要小仓库，不去想这件事，反倒成了他最省心省力的选择。如果这次不是金素和林雪鸽，凭他自己，小仓库绝对收不回来，寄希望贺耀民会主动交还，那纯属天方夜谭，现实中不可能发生。

陈工进门，换上拖鞋，在已经兑好了温水的脸盆里洗了脸，接过金素递过来的毛巾。

他一边擦手，一边往饭桌上望去，饭菜早已做好了，摆得满满一桌子，用锅盖、大盆小盆盖着呢。

吃着热乎乎的饭菜，听着金素唠嗑，一向吃饭很快的他，有意放慢了速度。

吃完了饭，他跟她一块儿收拾碗筷，金素拦住，不需要他动手。她动作麻利地抹干净饭桌，洗刷碗筷，然后擦干手，向陈工道别。

前几次她就是这样，来陈工家给他洗衣服、收拾家、做饭，饭做好了，一起吃完了，收拾洗刷完毕，她便告辞，陈工道谢着送到门口。

这一次陈工没有作声，他用眼神挽留她。

金素像是没有看懂，她拿起挎包，往外走，陈工想拦，终没有敢，他跟在后面。金素打开门，发现外边下起了小雨。

"冬雨静美，冬雨留人。"陈工在她身后说。

她回转身。

陈工揽过她，轻吻了一下她的额头。她顺势倒在他怀里，一副要哭的样子。

陈工以为自己的行为太过分，叹口气，放开了手。

她流出了眼泪。

陈工手足无措，懊恼又自责。

金素突然搂抱住他。

金素瞄到了陈工也在流泪，抱他抱得更用力。

陈工双腿战栗不已。眼泪淌到嘴角的时候，他才意识到自己流泪了。他想："谁发明的'流下了幸福的眼泪'？"

"小金，请答应我，做我的爱人，做我爱人吧！"他说。

这是热切表白，也是无意识心声的爆发，对于陈工，只有在失去理智的时刻，他才终于能够把自己完完全全地交给了激情。

"好的，好的，我答应。"金素说。

陈工突发耳聋，已经不能够听到她的回答，这是被革命群众殴打留下的后遗症，平常只是弱听，一紧张或者激动就会失聪。

在没有了声响的世界中，陈工变得勇敢而有力，他弯腰抱起金素。

当晚，陈工留金素在家里过夜，两人一夜无眠。

天亮了，金素拿开陈工的胳膊，说："我还是你的爱人吗？你还把我当宝贝吗？你叫了我那么多声宝贝。你要是后悔了，现在还来得及，我马上就走，不再来麻烦你。"

"什么话！"陈工重新把她搂回来，吻她，"宝贝，宝贝。"

她从陈工的怀抱中挣脱，拉过他的胳膊，抓紧他的手。

"我比任何时候都爱你了。"陈工说，后半段表白是他没有说出口的："让我们携手面对我们的未来吧，我蹉跎半生，剩余岁月的使命，一个是怎样做好化工事业，一个是怎样使你幸福。"

"真的吗？你不嫌弃我有过去？"

"你才二十五岁，你比纯洁的白纸还白。"陈工说。

"我不是，我不是白纸一张。"金素说。

"你从头到脚都是纯洁的，都是美的。"陈工说，他没有说出来的还有："我不知道你有哪一点值得嫌弃，可能你跟别人恋爱过，可我一个土埋半截的人了，有什么资格嫌弃别人。你不嫌弃我，我已经千恩万谢了，我结过婚，有孩子，已经当了外公了呢。"

"我不纯洁，也没有你说的那么美。"金素说，"不过你对我好，我会十倍百倍地回报你，爱护你，伺候你，照顾好你。咱俩结婚后，你一心干事业，干工作，家里大大小小事都交给我，不用你操心。"

陈工被她那种天生的家庭主妇自信劲儿迷倒，再次用亲吻和拥抱回答她。

经过这一晚，金素心绪安定了许多，对陈工的好感增加了一百倍，还有令她想不到的，这位木讷而浪漫的爱人不但感情上一往情深，对她的身体也相当痴迷贪婪，别看平常他拘谨而胆怯，到了夜晚，在床上，他简直就是贪得无厌，没完没了地吻呀亲呀，温柔地、大胆地、纯粹而放纵地做爱，时代压抑得有多厉害，他在床笫之欢上表现得就有多疯狂，他似乎要通过性爱，把损失掉的二十年青春弥补回来，这些年中，性爱已等同于陌生的经验，而现在，有多陌生就有多刺激。金素不得不含蓄地规劝他悠着点，未来的日子还长着呢。

金素规劝陈工节制，让他心花怒放，觉得这个小姑娘已经不是一般的小姑娘，而是一个可以依靠的女人了，说这种话时，她从容淡定，落落大方，像极了一个良善贤淑的好妻子。

陈工心思单纯，即使对金素的过往有所耳闻，也不会向她发问，何况他对此毫不知情。他每天都沉浸在幸福之中。她的美貌，她旺盛的欲望，她对他的依靠，她的体贴，她饭做得好吃，她把家收拾得干干净净，她在家里家外样样能干，她的种种数不过来的好处，让陈工心满意足，能娶到小金这样的妻子，真不知是烧了哪根高香了！陈工爱泡澡，她把洗澡水烧好，以前陈工工作太忙，烧水刷澡盆又麻烦又浪费时间，所以他每周最多在家里泡两次澡，其他时间都是到厂澡堂子泡，在厂子泡澡缺点是人太吵，水太脏，在家里干净多了，想安静就闭目养神，想听音乐就放唱片，老陈要是调皮了，还可以拉着小金来一个鸳鸯浴，这些都是以前不能想象的，可能说到鸳鸯这两个字，他都

64

会脸红。

金素佩服陈工知识渊博，脑子好，对一些不太熟悉的事物，甚至金素所擅长的弹琴唱歌，他也能够提出一些独特的看法和建议。主要他为人正直和善，一点歪心思都没有，跟这样的人在一起，踏实放心，睡觉也睡得安稳。

金素在心里说，如果不是她不能再爱了，她会爱上他的。

"爱"跟"喜欢"不是一个单位。她承认自己很喜欢陈工，他有太多值得喜欢的地方了，但是"喜欢"是柔弱的，并不能展现出绝对力量，无法搬开压在她心头的大山。"爱"，铭心刻骨，已经有过一次了，但现在可以开始"喜欢"。

夜晚睡觉时她做噩梦，又是哭又是叫。

陈工惊醒，紧紧抱着她，心疼得不得了。

他认为，跟他经历过的生死磨难相比，年轻人情感上的分合坎坷很正常，无论是怨恨还是嫉妒，那都算不了什么，早晚她能忘掉，走出来，不计较过去，向前看，沿时间之河继续航行，两岸美好的风景纷至沓来，所有创伤终将被抚平。

金素说："我们现在还没结婚，你和我都可以反悔。"

"我离不开你。"陈工说，"小金，我们马上结婚登记，给办公室买点糖果瓜子，就算请客了。"

金素点头同意。

"给我点时间，让我慢慢适应适应。"金素说。

"不急，我们有的是时间，时间会宽恕所有。"陈工说，他给她读了刚刚在心里写下的一首诗，"别问我多么幸福，我只关心，今后怎样爱你。"

"这是什么，诗？"

"对，我新写的。"

"谢谢，有人给我唱过歌，你给我写过诗。"金素说，"老陈，我不想骗你，我爱过，很爱很爱，他死了，我的爱也随之死了。我不会再爱上别的男人。我只能喜欢，不能爱了，这样你能接受吗？"

陈工眼睛眨了眨。

他说："当然可以啊，不矛盾，爱的浓度，稀释不掉的，我们也不要想去稀释。"

金素觉得他们知识分子挺有意思，说胆小，什么都害怕，说胆大，什么话都敢说。她十分惊奇，平日少言寡语的陈工，恋爱时会变了个人，滔滔不绝，妙语连珠，甚至有些磨叨。

"小金，我现在工作太忙，没时间多陪你，等大检修完毕，各装置开工正常了，我休个长假，带你去南方玩一玩，苏州杭州南京，虎丘西湖夫子庙，好多好多景点呢。以后每年我们都可以出去旅游，我们还可以再往南走，到广州去看看，我青少年时生活过的城市，我上小学时的学校还在，我都带你去看一看。"

"好的，明年我们一起出去旅游。现在你专心做好工作，全厂子都看着你呢，不用考虑我，我不会闷，闷了我找林姐玩。"

"最近你不做噩梦了。"

"好多了。我不怎么忧愁了，但是有时候还是担心。"

"担心什么？"

"担心我会对不住你。"

7

"喂！"门从外边推开一道缝，门卫老关探一下头，迅速缩了回去，"小金阿姨，有人找。"

"请等一下。"托儿所大班阿姨金素，正带领小朋友玩老鹰抓小鸡游戏。金素扮鸡妈妈，张着双臂，阻拦着一个小男孩扮的老鹰。

"小金阿姨，是派出所同志找你！"老关在门外说。

"谁？"金素说。

"派出所刘所长。"

金素放下双臂。

"坐下！"她说，"小朋友们，原地坐下，不要动。"

三个月前，八月下旬某天晚上，东山街道发生了一起凶案，派出所值班同志赶到现场，被害人被居民群众用平板车推到了医院，歹徒早逃之夭夭。

第二天一大早，派出所所长刘家宝来到案发地，屋里屋外转了两圈，在院里墙根草丛中，捡到一块带血的手绢。

奇怪的是，刘所长去医院询问被害人丢没丢手绢，被害人说没有，第二天却又主动改口说丢了，当时用它捂刀口，浸透了血，顺手扔掉了。

手绢是丝制的，有一个角上绣了个"素"，明显是一个女用手绢。刘所长问被害人，"素"是谁？被害人反问，素，什么素？刘所长没再追问，他把手绢提交市局化验，血型是O型，跟被害人对不上。

被害人胡运升，化工总厂的副厂长，向派出所同志回顾当晚经过。案发房子是东山一排排平房中的一栋，厂子刚从兄弟单位收回，他下班后去房子验收，当天有些疲劳，在床上歇歇，结果躺下就睡着了，醒来已经天黑，他准备回家，从房子出来，刚打开院门，埋伏门外的罪犯就冲进院里，把他砍伤了。胡运升没有看清楚砍人者，估计不是个疯子，就是个贼，不过也不完全排除仇家所为，他在一家几万人的大厂当副厂长，得罪人在所难免，但是他没有私敌，提供不出有用的线索。

胡运升胳膊多处割伤，肚子挨了一刀，侥幸没有碰到肠子，裆部受伤最重，被划了两刀，生殖器差点儿被切掉。刘家宝直觉胡运升没有说实话，对当晚所发生的情况有隐瞒。

假如手绢是胡运升的，那只能是在搏斗中丢落，凶手用它捂过伤口，这样血型跟胡运升对不上的问题才能说得通，刘所长推理，凶手手持凶器，胡运升赤手空拳，凶手受伤出血的可能性很小，即使受伤出血，也大概率不会捡起胡运升的手绢堵伤口。那么会不会现场除了凶手和胡运升，另有第三者，并且极大可能是一位女性，她受伤了，用自己的手绢擦拭了伤口，扔掉后，逃离了现场。

她是胡运升一边的，还是凶手一边的，暂时说不准，胡运升一边的可能性大一些，要不胡运升没有必要为了手绢说谎。不管怎样，可以确定的是，她受伤了，是O型血。

找到了"素"，一切问题水落石出。

刘所长首先从胡运升的亲戚查起，查遍了户口档案，胡运升老婆的名字中不含"素"字，他的家属亲戚中也没有含"素"字的。

接下来查总厂职工档案，总厂43628名干部职工中，查出共有十一个名字中含"素"的，均为女性，刘所长拿着这个名单，亲自筛选，凭借第六感，他首先来到厂托儿所，找到了金素。

当看到金素的耳朵包裹着纱布，他笑了。调查有了着落，从她入手，整个谜团便会迎刃而解。

那天金素完全被刘所长的气势吓倒了，面对他的提问，只偶尔点头或者摇头，一言未发。

刘所长没有难为她，说过些天再来找她。

见金素从托儿所教室出来，等在走廊的刘所长上前两步，笑脸相迎。

刘所长说："小金同志，我今天来，是为前两次的事给你道歉来的。对不起，之前我态度有问题，我不知道你是陈总的未婚妻，你看你，也不提醒我一声。陈总是市里挂号的全国劳动模范，是我市人民的光荣，总厂这次大检修，市里列为头等大事，我作为一名基层公安民警，首要任务是为大检修和陈总站好岗放好哨，而非加堵添乱，望小金同志不计前嫌，接受刘家宝的正式道歉，我调查方向有问题，态度也不对。"

金素已经做好了多种应对准备，唯独没有想到刘所长跟以前的咄咄逼人截然不同，一上来就致歉，令她不知所措，以为他是在跟她玩心理战呢。

上次刘所长来托儿所找她的时候可不是这样，比第一次凶多了，把金素吓得没说出几句完整的话。刘所长冷冷地看着她，说过些天再来找她，让她好好理顺下思路，组织好语言，实事求是，有一说一，有二说二，不说谎，不遗漏，不隐瞒！

刘所长说："小金同志，我脑袋一根筋，职业习惯，你可千万不要往心里去。"

金素望着刘所长，琢磨怎样回答他才好。

可刘所长似乎不需要她的回答，他说："那个案子已经结案，确实是一次普通的报复行凶，我给想复杂了，同事送我外号'福尔摩斯'，就因为我喜爱瞎推理，入魔了，有时候特别准，有时候就会走偏。胡副厂长工作中得罪了恶人，检举恶人盗窃国家财产，恶人被捕，后来逃离了看守所，潜伏跟踪胡副厂长，伺机实施了报复，这是秃头顶上的虱子，明摆着的因果链条，我却给整偏了，好在局领导及时纠正。那个凶犯活该倒霉落不下好，逃跑途中在火车上偷窃，跳火车掉长江里淹死了，也算罪有应得，这些你肯定都已经听说过了吧，一般掉江里人都泡烂了，漂走了，鱼鳖虾蟹啃了，那小子倒是落了个全尸，家属辨认过后才就地火化，也算他有造化，一生行窃，尸骨还乡……这些事怎么可能跟你有关系呢？与你一分钱关系没有，正如你所说的，你根本没在现场。一会儿我会跟陈总面谈，跟他再好好解释一下。其实我跟陈总多年以前就认识，那时候他下放在大刘家农场，我们这帮青年农业学大寨，在大刘家劳动，我带着一帮孩子练习摔跤，遇到了陈总下工回来，就在那天我们相识。陈总聪明，我佩服他，他从没学过摔跤，练了个把月，就把我的所有徒弟摔倒了，你说他神不神？"

"是的，陈总特别聪明。"金素总得说点什么，"生产上无论什么困难，都难不倒他，他一琢磨，就有新主意新办法。"

刘所长说:"我一会儿去找陈总,亲自向他道歉。"

金素说:"那倒没有这个必要,你也是为了工作。"

"不。"刘所长说,"必须道歉,这是组织交代给我的任务,一定要完成。对,小金你说得对,都是为了工作。民警的工作性质就是严肃和严谨,我原来活泼好动的个性,自从当了民警,改变了不少,这是没有办法的事。小金同志,以上是我代表公家的发言,从现在开始,是我们之间的私人谈话。我想跟你说什么呢,我想告诉你,陈工不但是个专家、人才、大能人,他还是个老实人、好人、彻头彻尾的大好人,好人应该受保护,不要加害他。你不用反驳,我不是指你,你当然不会害他,弄不好你也属于受害者之列呢,我的意思是既然你们已经确定关系了,你就有责任照顾好保护好陈工。"

金素打断他道:"这是我的本分,用不着外人操心。"

"那好,小金同志,我不再多说了,以后你如果想知道一些什么,想知道更多的一些什么事情。"刘所长停顿了一下,"可以随时到所里找我,我渠道多,会得到些新消息,指不定就来一个惊掉下巴的消息,你可以随时来找我!"

"谢谢,不需要!"金素说。

刘所长离开托儿所,开着摩托,在总厂门岗出示了工作证,来到了厂部大楼陈总办公室。

办公室门开着,里面没有人。

刘所长判断主人应该没有走远，就站在门口等。

没过多久，陈工拿着一摞图纸从楼上下来，刘所长迎上前。

"陈总你好！"

"你好！你是……？"

陈工盯着他辨认。

"哈哈，还没认出来？是我，大宝子。"

"大宝子？不认识。"

"摔跤的大宝子，忘了？我们练摔跤，在大刘家农场，你把我那几个徒弟全摔倒了。"

陈工回想起来了。

"啊，是你，你好。你是来找我吗？"

"当然了，专程找你来的。"

"请进！"

刘所长坐下，向陈工简单介绍了一下自己的经历，下乡后他参了军，在部队入党，复员分到公安局，现在是东山派出所的所长。

陈工给他倒了杯温水。

刘所长一口喝了，然后跟陈总道歉，说派出所调查金素的事完全是误会，主要怪他，侦探小说看多了，自作聪明，幸亏分局领导出手定性，事实才得以澄清。金素跟东山街凶案毫无关系，那晚她没有在现场。

陈工静静听着。

刘所长说："你说我也不想想，深更半夜的，陈总的未婚妻，怎么会跟胡副厂长在一栋屋子里呢，那是不可能的。"

陈工仍然静静地听着，表情上看不出来他有什么内心波澜，也看不出他根本就不知道他的未婚妻竟然曾经被怀疑跟凶案有关联。

刘所长问："陈总，你是什么时候跟小金相识的？"

"一年多，快两年了。"陈工说，他这是从在图书馆第一次遇到金素的时候算起的，他觉得这样说对金素有利，又不算说谎。

"噢，那，时间也不短了。"刘所长颇为诧异。

"有什么问题吗？"陈工说。

"没问题。想不到你们认识那么久，我以为才不久呢，说明我的情报有误。"接下来，他重复了一遍曾跟金素讲过的话，"以上是我代表公家的发言，现在开始是我们之间的私人谈话。你有什么想问我的尽管问。"

陈工说："没有想问的。"

刘所长说："那我得跟你好好讲讲了，我这人直性子你应该有所了解，我有一说一，有二说二。"

陈工说："请讲，时间宝贵。"

刘所长虽哇啦哇啦说了挺多，其实并没有说出什么具体内容，只是在反复提醒陈工，要他提高警惕性，特别是对身边人的警惕，注意自己的人身安全，防人之心不可无，不能太单纯了。他还几次提示，金素也许不是个坏姑娘，但她的社会关系非常复杂。

陈工打断了他，明确表态道："金素是个好姑娘，她不是个好姑娘我不会娶她。人人都有应该彻底忘却的过去，弱者需要互相搀扶，而不是彼此往伤口撒盐。"

"好吧，陈总，今天是组织上派我来道歉的，我还是那句话，这是公事。"刘所长说，"想谈私事，想多谈点，想多了解情况，你可以随时去找我，你问什么，我答什么，把我知道的情况，一样不落地全部说出来。有些事情，我觉得，你要是问我，我就不该隐瞒，但你如果不问，我也不好主动说给你听，哪怕可能对你的人身安全不利，这个也许是我多心了，因为好多事情我没有确凿证据，我的调查进行到一半，分局结案了，我只能停止，但我毕竟门路多耳目广，不断会有新消息进来，陈总若想了解请随时找我。"

陈总说："谢谢，我没有什么好了解的。"

"那等你什么时候想了解了，有问题要问了再说。陈总，你是个好人，在大刘家我就知道，那时候年轻不懂事，多有冒犯，现在有机会弥补，保护好人是人民警察的责任。"刘所长从口袋里掏出一张事先准备好的纸条，上面有他单位的电话，他把纸条放到了桌子上，"有事给我打电话。"

陈工送刘所长出门。

刘所长请他留步。

临别，刘所长向陈工露出意味深长的一笑，似乎为他感到遗憾，自己掌握了许多关于金素的内幕，陈工怎么不往下问一问呢？

他这一笑让陈工为自己难过，但是时间很短，陈工迅速选择了不为所动，他甘愿做鸵鸟，蒙在鼓里又如何呢，他不想了解所谓真相，他经历过的残酷真相太多了，对他没有任何帮助，都是来摧残他的。他只想要工作，只想要普普通通的生活，这才是有积极意义的生活真相。

8

钱工两口子请客那天，送走了陈工后，钱工酒兴未尽，便给楼副总工程师家打了个电话。钱工跟楼工是酒友，两人常聚在一块儿小酌几杯。

胡琴玉把茅台酒收起来，换成一大瓶泡着山枣的散白。这是甘井子405部队自酿的高粱酒，价钱不贵，味道也可以。

楼工过来，钱工早把小酒盅换上了大杯，两人满上，边喝边聊，没多久工夫，每人又喝了半斤多。钱工这是第二顿，楼工在家时也自斟自饮来着，直到楼工的老婆打来电话，担心他喝多了，楼工才恋恋不舍起身离开酒桌。

"楼总这就回了。你放心吧，嫂子。"胡琴玉对着电话说，"我一直看着他俩呢，不能让喝多。"

走到门口，楼工突然想起来似的，跟钱工耳语道："都在传小胡的事，舆论大了可不好收拾，你还不了解老田那人，大老粗脾气，可看不惯偷鸡摸狗那些事，劝劝小胡，收敛一点吧。"

钱工没有说话，捏了捏楼工的胳膊，表示领情。

胡琴玉看看墙上的挂钟，还不到九点半，抱着试试看的想法，她往厂里胡副厂长办公室打了个电话。胡副厂长在单位写总结报告。胡琴玉让他过来吃饭。

"三姑！"胡副厂长瘸着腿进屋，"妹妹们睡了？"

"都去姥姥家了。先吃饭。不给你拿酒了，你的伤没好利索呢，要不可真有好酒呢，你三姑父今天可舍得了本钱，开了一瓶茅台。"

"下次我带一箱好酒给三姑父喝。三姑父呢？"胡副厂长坐了下来。

"陈总前脚走，他招呼楼总，喝了第二顿，等了你一会儿，困得睁不开眼，去躺下了。你先吃两口。"胡琴玉说。

"不饿，在食堂吃了碗米饭。"胡副厂长说。

"吃鸡肉。"胡琴玉挑着给拣了几块好肉。

胡副厂长尝了一口，"太甜了！有大酱没有？"

胡琴玉去厨房端过来一小碟大酱。

胡副厂长鸡腿蘸大酱，啃了起来。

"怎么样？"他说。

"还怎么样，陈工看小金那眼神，都快喷出火来。我就知道他逃不掉。**这时节，这时节，十分事都成了。**回头我做做小金工作，别拖拉，主动一点，早点登记结婚，对她也算有了个交代。运升，你也该收收手了，这方面惹的麻烦还少？可不能因小失大。派出所那边没新动静吧？"

胡副厂长说："盯着小金子不放呢。"

胡琴玉说："过几天你再看。"

胡副厂长处事精明强干，从班长到科长，后来当副厂长，没有两把刷子是不可能的，唯独在男女关系方面，给人留话把儿，这些年来三姑胡琴玉没少给他擦屁股。

在这类他不便出头的麻烦事上，胡运升十分依赖能说会道、办事能力超强的三姑。两个月前一个晚上，在东山街一条老胡同里，胡副厂长被一名歹徒用刀刺伤了多处，命根子险些被割掉，为此他住了一个多月医院，走路一瘸一拐，撇着腿，引来好多于他不利的闲话。

他找关系请区分局领导吃了顿饭，希望大事化小。

歹徒已死，被害人愿意息事宁人，公安方面当然愿意早点结案。谁料节外生枝，案发地东山派出所所长"刘福尔摩斯"独出心裁，咬住一条新线索不松口，认定这是一个尚未侦破的案中案，这才有了刘所长顺藤摸瓜查到了手绢的主人，托儿所阿姨金素。

惶恐中金素告知了胡副厂长。

胡副厂长去三姑家，他没作隐瞒，把那晚的情况，以及他与金素的关系跟三姑和盘托出。

胡琴玉吓了一跳，可不能把副厂长的官给弄丢了！思来想去，她想了个办法，说给胡运升听。胡运升沉默片刻，点头同意。胡琴玉把钱工叫过来，三人一块儿商量，钱工也认为可行。

胡琴玉的计划是这样：火速把小金姑娘介绍给陈总，那么以陈总的名号、地位、在总厂大检修中的重要性，绝对能够阻止派出所对他的未婚妻进行调查，本来她也没有什么大事，这样舆论平息了，胡运升不被牵连，而且，这件事办得好，对小金姑娘也算有了个交代。人家好端端一个大姑娘，丑事捅出来，将来怎么嫁人，要是她看中了陈工，嫁给陈工，也算促成了一桩不错的姻缘。对陈工来说，也是件好事，他半生坎坷，临老捡了个年轻漂亮媳妇，哪怕以后他听到什么风言风语，只要小金自己不承认，陈工那窝囊性格，也不会怎么样。

胡琴玉二女儿跟金素是托儿所同事，可以让女儿先递个话，同时胡运升那边跟金素交代好，说服她，最后再由胡琴玉牵线搭桥。陈工那边先不着急提，等其他都稳妥了，巧妙安排让他跟小金见上一面，小金年轻漂亮，他能不喜欢？钱工说，肯定喜欢。胡琴玉瞪了他，说，你怎么知道肯定喜欢？你们这些臭男人，都可以当人家爹了，可你们可不管这些，见着年轻的就拔不动腿了是不是？钱工说，我可是老实巴交的，脏水往我身上泼，我不认！胡副厂长说，行了，三姑，人家心里烦呢。胡琴玉说，我敲打你三姑父，不是说你。钱工说，别外路精神，继续谈正事。胡琴玉说，哼，哪一句不是正事？你也不能闲着，负责跟陈总套套近乎，咱们分头行动，各负其责，各尽其职。

胡琴玉很得意自己能设计出这么一个三全其美的安排。她不帮胡运升谁帮？这时候不帮什么时候帮？帮他就是帮自己，影响了胡运升的职位，等于胡姓一大家子都失去了前途依靠，家族出了个副厂长，容易吗？说干就干，耽误不得，于是就有了安排陈工吃饭喝茅台、送字、相亲这出戏。

"金素呢，她什么意思？"胡副厂长说，他把咬碎了的鸡腿骨吐到桌子上。

这之前，胡副厂长已经跟金素做过了交代，虽然舍不得，但现实利害让他必须放手。出事受伤后，他去海茂村找算命大仙老姜头算了一卦，老姜头当头棒喝，让他快把臭眼子烂坑打发干净，一年之内不碰桃花，否则后面还有更大的灾祸在等着他。他信老姜头，可令他生气的是，当他找到金素，跟她说钱总想给她介绍对象，还没说是谁，金素就点头同意。他说介绍的对象是陈总，金素犹豫都没有犹豫一下就答应了，根本不用做工作。本来他支使她跟陈工处对象是为了自救，可金素的表现，却根本不像牺牲自己，而是只要能尽快摆脱他，跟谁都无所谓。

"什么她什么意思？"胡琴玉说，"她表现不错，大大方方的。"

"她对陈总呢，怎么个意思？"胡运升说。

"还不错，看样子挺乐意的。"胡琴玉说。

"没嫌他老、丑？"胡运升说。

"没有。"胡琴玉说。

胡副厂长一口咬到了腮帮子，疼得直嗍啰嘴。

胡琴玉说："运升，自古乱搞别当真，说放手了就得放手，可不能等人家跟了陈工，你藕断丝连，再去勾勾搭搭，那你三姑父可不能答应啊！我也不答应。"

胡副厂长说："不能，断了就是断了，已经断了。"

胡琴玉说："小金这人邪行，不能碰了！不只小金，以后那些个骚狐狸精一个也别碰了，运升，你现在身份地位不一样了！小刘怎么个反应，没跟你闹吧？"

"没有。再闹，我可不惯着她！"

"快拉倒吧！小刘还是识大体的，改天我再跟她唠唠，你也改改脾气，紧要关头了，谁都不能再出岔子。"

小刘是胡运升的老婆，结婚起就没少因为胡运升风流跟他吵架。后来胡运升当了副厂长，儿子大了，小刘似乎想开了，胡运升工资拿回家，把她娘家的事办明白了，其他睁只眼闭只眼了。

胡琴玉说："运升，别让三姑担心，你现在是大厂长，不是小科长了，咱一大家子，好不容易出了你这个状元，大人小孩，将来都指着你呢！运升，哪头大哪头小你能拎清吧？"

"必须拎清。"胡运升咬牙道。他深知三姑向着他，说的话句句在理儿。

9

父亲工伤去世，金素接班进厂。那是三月，寒冬尚未过去，金素裹着一条深紫色的长围巾，从二号门岗进了总厂，下班时，长围巾仍然裹得严严的，只露着一半眼睛看路。直到春季过半，金素才不得不把围巾从头上摘下，一个超级美人这才完整展现在上下班路上。

于是，一传十十传百，经常有男男女女到仪表车间串门，真实目的就是来看看新来的美人长啥样儿。男人赞叹她美，女人夸奖她漂亮。她无可挑剔的面容身材，让女人不能嫉妒。因为差距太大了，连嫉妒的资格都没有。

九月中旬厂子开运动会，仪表车间年轻人少，给金素报名一百米、二百米、四百米、八百米四个项目，办事员做好了被拒绝的准备，询问金素可以不可以，她并没有说不可以。结果，在运动会上，这个沉默寡言的小美人竟然拿了三个第一，只有四百米拿了个第二，那是因为跟二百米跑间隔太短，没有得到充分休息。

运动会散场，她捧着一摞奖品离开操场。

一路不断有人对她指指点点，交头接耳，金素很不好意思，想尽快回到宿舍。进厂半年以来，金素上班车间，下班宿舍，很少外出。她在总厂没有朋友，也没有亲戚。

一辆三轮挎斗摩托，从后面开上来，在她身边停下。

"小金子，上来。"

金素认识开摩托的人，知道他是后勤科科长胡运升。她惊奇胡科长怎么会认识她。

"这么多奖品，厉害，看你场上跑步了，两条腿倒腾得真快！"胡科长说。

胡科长要不是留着个油亮分头，开着摩托，单看衣着神情，根本看不出是个科长。他更像一个朴实能干的老工人，刚刚从一线下来，工作服上沾满了洗不掉的油漆涂料什么的，胳膊肘打着补丁，袖口也有多处缝缝补补过。

胡科长说："小金子了不起，今天净看你了，满场飞，累坏了吧，来，上车吧。怎么，还不好意思？"

"没有，我回宿舍，不远。"金素小声说。

胡科长说："那还客气什么，我正好去宿舍。"

金素怕人看到她在跟胡科长推推让让，她本想扭头往前走开，又觉得那样不好，一时想不出更好的选择，就坐进了挎斗。不料一坐上去，好像比没坐进去还吸引人的目光，朝他们这边观望的人更多了。

她恳求般望了胡科长一眼。

胡科长虽目视前方，但瞬间听懂了她的心声似的，一扭油门，摆脱了操场门口的人群，然后一拐弯，彻底离开了人群的视线。

这是她第一次坐摩托，凉风吹进她的衣服，把汗水吹干。路旁的行人听到摩托车声，纷纷扭头看他们，好在路程不远，很快到了宿舍。

她下了摩托，捧着奖品走向大门洞。

胡科长把火熄掉，看着她上了台阶。

"谢谢！"金素回过身道谢。她穿着运动短裤，一双丰满结实的长腿裸露在外。

"用不用我帮你拿上去？"胡科长歪着头说。

"不用。"说话间，金素手上奖品中的一个笔记本掉到了地上，她蹲身去捡。

胡运升下了摩托，伸胳膊从挎斗里拿出一个笔记本，举起来，向金素挥动，"落了一个。"

金素跑回来接过去，转身跑上楼去了。

胡科长发动摩托离去。

第二天早晨，金素醒来，浑身肌肉疼痛得不行，特别是两条大腿的筋，严重拉伤。她没去食堂打早饭，忍着疼痛，一瘸一拐下楼，直接上班。

她刚出大门洞，胡科长的三轮摩托出现了。

"上车！"

金素这回没有谦让，腿实在太疼了，这一步步挪到车间，上班都会迟到。胡科长下了车，搀扶着她的胳膊上了挎斗，让她慢慢坐下。挎斗座位上有一个灰纸袋，装着四

84

根油条、两个鸡蛋，她把纸袋拿起来，拿在手上。

胡科长送她到车间门口。

她把纸袋放回到座位上，强忍着疼痛下了摩托车。

"拿走。"胡科长说，"是不是没吃饭？给你的。食堂的加班饭，没人管你要钱。"

他把灰纸袋拿在手里，朝着金素伸直了胳膊。

金素满面绯红，她怕人看见，抓过灰纸袋，艰难地往换衣室挪去。

下班的时候，金素很怕胡科长再来，她紧跟着师傅们一块儿往门岗走，腿再怎么疼，也不肯落在后边，回到宿舍，她才松下口气，胡科长没有来接她。这很像哪部电影里的情节，女主人公甩掉了一个跟踪她的坏人似的。胡科长是坏人？她暗暗在心里笑了。

次日上班走出宿舍，没有看到胡科长和他的摩托，她很是高兴，双腿的疼痛也减轻了，走路恢复了风驰电掣。

从学校到工厂，金素的世界扩大了一大圈，上班了就是进入社会了，所见所闻跟学校迥然不同，跟那个后妈率领妹妹弟弟以她为敌的家有天壤之别。让她感觉长大成熟、独立自主的一个重要标志是有工资了。她把第一笔工资用自己的名字存了十块钱定存，看着写着自己名字的存折，她长吁一口气，攒吧，终会有用，这是将来的本钱，虽然她并不知道将来要干什么。

就这样，金素毫无准备、毫无留恋地离开没有了父亲的家，来到没有了父亲的总厂。工厂里众多车间、厂房、塔、炉、食堂、澡堂、海边的火车车厢、老师傅、小师傅，都让她觉得新鲜。可是，等这些熟悉了，她又觉得厂子太小，不过如此，因为人人都差不多，穿着一样的工作服，工作也基本是天天重复，都归一个书记一个厂长管，开一样的会，学习传达一样的文件，同一天开工资，上班的道路、景色，也都千篇一律。她觉得师傅们的生活过得其实也很单调无趣，女的每天叨叨的都是那么点婆婆妈妈的事，男的或老婆孩子热炕头或咋咋呼呼，都没什么大出息，她是车间年龄最小的，但却觉得比她大了许多岁的师傅眼界、思想都很幼稚，并没有多少能够让她佩服的地方。她不交朋友，寡言少语，甚至轻易不笑，她五官多标致啊，笑起来有别样风采，但她却尽量不笑，大多数时间她根本不想笑，工友看不透她的心思，并不觉得她不笑有什么别扭，她不笑比别人笑还好看。师傅跟她讲话，她认真听着，然后什么也不说，对什么事情都不表态，谁都不知道她心里的真实想法。

这以后胡科长经常恰到好处地跟金素偶遇，有的没的跟她闲扯几句，主动送上关怀和温暖。特别在她遇到困难、面临难题的时候，他总会及时出现，把她解决不了的问题说出来，替她出主意、想办法，然后再切实地帮助着去办，从来不管金素的"不用，不用"。

金素虽不谙世事，出于女孩的本能，也看得出胡科长对她有着特别的心思，但她不害怕，甚至很愿意去感受他对她的好感以及关怀，没有担心他将会做到何种程度，也没有想过这样下去，最终会引发什么样的后果。

所以胡科长这种特别的关心体贴，金素说不好是需要呢，还是产生了习惯性依赖，反正不抗拒。有时候他明显地言谈轻浮，举动粗俗，甚至到了无耻下流的地步，她也只是稍稍表示反感，没有发怒或者离去，结果引来他的得寸进尺，她仍然不言不语，悄悄陶醉于这份邪恶诱惑带给她的新鲜刺激，它们强烈、神秘、可怕，却又难以抵挡。胡科长人前冠冕堂皇，背后只有他们两个人的时候，肆无忌惮地挑逗她，说着那些不应该在一个小姑娘面前说的粗话，让她逐渐习以为常。

一个星期天中午，金素在宿舍食堂吃完了午饭，人还没有走出摸黑通道，就听到了熟悉的摩托车响。

食堂外边，胡科长跨在摩托上。

"小金子，到处找你呢！"他说，"周三下午到我办公室来一趟，有事相告。"

"什么事？"金素问。

"好事，你来了就知道。"胡科长说。

"现在说呗。"

"说不了，太早了我还不知道呢，太晚了又不赶趟儿。"

"车间星期三下午政治学习。"金素说。

"请假，就说家里有事，老徐不给假，你就说我找你。"说完他发动摩托，开走了。

老徐是金素所在仪表车间的主任。

星期三，吃过了午饭，金素犹豫着要不要跟徐主任请假。

最终决定还是请假，假如徐主任不给假，她也不会说胡科长找她有事。她想了个万全之策，下午，她先是参加了一个小时的学习，然后在下课时间跟徐主任请假，请假的理由徐主任也不好拒绝，她跟厂内卫生所约定好了，周三是女大夫出诊，她去做个检查。徐主任给了假。

金素为了证明自己没有说谎，她真的去了趟厂内卫生所，女大夫问她怎么了，她说心慌，这也并非谎话。

大夫用听诊器，听了听她的前胸后背，摸了摸脉搏，又量了血压。

大夫建议她好好休息一下，感觉再不好，去医院做个心电图，心跳九十，有点快。

"需要开点别的药吗？"大夫问。

"不需要，谢谢大夫。"

金素从卫生所出来，走路的速度放得很慢，她在斗争，还要不要去找胡科长。

三点过五分，金素来到后勤科科长办公室。她敲敲门。

"请进！"

她推开门。

胡科长见来人是金素，向她招手，"迟到了啊！快过来！"

金素站在门口，没有言语。

胡科长见她不过来，便拉开抽屉，从里面取出两张纸。

托儿所招阿姨，名额有限，金素报了名，胡运升怎么知道了这事？反正她的事他总能第一时间知道，有些事情她只是在心里想，没有说出来，也往往被他说中。经常胡科长目光如炬地盯着她看，看得她满脸通红，不敢回视。

胡科长拿着的是两张考试卷。

金素不明所以。

胡运升把试卷放到桌子上。

他说："带答案的，回去好好背背，明天就考试了是吧？"

金素喜出望外，拿了试卷就往外走。

"哎，等一下。"胡运升喊道。

金素转回头。

胡运升说："写几个错别字，不能考一百啊。"

下楼梯的时候，金素快速看了一遍试题，有三道题她押对了，还有五六道题她完全没有想到，多亏了胡科长，她想。

走出大楼，她回头往楼上望望，发现胡科长站在窗子前，见她回头，一闪身离开了窗子。今天是星期三，各单位都在集中学习，金素进楼出楼，一个人没有遇到。厂部大楼前的小广场，空空荡荡。

她突然想到刚才忘了说谢谢，是不是应该回去说一声谢谢，有两道填空题的答案好像是错的，回去吧，跟他确认一下。

她折返回楼，再次来到后勤科科长办公室，她忘了敲门，推门而入。

胡科长从办公桌后站起来，满脸的惊讶瞬间化作欣喜，又似乎已经很不耐烦了，他从办公桌后绕出来，上前直接把金素搂了过去，手直接插进了她的上衣，满是老茧的大手，使劲揉搓着。金素被捏得面红耳赤，手足无措，但是却没喊也没哭。胡科长不管不顾，手贴着她的小腹，插进了她的大腿间，她往外推他，但胡运升力气太大，他翻过她的身体，短短几分钟，上下两遍摸遍了她全身，她已经放弃了反抗，软绵绵任他摆布，可是突然他放开手，放金素下地。

金素没有迅速跑出去，而是慢慢整理好衣襟和头发。

胡运升咬着牙微笑着，死盯着金素绯红的脸蛋，眼珠子明亮得像三节手电筒的灯泡。

他走回办公桌后坐下，屁股一挨上椅子，情绪瞬间恢复正常，什么都没有发生过一样。

他说："考卷自己一个人看，可不能告诉别人啊，让别人知道了，我也麻烦。"

他这样一说，迅速拉近了跟她的距离。弄得她不得不跟他共同保守一个秘密，而且连刚才对她采取的流氓行为，也包括在秘密之内了。

"嗯。"她轻轻答应，推门离去。

年轻姑娘好奇心萌动且懵懂无知，青春向往和不可以逾越的边界，她还拎不清楚，需要的和正当的，她分辨不明白，好玩的和可怕的，她区别不开，肉欲的和道德的，她常常有犯禁的冲动。她的孤独太深了，沉闷得太久了，面对眼前无论是火海还是狂风暴雨，即使不敢主动往前冲，也甘愿随波逐流。

世间舞台的阴暗一隅，必有反角出没。反角可没有耐心按照一个天真少女的意愿毫无效率地往下演，反角另有剧本，上面写满了急功近利和不择手段。下一个星期三下午，胡运升再次约金素来办公室，在电话里，金素没有答应，只是轻轻扣上电话，咬着嘴唇摇头，可等时间慢慢来到了周三下午三点，她准时应约了，在他的办公室里，胡运升囊中取物般在金素身上要去了他想要的，从此一发不可收，让她成为他的玩物。金素这才感到了后悔和害怕，对方的粗鲁和无耻让她屈辱，他丑陋的一面毫不掩饰地暴露，他逼着她无羞臊地照着他的邪念堕落。事后，她常常一个人躲着哭泣，并渐渐噩梦不断。清醒的时候，她哀求他放过自己。

得手的胡科长当然不会放手，年轻纯洁的金素，让他尝到从未有过的甜头和刺激，软面团一样的金素，让他可以按照一时兴起的坏心思，任意拿捏。

渐渐地，她也变得在某些方面不管不顾了。以至于后来，她会主动参与到这个只有他们两个人的秘密游戏中，她往他办公室打个电话，什么话不说，一会儿胡科长就开着三轮摩托来宿舍楼下，等着她下楼。他载着她，找到一个没人的地方，或者仓库，或者某处空房子。夏天，他还把她带到山上。

屈辱的同时，她感到刺激，她无人倾诉的欲望，既躲不掉，又离不了，她既渴望，同时又感到自己低贱，一方面她恨自己不争气，一方面她又似乎自动自觉陶醉于胡运升经验老到的引诱玩弄。内心里她不喜欢他，并且相当厌恶他作为一个得意忘形的施虐者身上那种毫不掩饰的卑鄙无耻龌龊。但她好像从未真正想到要摆脱他，更不可能谴责他，或者控告他。

她会为他吃醋。有一次，胡运升站在厂俱乐部门口跟化验室女工资员打情骂俏，他已经看到金素走过来了，却丝毫没有收敛。金素涨红脸往一边躲开，没走两步，眼泪便抑制不住地奔涌而出。金素甚至想到过要去打那个女工资员，扯她的头发。但事后她最想打的还是自己。

调托儿所后，她成了他随叫随到的"破鞋"。她尝到了背后被人戳脊梁骨的滋味，偶尔她会从沉沦中摆脱，她跟他关系虽然没断，但已经认识到他带给她的，并不是她渴望的解放，而是另一种更加可怕的牢笼。这种人前伪装、人后疯狂的变态生活，让她的精神濒临崩溃。她虽不知健康的生活应该是什么样，但觉醒的良知告诉她，这种低级的放纵生活不是正常人应该过的，可是，平庸乏味的寻常生活她又看不上。

只要她人在总厂，她就没有办法摆脱他，无法谈朋友，找对象。她日里夜里幻想的是离开总厂，离开大连，但是怎么才能做到，她没有具体方法。

后来，她调到跟林雪鸽一个房间，从友情和关爱中获得了些许放松，但只流于表面，幼稚单纯的林雪鸽，根本不可能帮助她解开隐藏在心中的矛盾纠缠。

她无声地呐喊，世上还有没有天理了？这么一个无耻坏蛋，不但没有受到应有惩罚，还官升副厂长。痛恨的同时，她也不得不承认，在诡计多端、心狠手辣等方面，他比一般人可厉害多了。

这天，金素忽然感到心中烦闷，喘气都困难，简直要憋闷死，决定去市内转转。她跟林雪鸽说了，林雪鸽要到工会赶稿子，不能陪她，金素就一个人去了市内。

她沿着天津街，进了天百，在里面逛了大半天，什么也没有买，只是一层楼一层楼地闲逛。

百货逛够了，她从上海路走到胜利桥头，转到长江路，溜溜达达，来到了火车站。

火车站总能让她莫名激动，平常一些感知不到的情绪，都会在此地显现，它们围绕着她飘荡盘旋，让她心跳加速。

她从未坐过火车，但每次望见火车站，她就变了一个人一样。平常寡言少语的，似乎胆小怕事，实际未必，她只是缺乏一个契机，她期盼着能有那么一天，勇敢大胆的行动能在她身上实践。

火车汽笛声从站楼后面传出来。

什么时候火车能带上她，把她带到一个远远的、丰富多彩的世界中去。

金素在车站进进出出，既兴奋又落寞，上楼下楼，转了一圈又一圈。后来，在广场上，她被一个小伙子吸引，身不由己向他走去。

10

自从上次刘所长来办公室说了那些莫名其妙的半截子话，陈工的内心不再平静。他尽管每天忙得不可开交，但总还会有闲暇时刻，烦恼就在那个时刻见缝插针。

小金在陈工眼里，原先不过有一点无伤大雅的神秘，这下子忽然多了层灰暗成分，尤其涉及到胡副厂长，令他感到一种特殊的不愉快，像误吞了一只苍蝇，剩下苍蝇腿卡在嗓子眼，咳不出来。他跟胡副厂长属同级领导，平常见面，多数是在会议室和走廊上，胡副厂长对他很客气，每次都会主动打招呼，嘘寒问暖，说生活上有困难尽管找他。应该得到的，陈工一般都先谦让，怎么会利用职务占公家的便宜呢。当然了，他每次都会对胡副厂长的好意表示感谢，但无话可聊，胡副厂长给他印象谈不上好，也谈不上坏，总觉得这种人做表面文章，不学无术。

陈工希望刘所长的调查结果是错误的，自己的未婚妻跟胡副厂长不会有什么瓜葛。他仔细梳理了一遍记忆库中的胡副厂长，所获甚少。

陈工负责技术和生产，胡副厂长主管后勤工会，接触不多，历史上两人没有交集，陈工年龄要比胡副厂长大个七八岁，"文革"当中，他挨整下放，胡运升正当红，当过两届青年突击队队长，哪里艰苦，他指挥青年队员往哪里冲，很快被提拔当上了后勤科科长。粉碎"四人帮"清查"三种人"，胡运升在审查之列，好在他的红不靠造反，打人也不是最狠的，他搞关系有一套，只要认准了你有用，他会想方设法跟你套近乎，当上后勤科科长有实权了，拿公家东西送人，非常大手笔，结交了不少有权有能力的人物。关键时刻这些人帮着他说话，使他不但毫发无损，还得到了重用，荣升副厂长，让总厂上上下下的人啧啧称奇。

小金跟胡副厂长能有什么关系？他俩真会有不正常的男女问题？

金素说她曾经深爱过一个人，她爱的是胡副厂长？可她说那个人已经死了，也许她所说的死并非指肉体消失呢，许多女人会赌气说负心男人死了，其实只是弃她而去了而已。小金男女关系复杂混乱？怎么个复杂？怎么个混乱？陈工不愿意往下想。自从见了刘所长，陈工原先对胡副厂长的印象，全部改变了，他不知道接下来该怎样处理两人的关系，不希望见到他，在厂部大楼，听到胡副厂长的讲话声，他会尽量躲避。

不过说到底这毕竟只是个人的问题，个人问题个人消化，在大检修面前，所有个人的问题都不过是一朵情绪的小浪花而已，不能让它起波澜，影响大局。

跟金素在一起的时候，陈工不把内心的忧虑表露出来，能逗她开心就逗她开心，她开心，他就开心。

他认真观察，金素怎么看也不像刘所长说的那么复杂，相反表现出来的只是一种年轻女性的单纯。她时刻流露着一个普通女人获得了一个安定的家以后，那种出自本能的、溢于言表的幸福和从容，这不但减轻了陈工的烦恼，而且让他越看越喜欢，加深了他对她的感情，因为这种对家的依恋正好触动了他藏在内心深处的幸福和痛楚。有时候，他觉得她一言一行、一颦一蹙都让他爱到无以名状。"无论发生了什么，我只会加倍地对她好。忘掉过去，憧憬未来。"

他很会安慰劝解自己的，一直都是。

但他终归是个凡人，要不要去刘所长那里寻找真相的想法，时不时还要跳到他脑海里折磨他。

一会儿，他想他永远不会去找刘家宝了解金素到底有什么不可告人的经历，没过两分钟，他改变了主意，恨不得马上就去找刘所长，点滴不漏地了解全部事实，可再过了一会儿，他又打消了刚才的念头。

繁忙工作转移了他的情感焦虑。大检修需要他亲自指导的问题日渐增多，用田书记的话来说，"同志们，战斗即将进入白热化，思想上统一到党委，技术上一切听陈总的，陈总是权威。同志们可听好了，他可不是过去所说的资产阶级反动学术权威，而是无产阶级知识分子红色技术权威，所有不明白的具体问题，都汇总到陈总那里，让陈总拍板定盘子！"

金素已搬进了陈工家，大大方方跟陈工住在了一起。

她天生爱整洁，喜欢做菜，每天把家打理得井井有条，做菜变着花样，以甜味为主，让陈工吃好。周日晚上，她会把好友林雪鸽喊来，一起做饭、吃饭。两个女孩嘻嘻哈哈，说笑个没完，尽管多是一些废话，但给沉默寡言的陈工带来别样的体验。金素的关爱加上繁重的工作，使得陈工已经把刘所长带给他的心病渐渐淡化了，在金素身上，他一直就没有发现不能理解或不能接受的异常情况，他再一次决定放下，金素过往无论做过什么，只要她不讲，他永远不会问她。

大检修正式开始了，各大装置按计划有序停止运行。

停工后的装置，各种设备，塔、釜、反应器、换热器、加热炉……能拆的一一被拆开，满地的管子、盖子、螺栓螺帽，空气中充斥着一股从未闻到过的味道，或者说不是一种味道，而是多种奇怪味道的大拼盘。

　　吴信兴奋异常，令他兴奋的不是味道，而是颜色。

　　对吴信来说，一片狼藉的检修现场，等于为他专门打开的一座颜色宝库。这些只有化工厂才会有的特殊物质，经历过高温高压，以及几十年的长久沉积，在管道内壁、烟道口里、炉膛中形成的残渣残留，它们的颜色是大自然中不会有的，也不是在调色板上能够调和出来的，平常看不到，只有在这前所未有的大检修状态下，它们才得以显现。有的刚暴露出来的时候是一个颜色，你一定要目不转睛盯住了，它马上会变化好几种颜色，然后才定格不变，但已经变得庸俗寻常，不再值得观看。

　　吴信画过许多海洋题材的油画，很长一段时间，他痴迷于蓝天碧海的光影层次，直到进了总厂，才发现"工业化色彩"的探寻更让他上瘾。这个新发现令他十分兴奋，觉得找到了自己的专属颜色了！

　　这方面他贪得无厌，总希望能够挖掘到极限，他察看挖泥船清理航道挖出来的多年工业排放物形成的海底淤泥。他仰望烟囱因操作条件变化排出不同颜色不同密度的烟气，它们有的呈线状上升，有的呈球状翻滚，然后迎风散开，形状变化，颜色也随之变化，加上太阳的位置和阳光的强弱的不同，气象万千。他抚摸铁锈、铜锈，察看绿皮车厢被酸雨腐蚀后的斑驳。

总厂已经不能令他满足，为了能看到隔壁炼钢厂飞溅的钢花，他借来炼钢厂防护服，由在炼钢厂上班的同学带着，混进了炼钢车间，站到了火红的高温炉前，对着钢水翻滚的炉膛，呆呆看了二十分钟，不是同学拽他，他还不想走。

总厂左右两个邻居，一个是炼钢厂，一个是炼油厂，他如法炮制，混进了炼油厂，专为了去看刚从塔里流出来的沥青。他如愿以偿，同学从采样口放出来一瓶，让他见识到了热沥青那种完全出乎他意料的、无法形容的一种极其细嫩的黑。路过加铅车间，他进去观看汽油加铅前的灰黄，和加铅后的暗红。脸色苍白的加铅师傅，挥手让他快离开，因为四乙基铅剧毒。可他并不害怕，看仔细，看够了，才满意地离开。

他从炼油厂出来，那天，正值冬月，天降大雪，很快把大地覆盖，他兴奋地趴到了厚厚的雪地上。

他用想象力体会地心的岩浆，想到那里的高温不仅足以把地面上的雪，还能把全部动植物和一切人类文明瞬间化为乌有，甚是奇妙。可惜他不可能看到地心岩浆的颜色，不知道它的红，跟炼钢厂钢炉内钢水的红，会有何不同。

颜色是要看见的，是画出来的，不是想象出来的，更不是用嘴讲出来，用文字写出来的。吴信不在意那些名称和概念，他注重直观刺激，他需要眼见为实。

总厂最宏大壮观的一次颜色狂欢，发生在化二车间出事故那天。化二在停工时出现了不可控的操作波动，为了避免爆炸起火，只能选择开阀泄压，结果大量携带添加剂的黄色气体排出，遮天蔽日，刺鼻呛嗓。工友们避之唯恐不及，吴信却心花怒放，怀着狂喜般的好奇，戴好防护眼镜，不顾师傅们的阻拦，从操作室出来，游走观察，他感觉这是画神在为他做示范，将一大团一大团浓淡不一的黄色颜料喷涂在天空。三十多年以后，当他看到蔡国强搞的爆炸焰火，自然而然会想起化二这次事故。

室外追踪天空中飘散的黄烟的不只有吴信，还有一个人，只见他佝偻着背，跑跑停停，一会儿抬头凝视，一会儿俯首察看。

吴信认出来，这人是陈工。

陈工比吴信勇敢得多，吴信站在上风头，往相对安全的地方走，陈工是哪里严重他往哪里去，毫无顾忌，他不在乎黄烟，也不在乎落下来的酸雨。吴信谨慎地跟陈工保持着距离，目光追随着陈工的行踪，稍一疏忽，吴信再找，陈工已经不见了。

下班后吴信赶快去五号澡堂洗澡。

五号澡堂是总厂最大的澡堂，它有三个池子，称为头池子、中池子、尾池子。这天来澡堂子洗澡的人特别多，头池子和中池子下饺子一样，插只脚的地方都没有，尾池子最小，水温最高，人最少，只有三个人，其中一个是陈工，另外两个大胖子，比陈工年龄大。

陈工泡在尾池子里，闭目养神。

吴信见只有尾池子人少，便来到尾池子边上，他知道尾池子水热，先伸个手指尖进去，开水烫了般迅速抽回。他非常惊讶，这么高的水温，陈工他们怎么能够忍受得了。

贺耀民随后来到了尾池子，他没有伸手试，直接把左腿伸进去，烫得龇牙咧嘴直叫唤。但他咬着牙，不肯把腿抽出来，而是缓缓坐下，坐到小池子的边沿上。再热的池子贺耀民也要下去泡一泡，错过不进去，他会觉得吃亏。今天早晨，车间分发劳保茶叶，吴信被贺耀民要去了一袋。贺耀民并不是吴信的师傅，只是跟他一个班组，吴信不大喜欢他这种人，可是不喜欢归不喜欢，当贺师傅直截了当向他索要，他不但没能拒绝，反而没有片刻犹豫就交给了他，慢了半拍那都是犯了天大错误似的。贺师傅索要的理由那是相当理直气壮，"就知道往家划拉，小年轻的，会喝茶吗？给师傅来一包，哪天师傅有空了好好教教你怎样泡茶。"

吴信进厂子时间不长，参加过一次婚礼、一次葬礼。在工友的婚礼上，贺耀民张罗着把份子钱收上来，在一张烟盒纸上写上了名字、钱数，连钱一并交给了新郎，然后招呼大家到安排好了的饭桌就座喝酒。婚礼在家里办的，炒菜大棚扎在楼前的人行道上，新郎家被娘家客的两桌占满了，其他亲朋好友被分散安排在左右对门、楼上楼下的邻居家。吴信跟贺师傅在新郎家楼上那一桌。每上来一道菜，贺耀民都尝一大口，点评一下，然后尝下一口，再评价一番，最后撇着嘴，说这道菜不地道，这桌菜不值，对不起大家的份子钱。"干贝丁太小了！"贺耀民让吴信去另一间屋，看看干贝丁跟这屋的是不是一般大小。吴信怎么可能会去，打死也不好意思去，参加婚礼的美好心情完全给破坏了，新郎是跟他们一个班组的工友，大家来祝贺，怎么会对菜值不值这个价、好吃不好吃直接点评，而且还疑心他们这桌干贝丁比其他桌的个头小，贺耀民这种**向来不惮以最坏的恶意来揣测中国人**的态度让吴信难以接受。贺耀民不以为然，认为吴信太嫩，社会经验少，再混两年就开窍了，如果还不开窍，那就等着吃亏一辈子吧！

那场工友父亲的葬礼，告别仪式之后，贺耀民使眼色，让大家暂时不要离开，等等看家属给没给他们留饭。吴信实在不能接受，先行离开了。

不过，精明过头的小市民也有令人佩服的一面，贺耀民顾家，对老婆孩子好，节约，会过日子。有一次吴信的劳保鞋开口了，吴信想扔，贺耀民不让，从他的百宝箱里找出锥子、尼龙线，没几下子就给缝补得结结实实，正赶上发劳保用品，吴信拿两块一号电池送给他以示感谢。"就两块？"贺耀民说。吴信赶快把剩下的两块一并交出，他本来准备夜班自己留着用的。"这才是好徒弟，现在你们这

102

帮小孩都不懂规矩了，我们学徒的时候可不是这样，对师傅可孝敬了！怎么，着急离开？师傅话还没讲完呢，好，走就走吧，有事去办你的事，年轻人事儿多。"贺耀民把四块电池装进了裤兜。

下班贺耀民同吴信一块儿来澡堂，他教导吴信道："今天别着急往外走啊，多泡一会儿，多冲一会儿，懂不懂为什么？路面上全是添加剂，让别人先走，踩出条路来，咱们再走。明白了？学吧，小青年，师傅有老多东西可以教你了。但我发现你这小孩不怎么谦虚，对师傅的东西好像不大感冒！"

听到有人被热水烫得直叫，陈工睁开眼。

贺耀民赶快跟陈工打了声招呼。不久前金素和林雪鸽把小仓库收回，贺耀民给陈工打电话算账，陈工在他要价的基础上额外加了二十块钱，让他喜出望外，本来他要的价就不低，把讨价还价的余地留出来了，没想到陈工不减反加，弄得他后悔不迭。"名副其实的'陈呆子'，多要一点就好了！"

"陈总，这么大量的黄烟，得跑了多少催化剂？"贺耀民没话找话。

"不全是催化剂。"陈工回答完后，闭上了眼睛。

贺耀民歪着身子，慢慢把右腿也伸进池子里，实在坚持不住了，他把两条腿收回池子沿上，小腿烫得通红。稍后，他再次下到池子里，这回他往前走了两步。

"这热劲，过瘾！"贺耀民说，"恭喜陈总，听说你们要结婚了。"

陈工没有睁眼。

贺耀民双手往身上撩水，说："陈总，你胆可真大，什么人都敢娶。"

陈工睁开眼睛，瞪着他。

"哎哟！"贺耀民蹲到水里，迅速站起，"哎哟妈呀，太烫了，烫死我了。陈总，我没有别的意思，我是说小金师傅的漂亮全厂闻名，没说她别的。"

陈工面无表情，重新闭上眼，把贺耀民当成了"不存在"。多年的困境锻炼，陈工练就了一套唯心实用方法论，就是把眼前的他不想看见的事物视为虚幻，不当作真实发生的。

妻子去世的那段时间，他用这套方法熬过难关，以后越用越熟练。

"太烫，太烫了。"贺耀民一边说着，一边不尴不尬地爬出了池子，"受不了，我得走了。"

澡堂子超员了，淋浴区站满了等待喷头的人。

工友周光和张群，招手喊吴信过去，三人共用一个淋浴喷头。

吴信快速冲洗了冲洗，穿好衣服，出了澡堂子。

对总厂来说是出了事故，对嗜画如命的吴信，收获甚丰，一是看到了天女散花般的壮观黄烟，二是刚才透过澡堂里的热气，他在心里默默把陈工画了多遍。陈工是他认可"脸上有画"的三个人之一，自从第一次在图书馆见到陈工，吴信就认定了必须要画他。刚才在澡堂里，吴信决定把他的肖像只画到锁骨，不画衣领，暗示陈工是赤裸的、袒露的、不设防的，或者可能是没有防范能力的。衣饰会赋予人物社会属性，配得不合适，会干扰他的精神内核，干脆不画。

天空中的黄烟部分飘走了，部分已落到地面，形成一层黏稠的污渍。为避免把鞋弄脏，吴信小心走在别人踩出来的脚印上。

他这是要去女朋友家吃晚饭，她的爸爸妈妈提出要见见他，这是昨天定下的事情。

对去女朋友家见她父母这件事情，吴信比较被动，他的女朋友却很当回事。她这种单纯的热情感染到了他，让他也跟着觉得见父母是恋爱中必不可少的一环，有郑重其事的仪式感，也让吴信颇感新鲜，因为以前他从未考虑过。

不能说吴信恋爱观不严肃，他只是把恋爱仅仅当作恋爱，没有想太多，见父母啦，结婚啦，这些他都没有想过。他甚至从未想过自己会结婚，除了对绘画他看得较远，其他事情他基本都是得过且过。

吴信遵循一见钟情，觉得她可爱，就爱了，没想别的。

四个月前一次上班途中，他被前边走着三位姑娘中一位姑娘的笑声吸引，那笑声像小提琴的琴声，绵长而悦耳，千百人中一听就能区别出来，他快走两步，赶上前看看她长得什么样。姑娘个头小巧，圆脸，大眼睛，表情生动有神，他看她的同时，她也看他，这一对眼神，就让吴信动情了。他打听到她叫楼影，就往她的单位打电话，古怪精灵的姑娘一听便知道他是谁，在电话里她笑声不止。

下一个白班，吴信再次给她打电话，约她见面，她爽快答应了。她说她知道他是谁，但已经忘了他长啥样了，让他把自己描述一下，说罢她又笑得不行。

约会地点定在1路公交车甘井子站，那天吴信下夜班，他到了车站，正东张西望呢，只见一个穿着米黄色半大风衣的小个儿姑娘，从车站旁商店的玻璃门走出来。她双手插在风衣口袋里，神情略微紧张，她没有停下脚步，而是直接往公交车上走，快走到车门了，她才挑衅似的瞥了吴信一眼，看看他跟没跟上来。

吴信跟着她上了1路车，挨着她坐下。

她笑了，但没有出声。

"怎么没演奏？"他说。

"什么演奏？"她问。

"你的笑声啊。"

"哈哈。"

"好，要开始了！"

"哈哈哈哈。"

到市内已经快到十点了，他带着她就近找了一家饭店，要了两个炒菜、两个拼盘，一边吃饭一边讲话聊天，主要是她讲，他听，讲的都是一些她日常生活中鸡毛蒜皮的小事情，但吴信却听得津津有味。从饭店出来，他们去了劳动公园，在公园里转了一大圈，一路走，一路看风景。

傍晚，他送她到 1 路车站，要陪她返回甘井子，她说不用。1 路车开来的时候，她拉着他的手没有松开，一起上了车。

公交车到甘井子，天已经黑了，她挽着他。

走到十字路口，楼影放下胳臂，吴信知道该在这里分手了。他做出恋恋不舍的样子，抱过来她，趁她仰头看他的时候，亲吻了她。她嘴唇发凉，匆匆回吻了一下。

"别让人看见。"她说。

十字路口不远，路边上第二栋就是她家所在的楼。

吴信没有放开手，狠狠地亲了下去，她迎合着回亲他，然后想扭开头结束。吴信不肯，又紧贴着，亲了好长时间。

她擦擦嘴角，说："你这么不容易满足。"

吴信说："等我给你打电话。"

楼影说："好。"

两天后吴信给她打电话。

楼影态度变冷静了，她说："你究竟看我哪里好？"

"长得好啊，可爱呀。"吴信随口说，"再说，我觉得你挺稳的。"

电话那头楼影连忙否认，"不，不，我一点不稳。我告诉你，我一点都不稳。"

吴信说："嗯，也对，你笑起来确实不稳，琴弦稳了不会悦耳。咱俩说的稳可能不是一个意思。"

楼影说："哈，不跟你闹，我不想撒谎，我得提前告诉你，我不稳，真的不稳。"

吴信说："真的吗，那可太好了。"

楼影说："什么意思，不稳还好啊？"

吴信说："见面就知道了。"

楼影说："这个星期天你什么班？休班吧？"

吴信说："对。"

楼影说："你看，我都能算出你的班了。"

第二次约会，他们吃完了午饭又去了劳动公园，在旱冰场外面看了一会儿滑旱冰，他问她想不想滑，她摇摇头。

他带着她到了他的家，海军家属院里一栋俄罗斯老楼。

爸爸妈妈上班，弟弟上学，家里没有人。他亲她，她脸红了，似乎明白他要干什么。她闭上了眼睛。他抱起她，把她抱到了床沿上。她眼睛眯成一条缝，似瞄非瞄。他站在地上。

完事后吴信坐到沙发上抽烟。

楼影一件件穿衣服。

吴信用抽到了根儿的烟头，点上了第二根烟。

茶几上有一副扑克，楼影拿起来，挑出大小王。

她把扑克交给吴信，说："你洗一把牌。我看看能不能开开。"

吴信说："开不开开能怎样，你信这个？"

楼影说："我算算你能不能成气候。"

吴信从她失落的语气中听明白了"成气候"的意思，能容纳她，不责怪她，不在乎她不是处女，继续跟她谈朋友，就是能"成气候"。

他接过扑克，对插着洗了三遍，还给她。

"给，肯定能开开！"他说。

她开始发牌，分八列，然后每一列掀开一张，找到顺子就拿到一边，然后接着往下翻，直至顺不上，或者全部顺上翻开结束，这一把很幸运，果然全部顺上了。

"真的开开了！"她喜出望外，"送我回家吧。"

临走前，吴信把楼影带到他的画室，也是家里的杂物间。

画室架上的画都用布蒙上了，看不到上面画的什么。吴信掀开其中一幅，楼影激动得尖叫起来。上面画的是她，一个大眼睛女孩，站在海边，岸上有工厂的烟囱，冒着五颜六色的烟。

看到自己画像的那一瞬间，古怪精灵的活泼神采重新回到了楼影的大眼睛中。

吴信第一眼看到楼影的时候，觉察她眼睛里有画，他思考怎样能把她小提琴音质的笑声也画进去，当然非常难。

今天他又增加了一个要求，要把她的另一面也画进去，失落？勇敢？他说不清楚，反正心里有数。

"给我吧，我把它挂在我的床上面。"楼影说。

"还没画完呢。"吴信说。

"那等画完了给我。"

"嗯……不行啊，这是我的创作。不过，我可以复制一张给你。"

"我不管，我就要这张。"

"我给你再画一张一模一样的。"

"好吧。"

往车站走的路上，楼影自说自话地把她的初恋讲给吴信听。

他是她技校同学，人长得帅，班里的团委书记，可是他"不成气候"，一边跟他初中同学谈着对象，一边又追求她，她知道的时候已经跟他难舍难分。她责问他，他骗她，说已经跟初中同学分手了，其实并没有，断断续续两年多的时间，他一直脚踏两只船。技校毕业那年，也就是半年前，她忍无可忍跟他断了。

她说："他跟我说'你别后悔！'不后悔！有什么可后悔的。我现在不是找到了能'成气候'的了吗？"

他搂紧了她的肩膀，感觉自己如此被信任，那么肩膀上的重担无论多重，他都要承担起来。同时，他又被她的单纯深深打动，根据什么她就确定他是个能成气候的人呢？其实能不能成气候，他真没考虑过。

在送她回家的 1 路车上，他俩并排坐着，吴信搂着她，她偎依在他的怀中。

到达终点，下了车，走到十字路口，她心情重回沉重，似乎没有从对失败的初恋回忆的忧伤中走出来。吴信见她这么难过，也跟着她难过起来。

分手时，他想亲她。她轻轻推开。

她轻声说："你回家好好想想吧。想好了再给我打电话。"

回家后吴信满脑子都是楼影的一双大眼睛。

他打开盖布，继续画她。

到了白班，吴信往档案室打电话。楼影在档案室上班，出白班。电话刚拨通，那边就接了起来。

"喂！档案室，你找谁？"

他听出来是她，刚要开口，她也猜出来是他。

"我早算好了，今天你白班。"她说。

"我还没讲话你就知道我是谁了？"

电话那头咯咯笑了，那小提琴般的音质让人陶醉。

"你这不是讲话了么，你接着讲啊！"她说。

"下班去甘井子看电影？"

"什么电影？"

"我也不知道，到了再说呗。"

"也行。"

"电影院门口见。"

"好。"

两人处了快五个月时间了，楼影邀请吴信去她家，她爸爸妈妈要见见他。

开始吴信较为紧张，他没想过要去见对方父母。在这之前，他谈了一个画水粉画的女朋友，处了一年多，到分手也没有正式去见对方家长这个环节，他头脑简单，以为恋爱就是两人之间的事，跟家里没有关系。按照他的本意是不想去的，但是他不想违背楼影的意愿，他想既然她希望他去，那他就去，如果不去，她会不高兴，他不想让她不高兴。

吴信一出二号门岗，看到楼影站在远处，冲着他边笑边招手。

经过商场，吴信进去买了两瓶酒、一袋糖块和两袋饼干。

"你还挺懂事的。"楼影高兴地说，"我爸就爱喝酒。"

楼影敲门。刚敲一下，门就从里面打开了。

楼影的三姐开开门，欢迎吴信的到来。楼影有三个姐姐。大姐二姐已经结婚，三姐也快要结婚了，对象是炼钢厂供销员。

楼影妈妈是区医院的大夫，见到了吴信，十分热情，爸爸楼副总工程师正襟危坐，不苟言笑，但是一看就是装出来的，楼影丝毫没把他当回事。楼爸爸问了吴信工作学习方面几个问题，楼妈妈问了他家庭情况。吴信一一作答。

楼爸爸还要继续提问，楼影打断了他，"好了，好了，没完没了了，审犯人吗？"说罢拉着吴信的手，把他领到了自己的房间，那房间是她跟三姐的房间，窗子两侧各摆着一张床，她的床在左边。

她从抽屉里拿相册给吴信看，上面有她从小到大的相片，从黑白到彩色，也有她跟家人的合影。她告诉他这是大姐，那是二姐，这是大姐夫，那是二姐夫，还有两个小外甥。吴信主要想看她小时候的相片，但她小时候的相片不多。

二姐和二姐夫下班回来了，在门厅跟楼妈妈说话。二姐夫在石矿上班，没有分房，结婚住在老丈人家，楼影家住三室，父母一间，二姐一家三口一间，她跟三姐一间。三姐明年出嫁，三姐出嫁后那间房就成了她自己的了。

过了一会儿，二姐跟二姐夫来到楼影房间门口，推开房门，跟吴信打了招呼。二姐和二姐夫都尽量表现出热情亲切，最后二姐夫还跟吴信挤了一下眼睛，似乎在表示，他俩是一伙的。

二姐夫说："你们厂子今天挺热闹。我在我们厂都望见了，你们那个方向上，天都是黄的。"

吴信说："出事故跑催化剂了，远看不行，你要是近了看，那可太波澜壮阔了。"

二姐夫说："小半边天都黄了，以前也见过你们厂子放黄烟，没见有这次这么大的。"

二姐拉了一下二姐夫，对吴信说："让小影陪你，我们去厨房打打下手。"

二姐夫笑着跟吴信点点头，又跟楼影点点头，便跟二姐一同去厨房了。

吴信觉得自己这样待着不太合适，他提醒楼影一起帮厨，于是他俩随后也来到了厨房。

厨房里，楼妈妈在淘米，三姐在炒菜，二姐在洗菜，二姐夫蹲在地上洗鱼。

楼妈妈看到了吴信，说："小吴，快回去坐着，用不着你。小影，你带他回去。"

二姐夫说："快回屋坐着吧，厨房太小了，人多了转不开身。"

楼影说："好吧，辛苦了，二姐夫，辛苦了老娘，辛苦了二姐三姐。"

三姐说："你什么时候变得这么懂事了。"

二姐说："咱不知道，头一次，开眼了。"

大家都笑了。

吴信父母都是军人，刻板严肃，部队院的家庭大同小异，家长跟孩子之间很少唠家常。楼影家完全不同，从一进门，他就明显能够感觉到一种他从未经历过的温馨和热

114

情，父女间、母女间都很亲切随意，这种感觉对吴信来说特别新鲜。

楼爸爸早早坐到饭桌上，他在看文件，楼影和吴信没打扰他，又回到了房间。楼影抱着他亲了个嘴，一副爱他爱得不行的样子，吴信感觉自己也是，以前恋爱只是两个人的事，现在被全家人当面祝福，进入一个新境界，爱情被拔高了一截，变庄重了。

过了一会儿，三姐喊："开饭了！"

二姐说："请入席！"

楼妈妈说："饿了吧，来，小吴吃饭。"

楼影领着吴信出来，满脸都是胜利的喜悦。

楼爸爸说："坐下，都坐下。"

吴信等二姐夫坐下了，他才坐下来，他右手边挨着楼影，左手边挨着二姐夫。

二姐夫不喝酒，楼爸爸给自己倒满一杯酒，然后问吴信道："给你来点？"他只是这样说说，没有真给吴信倒酒的意思。

吴信用手盖住身前的酒杯，说："我不喝酒。"

楼爸爸说："好，年轻人莫贪杯。"

楼妈妈端菜进来正好听见，就说："老楼，你也少贪杯。"

"我没事。"楼爸爸继续问吴信，"你抽烟吗？"

吴信说："抽得不多。"

楼爸爸说："我不抽烟。小影，去把那盒进口烟拿来给小吴抽。"

楼影说："不去，那盒烟都打开多长时间了，还能抽吗？"

吴信说："我自己有。"

似乎为了证明这一点，他掏出来一盒红塔山放到桌上，然后抽出两支烟，一支给二姐夫，给他点上火，再自己点上，他努力控制着，不让手发抖。

楼爸爸说："小影，去帮你妈妈端菜。以后你去小吴家做客，可不能这么懒。"

楼影噘起嘴，起身往厨房走。

"小吴，我们原则上不同意年轻人这么早就谈对象。"楼爸爸合上文件，右手画了个小圈，把自己和身旁的楼妈妈划在一个阵营里，"我们认为，年轻人应以学习工作为重，应有事业心，不断进步。小影很看重你，说你有才华，会画画，这是好事，但也不要忘记我们厂是以化工为主，本职工作方面，一定首先要做好了，再搞其他的业余爱好。"

楼影回过头说："他可不是业余爱好，他是画家水平，画得可好了，好到何种程度，过几天你们就能看到。"

吴信轻声说："还有很大的提升空间。"

楼爸爸说："我们是不赞成把画画当事业的，作为一个业余爱好，偶尔陶冶一下情操是不错的，我们毕竟是化工厂，将来想有所作为，能获得领导岗位锻炼机会，专业能力是关键。小吴，先吃饭，等吃完了饭，我考考你，问你几个合成氨方面的问题，答对了有奖励，一盒七星，没开封的。"

楼影端着一盘炒土豆丝回来，正好听到她爸爸的话。

"不要，没开封的也不要，都几年了？你继续留着让它长毛吧，我们不参加考试。"楼影跟吴信相视一笑，"在厂子里考试，在家还考试，烦死了。"

楼爸爸说："小影，你这是什么态度？学习是为了能够更好地工作，而检验学习的最佳方式就是考试。我说得没错吧，小……"

楼影说："小吴，吴信。"

楼爸爸说："对，小吴，你对考试怎么认识的？"

楼工在总厂主抓教育，各车间每月一小考，每半年一大考，就是他提议主导的，考试试题也是他亲拟的。工友们都痛恨考试，宁可多干点活儿，也不愿意背题，吴信倒是不用背也能糊弄个及格，但也不喜欢，认为那纯粹属于走形式，浪费纸张和时间。

吴信支支吾吾道："这个，我，嗯……"

楼爸爸说："小吴，大胆讲，你就从你的切身经验出发，跟我谈谈你对考试的感受和建议，把你师傅们的看法也给我反映一下。"

吴信真不知怎样回答他是好，说实话吧，怕伤了他自尊，说假话自己又不愿意。

楼影及时搭救了他。

楼影说："算了，老楼同志，请收起你那些老思想老套路吧，现在已进入八十年代了，我们八十年代的新青年不稀罕你们那老的一套。"

楼爸爸说："小影，你思想有问题啊，没有牢靠的知识结构做基础，谈何实现四个现代化？"

楼妈妈从厨房出来，跟在她身后的是楼影三姐，端着一小盆疙瘩汤。

楼影说："老楼同志，把碗给我，先给你们盛。"

楼妈妈说："老楼，上班考试，下班就别考试考试的了。小吴，你爸爸还在部队上吗？"

吴信说："还在部队。"

楼爸爸说："部队好，部队有好大米吃。那年在大刘家农场劳动改造时，相邻有个岸炮团，奖励给我们二百斤大米。那个年代，能喝上大米稀饭，那个香啊。"

楼影说："凭什么奖励你们？"

"你听我说啊，那年部队里的一个小孩，不巧掉进了炮眼井里。"楼爸爸两手一掐，比量炮眼的粗细，"正常是掉不进去人的，一方面是万分之一的巧合，一方面是那个孩子特别瘦小。炮眼是开山时留下来的，按常理应该堵上，结果部队院里的一帮子小孩野跑，一个孩子掉了下去，卡在中间，上不来，也动不了。他的小伙伴喊救人，惊动了我们，我当时跟陈工在一起，就是陈总，我们跑到那里，农场里的人，部队上的人，围着很多，但是都没有好办法。

还是陈工有头脑，怕小孩子缺氧，找了根胶皮管子，竖下去，用鼓风机朝井里吹风。然后他要来钳子和粗铁丝，再加上两根绳子，迅速制作了一个搭救工具，往井下放的时候，束紧了比绳子粗不了多少，穿过孩子跟洞壁之间很小的缝隙后，放到孩子的下面，抖拉副绳，铁丝装置展开，在小孩屁股底下形成一个伞状底座，半径比开口小，托住了小孩，然后往上拔拽主绳，一点一点，小孩子就拽上来了。你别说，那小孩子也挺勇敢，没哭，不是吓傻了，而是没害怕。"

吴信听得眼睛发亮，他附耳楼影，轻声说："那个小孩就是我。"

"啥？"楼影瞪大了眼睛，"天哪！"

二姐和三姐同时问："怎么了，小影？"

吴信对楼爸爸说："原来是陈总救了我，还有你，楼叔叔，谢谢你们！"

楼影双手抓住吴信胳膊，说："你确认？请再说一遍。"

"啊！"楼爸爸张着嘴，"啊，是吗？"

"是。"吴信说，"那个小孩就是我。"

楼影拽紧吴信，像是不认识他一样，说："真的？这么巧！"

楼妈妈、二姐、二姐夫、三姐，都啧啧称奇。

"看！"吴信激动地把左臂衣袖撸起来，让大家看他小臂上的伤疤，"这就是那次受伤后留下的。"

"那小孩受了皮肉伤。"楼爸爸喝了一口酒,"把你拽到炮眼口,是我抱你上来的。你给我最深的印象是一点没怕。你说说,你怎么没害怕呢?你一直笑嘻嘻的,我们都紧张得不行,可是你像没事人一样。"

楼影说:"看你白面书生,柔柔弱弱,想不到你还那么勇敢。"

吴信说:"我就觉得挺好玩,像从手电筒里面往外看。我听见小伙伴跑去呼救了,心想大人肯定会来救我。后来才知道这有多么危险,当时不知道。"

楼爸爸说:"你得感激陈总,可以说他是你的救命恩人。没有他现场发明出来的机关装置,大家一时还真想不出别的好办法,而且待得越久越危险。如果卡得不紧,你再往下掉,就会因缺氧危及生命。"

楼妈妈说:"等以后有机会,我们把陈总请来,当面感谢一下。"

吴信说:"我今天还见到陈总了呢。"

他没有讲在家里给陈总画像的事,他心想,等画像画好了,他把画像送给陈总,那应该是他能做出来的最好的感谢吧。

楼影说:"陈总小眼睛长得可好玩了,藏在眼镜后面,嘀里咕噜转。你们都知道了吧?陈总找对象了,知不知道陈总找的对象是谁?"

三姐说:"这谁不知道?都知道,总厂大美人,托儿所的小金阿姨。"

楼妈妈说："陈总这一辈子，坎坎坷坷，但愿他后半生能幸福。"

楼影拍拍吴信的肩膀，说："小吴，我老崇拜你了，哪天你给我好好讲一讲在井下的心路历程。"

楼妈妈给吴信夹了一筷子菜，说："小吴，多吃菜。"

吴信说："谢谢阿姨，我自己来。没什么心路历程，就是突然到了一个陌生的环境，还没待够，又回来了。"

楼影说："你说得真轻巧。"

吴信曾以他的主观视角，创作过一幅画。画布四周黑暗，中间一个白色的圆圈，那就是放大了的井口，白圆圈里有三个小孩的脸，那是他的儿时小伙伴，其中一个是个小女孩，是他邻居家的孩子，也是大眼睛，跟刚才看相册，楼影小时候的照片非常相似。除了小女孩的大眼睛，三个小孩的面目都模糊不清，其实他并不是在"抽象"，他只是把他缺氧状态下的瞬间感受画下来而已。

吴信画楼影，画她的眼睛，努力把那悦耳的笑声画进去，实际不可能做到，他只能在画她的时候，不断地听到她的笑声，当然了，这也是从记忆中回想出来的。

特别他刚跟楼影约会后回到家，或者对她的思念突然袭来的时候，他的眼前全是她的一举一动、一颦一笑。他去到画架前，反复描绘，有时候越画越心疼，不忍心往下画了，他就放下它，去画另外两张，画林老师和陈工。

三幅画交替进行，这幅进行不下去了，另两幅若有感觉，就去画它们。他画的每一笔，都源自当时的新感觉、新发现。

11

东山菜市场西头新开了一家舞厅，叫丽丰舞厅，金素约林雪鸽去玩，林雪鸽犹豫不决，以前她俩都是在总厂俱乐部跳舞，没有去过社会舞厅。

金素说："没事，老规矩，咱俩不跟别人跳。"

"那，"林雪鸽还是迟疑了一下，"陈总会不会不高兴啊？"

金素说："你要告状？"

把林雪鸽说笑了。

金素说："跳完了咱们去菜市场买点海鲜回小院，我做，你吃。"

林雪鸽说："买点大头宝鱼，我馋大头宝了。"

金素说："做大头宝鱼我拿分，炖还是炸？"

林雪鸽说："炖，炖着鲜。"

金素说："那得买点姜，到市场提醒我一下，家里姜不够了。"

舞厅是小鼻子留下来的一座俱乐部，街道一直把它当仓库使用，最近跳舞盛行，让个人承包了，简单装饰一下，当舞厅用。白天放录音带，门票一元，晚上乐队伴奏，门票三元。

周一下午，金素和林雪鸽来到了丽丰舞厅，在门口就听到了悠扬的四步舞曲。

她俩走进舞池，金素当男伴，搂着林雪鸽跳。

第二段舞曲华尔兹，她俩互换角色，林雪鸽带着金素旋转。

第三段探戈舞曲，林雪鸽继续带着金素跳。

每一曲舞曲响起之前，她俩从长条凳上站起来，互相拉着双手，以免别人邀请。有一回，过来两位男士，同时邀请她俩，照样遭到谢绝。她俩不拆对儿。

舞厅里人不是很多，跳到中途，呼啦啦进来六七个小混子，领头是个留着长头发的瘦高个儿，他绕着舞厅晃了一圈，然后拖了两把椅子，歪坐着一把，脚搭一把，嫌一旁的幕布碍事，一用力，拉开一个角，窗外的光线射了进来。舞厅的工作人员知道这帮人不是善茬子，没人敢上前阻拦。

长头发向他一个小弟招招手，小弟俯下身，听他耳语，然后领了命似的走到金素跟前。

小弟说："就是你，想认错都错不了，跟我走，大哥找你说话。"

林雪鸽抢先说："我们不跟别人跳。"

小弟看看林雪鸽，说："一边待着，又没找你。"

"凶什么凶？谁是你大哥？"金素说。

小弟用下巴一指，说："看到了？躺着的就是我大哥。"

金素对林雪鸽说："不用怕，我去看看，马上回来。"

林雪鸽不放心，跟了过去。

探戈舞曲响起，长头发从椅子上起来，拉过金素，跳了起来。

他的另一个小弟，过来拉林雪鸽，林雪鸽甩开他的手，坐到了旁边的椅子上。

小弟讪讪走开了，边走边嘟囔道："挺能装的。"

金素被长头发推着在舞池里转了一圈，经过林雪鸽跟前，林雪鸽紧握双拳望着金素，金素闭着嘴，歪着头，像英雄上刑场。

一曲终了，金素要走，长头发拽住她的手不允许。

下一曲慢四。

长头发把金素搂得紧紧的，金素不干了，她推开他，坚决不跳。

林雪鸽喊："不许胡来，你们想干什么？"

林雪鸽走上前，被长头发的两个小弟拦住。

旁边一个小包间，里面一对舞伴，发觉外面这帮人不好惹，就提前离开了。

长头发的小弟马上把包间占了。

长头发把金素往包间里拽，金素不进去。

林雪鸽哪见过这种阵势，四下寻找舞厅工作人员，工作人员早躲起来了。

来跳舞的人都不靠前，远远地看热闹。

这时，有人从人堆里喊了一声。

"别动我姐！"

一个走路踮脚的小个子，走了出来。

长头发停止了对金素的拖拽，仰着脖，下斜着眼，看看来人是谁。

小个子身后，紧跟着四个小子，一言不发，手插在裤兜里。

他们走到长头发面前，站住了。

小个子说："金姐，不用害怕。"

"小瓶盖！"金素说。

"金姐，老远看着就是你。"被称作小瓶盖的小个子朝着金素点点头。跟他一起来的四个小子，个个面无表情，围在小瓶盖身边。

长头发瞅着小瓶盖。

"你就是小瓶盖？我听说过你。"长头发松开金素，"我是花柳，金家街大花柳。"

"大花柳，听说过。"小瓶盖说。

"怎么，你认识她？"大花柳说。

小瓶盖往旁边挪了半步，示意大花柳一旁说话。

大花柳跟小瓶盖走到一旁。

小瓶盖跟大花柳小声说了两句。

"那还说什么！"大花柳捋了两把头发，"天南的面子，我必须给。我们一起喝过酒，你跟天南提我大花柳，看他会怎么说。"他跟金素点点头，"不好意思啊，不知道你是天南的马子。"说罢带着他的兄弟们到包间里落座去了。

小瓶盖找到一位看热闹的服务员，朝他一招手。

"给上两盘瓜子、一盒金花，算我的账。"

长头发在包间里听见了，高声喊："都是天南的哥们，用不着！"

小瓶盖说："没事，今天就这么地了，哪天再说，有了机会，咱再喝点！"

金素走上前，说："谢谢你，小瓶盖。"

小瓶盖说："金姐，你咋来这里了呢？"

金素说："我跟我朋友休息，来玩一玩。你怎么样？"

小瓶盖看了看林雪鸽，说："这哪是你们这种人来的地方。"

林雪鸽说："我们这就走。"说着去拉金素。

金素说："没事，林姐，我和小瓶盖是好朋友，我跟他说几句话。"

林雪鸽后退半步，把脸扭向另一侧。

金素说："小瓶盖，这些日子你都怎么过的？"

小瓶盖说："开头住鸽子房，天南哥折了，我跑路了，沈阳长春哈尔滨轮换着混，后来听说天南哥逃监南下出了事，我回来一趟。这次才来大连没两天，随便转转，没想到在这里遇到金姐了。"

金素说："我也完全没有想到会遇到你，小瓶盖，看见你真高兴。看到你，我就想起了天南哥，所以我又很难过。"

小瓶盖说："听说你结婚了。"

金素说："快了，你听谁说的？"

小瓶盖说："有这回事不就得了！听说你跟了个厂子的大干部，当了官太太。"

"我听到天南哥死了，当时我都想跟着去死了。"金素擦擦眼睛，"现在我经常想他，想不够，思念不够。缺少了天南哥，世界都跟着变小了。"

"哼！"小瓶盖看着金素，"别假仁假义的了，金姐，我实话实说，我觉得你确实对不起天南哥，你这么快就找对象结婚。"

金素沉默不语。

小瓶盖说："你想想，天南哥如果没有死，假如天南哥出现在你面前，你怎么办，你不脸红吗？"

"小瓶盖，你说什么，你话里有话。"金素说，"天南哥没死是什么意思？"

小瓶盖说："死人不能复活，活人死不了。"

金素抓住小瓶盖胳膊，说："小瓶盖，你把话说透亮了，天南哥还活着？他家里不都去人认尸了吗？"

小瓶盖甩开金素，说："你都订婚了，天南哥死了活了跟你有什么关系，你好好过好自己的小日子就得了，想多了没有用。"

　　金素说："那不行，小瓶盖，你今天不跟我说明白了我不会放你走。"

　　小瓶盖说："天南哥南下时我早就离开大连了，我能知道啥？你当我不希望天南哥活着？我听到天南哥没了，天都塌了，江湖路是条绝路，不能混了。"

　　金素说："小瓶盖，不知道算了，你可不要知道了不说呀。"

　　舞厅里的灯突然点亮。

　　"闹事的都别动，派出所的！"大门口出现了三名民警。

　　"金姐，我走了！"小瓶盖一声口哨，"扯呼，闪了！"

　　他跳跃着带着他的兄弟跑向了侧门，包间里的长头发和他的兄弟也四下逃窜。

　　三名民警分头出击，各自追了一段，一个也没追上。不能无功而返，他们就把金素和林雪鸽带到了东山派出所，指责她俩是闹事的根源，进行了批评教育，然后联系家属来领人。林雪鸽的哥哥把她领走，金素等着陈工过来接她。

　　外出办事的所长刘家宝回来了，看到金素，他一惊，问清楚了情况，把手下的民警训了几句，赶快放行。

　　金素从派出所出来，追赶林雪鸽，追上了，林雪鸽正跟哥哥边走边唠嗑呢，林雪鸽哥哥见金素赶了上来，把林雪鸽留给金素，自己回单位上班去了。

林雪鸽说："小金，小瓶盖是干什么的？你怎么会跟他们这种人认识？天南哥是谁？"

金素答应讲给她听，但不是现在。

"林姐，走慢一点。"金素挽上林雪鸽的胳膊，"我头迷糊。"

"咱们道牙子坐一会儿。"

陈工接到民警电话，不知发生了什么，慌忙蹬着车子来到了派出所，刘家宝已经站在大门口迎候。

刘家宝向他道歉，告诉他是民警带错了人，金素已经回去了。

陈工听后推车转身要走，刘家宝拉住车座，热情留客，请他到办公室坐坐。盛情难却，陈工去了他办公室，喝了杯热水，感觉无话可说，便告辞。

刘家宝仿佛有话要说的样子，陈工不给他机会，也只能作罢，他送陈工到大门外。陈工骑上自行车离去。

刘所长刚要反身，陈工转了个弯回来了。

"大宝子，我想听你的实话。"陈工下了自行车。

"来吧，老陈，大宝子你还不知道吗，不会说假话。"

他俩回到办公室。

陈工在刚才的椅子上重新坐下。

刘家宝说："老陈，我讲话是不留余地的，你可要能承受得住。"

陈工说："不要留余地，把你知道的都告诉我。"

刘家宝说："一半就够你呛的，但我必须告诉你百分之八十。最后那百分之二十目前我还没有整明白，那也是我最担心的。"

半个小时后，陈工从派出所出来，脚步沉重。

刘家宝跟在后面。

"陈总，你行不行？早知道这样，也许我就不该说这么多。"

陈工没有言语。他走到自行车前，打开车锁，跨上去。

骑了一段路，陈工下了车，推着走。走了好长时间，他发觉这不是回家的方向，而是走到了长途汽车站。为什么会走到这里？他无法解释。他想起了在农场他接到妻子去世的电报，出逃到大刘家长途车站被抓的情景。

已经拨乱反正好几年了，为什么自己还是直不起腰来？现在不是"四人帮"横行的时候了，他感到自己仍旧在饱受欺凌，却无力回击。金素是他的未婚妻，听到她被人霸占的屈辱，一种绝望的悲哀情绪蔓延占据了他的心灵，跟自己过去的悲惨经历续接上，自己那么多年以来，一直努力要遗忘的悲痛哀伤，被再次激活。难道不幸和苦难要贯穿他的一生？

可怕的真相让人不寒而栗。

陈工刚才从刘所长那里得知，胡运升出事的那天晚上，在一间空房子里，是跟自己未婚妻金素在一起的。而且刘家宝含蓄而明确地告诉他，金素一进厂，就被胡运升搞了，一直到前不久，两人还保持着不正当关系。

金素跟胡运升通奸多年，这一可怕的事实令陈工胸口发闷，堵得厉害。从派出所出来，一路他不停地咬嘴唇，咬出了血。

他脑海中不停闪现金素无辜的面庞，他不相信她会欺骗自己，金素一定是被胡运升欺凌了，绝非甘于堕落。他不知该怎样抚慰她，不知道回去后该怎样面对她。其实他不知道的是怎么才能说服自己。

当然，在没有想出妥帖的办法之前，他是不会让她知道他已经知道了她跟胡副厂长的过往，他要等心情平复下来，再往家走。

下一步该做什么？

作为一个男人，本能反应是去揍胡运升一顿。换作一个年轻有血气的男人，听到未婚妻遭人玩弄多年，杀人的心都会有。但这两样念头，陈工好像都没有，愤恨只积压在心头，然后慢慢遗忘，每次如此，这一次会有例外吗？

他没有考虑去找田书记反映问题，向组织揭发胡运升的罪行，胡运升这种道德败坏之徒，根本不配当领导。他不会这样做，告状跟告密，在他的认识里都属于不光彩行为，何况即使反映到组织，也不会起到多大作用。对厚颜无耻的胡运升来说，大不了是个作风问题，给个处分算最严重的处罚了，还会闹得满城风雨，金素背上个坏名声，等于再一次在她的伤口上撒盐，并且如果上告，那得先征得金素的同意，现在金素每天过得快快乐乐的，怎么可能开口向她提这件事。向组织反映了情况，组织不会仅听一面之词，会从胡运升那边了解情况，胡运升完全可能反咬一口，不但不认错，还会把屎盆子扣到金素头上。

那么怎么办？忍气吞声？一个人悄无声息吞下苦果？他已经忍了半辈子，还要继续忍到老，忍到死？

不忍又如何？

没有办法发泄愤怒，他有办法让愤怒减退消失，回避，忍让，不敢面对，转移注意力，遗忘，把"不"埋在心里，那里已经埋了无数个"不"，忍痛再埋进去一个吧。

以何种态度面对胡运升，又是一个更大的问题。既然奈何不了他分毫，那么在他面前怎么办？选择装糊涂，像之前不想了解真相的时候那样，保持不远不近，权当对他们的事一无所知？

不！他恐怕装不下去。他气愤地握紧了车把，如果不是它足够坚硬，他会把它扭断。

他决定找胡运升，当面质问他，戳穿他的虚伪，痛斥他的卑鄙。他的眼前浮现出胡运升狡猾的眼神，装腔作势、嬉皮笑脸的无耻形象。

他的办公室在四层。田书记的办公室在三楼。胡运升的办公室也在三楼。

上到三楼，经过田书记办公室，他不停留，直接走到了胡运升办公室。

他没有敲门，直接推门，没有推开。他加力推了推，门锁着。胡运升经常开着三轮摩托下基层，今天可能又下基层了。

他吐了一口气，转身上楼。

在自己办公室门口，站着田书记和胡运升。

他们医院检查工作结束，来找陈工谈事。

是这样，有群众给组织写信，反映陈总小资产阶级思想严重，生活不检点，身为厂级领导却明目张胆搞未婚同居，给年轻人做了个坏榜样。田书记当然偏袒陈总，但匿名信又不能置之不理，今天来侧面提醒他一下，早一点把婚事办了，堵上那些人的嘴，田书记还想了个主意，工会出面，给陈工和小金组织场茶话会，不就等于名正言顺了吗？也可以节省陈工的时间和精力，不影响他的大检修总指挥工作。胡副厂长连声附和，说有些人就是爱狗拿耗子，多管闲事。其实举报信是他安排人写的。

"老陈，正好，我们来看看你。"田书记说。

"陈总，田书记批评我了。"胡运升说，"批评我的后勤工作做得不到家，陈总家里家外，有什么需要，尽管吩咐小胡，我这边全程安排。"

陈工瞪着胡运升，一言不发。

田书记说："陈总，个人有没有什么困难啊？"

陈工摇摇头。

田书记说："老陈，可别客气，有困难找小胡，小胡做不了主找我。"

陈工说："没有。"

田书记说："来到门口了，我们进去坐坐。"

陈工打开门进房间，田书记跟着，胡副厂长最后进去。

田书记说："什么时候办喜事啊，能不能在开工之前把喜事宣布一下？有什么忙不开的，我和小胡替你去办，你开口就行，什么都不用你操心。"

陈工说："不想麻烦大家，到时候小范围热闹一下就行。"

田书记说："太好了，老陈，当着明人不说暗话，个别群众思想保守，不了解情况乱捅咕。小胡，具体你跟老陈说说，要不老陈总是蒙在鼓里。"

"是这样一回事，陈总。"胡副厂长看看田书记，看看陈工，一脸为难状，"你的一举一动都被厂子上上下下几万人盯着呢，部分群众还是素质低，议论你跟你的未婚妻同居的事，弄得沸沸扬扬的。但是，陈总，咱们不怕，咱们登记结婚，办一个婚礼，就把他们的嘴堵上了。"胡副厂长说。

陈工盯着胡副厂长，抿紧嘴唇。

田书记说："小胡讲得对，这些话本应我说，我把这个艰巨任务交给小胡了，小胡脸皮也薄，非要拉着我一块儿来，咱领导干部不能让不明真相的群众老说闲话，主要担心那些闲言碎语影响了你的工作情绪，影响大检修的胜利完成。"

胡副厂长说："田书记高瞻远瞩，明察秋毫，陈总是个有觉悟有素质的国宝级知识分子，当然知道下一步该怎么做了。田书记，我们是不是就不耽误陈总的宝贵时间了。"

田书记说："那好，我们下楼，老陈，我看你气色不大好，注意劳逸结合，休息好才能工作好。"

陈工沉默不语。

田书记和胡副厂长离开的时候，陈工也没有从办公椅上起身。

桌上电话响。

陈工接起电话。

是金素。

"喂，老陈，今天林姐过生日，我俩看电影，看完了电影我跟她一块儿去宿舍，不回小院了。"

若在以前，他会毫不犹豫同意，可今天他说："你们看几点的电影，我去电影院接你们。"

陈工提前来到先锋影院门外，等到电影结束，他站在路灯下，对着散场的人流瞪大了眼睛。

还是林雪鸽先发现了陈工，用手捅捅金素。两人笑盈盈朝陈工这边走来。

林雪鸽说："陈总好。"

陈工说："小林好，我们先送你回宿舍。"

金素说："我俩说好了的，今晚不分开。林姐，要不你跟我们一起回家吧。"

林雪鸽说："不了，我自己回宿舍。"

金素说："送你还得绕道，去我家最方便，老陈，你发个邀请。"

林雪鸽说："我还是回宿舍吧，陈总也让我回宿舍。"

陈工说："不，不是这个意思。小林，祝你生日快乐，欢迎你去小院，你们聊天，我工作，互不相扰。"

她们看的电影叫《乔老爷上轿》，两人仍然沉浸在笑意当中。下午陈工还焦虑不知该如何面对金素呢，他脑海出现的多是金素悲泣的表情，没有想到此时此刻，她这般天真欢快。

人啊，活得真不容易，烦心事已经太多了，创伤已经够深了，把这一篇翻过去吧，也许只有这样，老实人才能过好后面的生活。

回到小院，在书房埋头工作的陈工，被敲门声打断，前面进来的是林雪鸽，捧着一大碗大米稀饭，后面跟着金素，端着两个剥好的煮鸡蛋，两个女孩的脸上全是开心的微笑。她俩把加餐放到陈工面前的书桌上，谁都没有说话，转身蹑手蹑脚离开，金素轻轻带上门，出去挺远了，她俩才同时笑出了声，也不知道她们笑的是什么。

关上的门很快又重新打开，这次只有金素一个人返回来，她蹑手蹑脚走到陈工身边，捧住他的脸，迅速亲了一下，转身离去。

陈工感到了巨大的责任，一定要好好呵护她，对金素的呵护越多，对胡运升的反击就越大，好人忍受住委屈，不受到影响，过好自己的日子，就等于在跟坏人做斗争，守护自己的尊严。

她不提起，他永远不会提起她的过去。如果她向他坦白，他全力包容她，她有任何建议，比如想把胡绳之以法，他都支持。如果她选择息事宁人，他就陪着她忍气吞声。只要她愿意。

12

前不久，金素曾经跟陈工表露过，不想在托儿所干下去了，想调一下工作，陈工没太当回事，此时回想起来，立刻明白了她的用心。

他去找田书记，子弟学校正缺一个音乐老师，小金完全可以胜任。

田书记喜形于色，这是陈工第一次向他提出个人要求，终于有了一次能为陈总办私事的机会了，他当着陈工的面抄起电话，分别给工资科科长和总厂子弟小学校长打过去，把金素新的工作安排通知他俩，口气不容置疑。

大检修接近尾声，陈工带着新汇集的数据、问题，以及解决问题的方案，去北京汇报。

陈工在北京只过了一夜，马上返回。

在化工部招待所那一夜，他躺在床上，强烈思念起了金素，根本抑制不住。这不过才分开一天，他就放心不下，一种毫无安全感的恐慌，急需他回家，握住金素的双手才能暂时解除。

回到家，小院晾着半湿不干的被单被套，随风飘动，金素坐在床上缝两个新枕头。

陈工放下背包，跟金素四手相握。金素立刻泪水盈眶。

五月底，开工工作进入倒计时，总指挥陈工精神高度集中，他既像发令员那样，反复目测着运动员有没有就位，有没有犯规，又像一名站在百米赛道起点的运动员一样，焦急而专注地等待那声发令枪。

为了确保百分之百开工成功，楼工和钱工提出了一个谨慎方案，先开一个装置，运转二十四小时就停机对外宣布胜利，这样做虽然耗能废材，但比较稳妥，以前重要装置开工有过类似先例。

陈工不同意，他对自己的前期工作有信心，坚决要求按原计划进行，各装置同时有序开工，实打实，不弄虚作假。

田书记支持了陈工的意见，在动员大会上，他鼓舞道："要打就打大兵团歼灭战，来一个彻底解决！"那劲头儿仿佛回到了淮海战场。

开工如愿完成，部领导和总厂四万多干部职工一同见证了这个光荣时刻，楼工和钱工，以及全体技术人员知道难度有多大，他们抑制不住内心的激动，纷纷向陈总祝贺，总厂上上下下，对这位技术大拿，佩服得五体投地。

这几天，厂领导陪着部领导每天出入总调度室，最后一套装置开工正常，才陆续离开。陈工是最后一个离开调度室的，但他没有去招待所参加庆功宴，而是回到办公室，等待最后几个数据。

他坐在椅子上，把电话拖过来，抱在怀里，没一会儿时间，他肩膀抖动，轻轻啜泣，不知是真实地哭，还是在做梦。

陈工已经两天两夜没有回家，吃住在办公室里，现在终于可以放松一下了。

可他放松不下来。

总厂从领导到骨干，到基层工人均受到了不同等级的表彰嘉奖，基础奖金一个月里发了三次，上上下下皆大欢喜。

作为本次大检修的实际总负责人，陈工获得了部里的最高荣誉，并在人民大会堂受到了国务院副总理的握手接见。

第二天，他的老同学孟工和乔工设家宴祝贺。

乔工问起他的未婚妻，陈工不会说谎，把金素在开工的前两天，以不告而别的方式弃他而去如实相告。

两位老同学目瞪口呆。特别是孟工，他重感冒刚好，听到陈工的话，憋了半天，弯腰一阵咳嗽，眼泪都咳了出来。

乔工给他敲打着后背，好半天才止咳。

他们没有想到，开工期间，陈工承受了这么多。

乔工说："那，小金她去哪儿了？"

陈工摇摇头。

乔工说："你不知道去哪儿了？"

陈工点点头。

孟工说："她连工作都不要了？"

陈工点点头。

孟工又是一阵咳嗽，乔工赶忙给他拍背。

乔工说："在这之前没跟你谈过？一点都没有跟你透露过？"

陈工点点头。

孟工说："她就这样走了？"

陈工说："给我留了封信。"

孟工说："这不是个凡女子。"

陈工点头。

乔工说："信上说什么，说了她为了什么走了吧，外面有人了？"

陈工一动不动。

孟工说："那样也不可惜，这样的女人不值得留。"

乔工说："她还是太年轻了，思想不成熟，就让她去吧！"

陈工张嘴说话，竟然没有发出声音，他咳嗽两下，说："她说她要去追求自由的生活。"

孟工对陈工说："她这样说的？"

陈工点头。

孟工说："不成熟，不顾全大局，哪能在开工前做出这种事，幸亏老陈沉着冷静，没有影响开工。忘掉她吧！"

陈工说："她也是这么讲的。"

乔工说："让你忘掉她？"

陈工说："让我把信烧掉，忘掉她。信我烧了。"

孟工说："再找一个，老陈，进行下一段恋爱，只有这一个法子了。"

陈工说："她也是这样讲。她让我快一点进行下一场恋爱。"

乔工说："田书记他们怎么看？"

陈工说："我没跟他们说。你们是第一个问我这件事的。"

孟工说："老陈，身体第一，要挺住了！咱们这些人，好容易熬过来了，可不能在这个时候栽倒了。"

乔工说："老孟说得对，老陈，只能说明她不属于你，属于你的还没有到来。"

坐落在旅顺摸珠礁的总厂工人疗养院拥有一块属于自己的海滩，半边沙滩，半边礁石，可以游泳，可以赶海。从北京回来没两天，陈工被田书记强行安排到疗养院疗养。

第三天，疗养院例行体检的化验结果出来，发现陈工肝功能指标不正常，建议陈工到总院住院全面检查一下，陈工不肯，疗养院领导就把他转到了相邻的炼钢厂疗养院。炼钢厂疗养院配套了一个小型医院，医疗条件比总厂疗养院强很多，陈工在炼钢厂疗养院，可以一边疗养，一边进一步检查治疗。

陈工到炼钢厂疗养院的第二天，林雪鸽也来到了炼钢厂疗养院，她是带着写表扬稿的任务来的，总厂工会工作已经从胡副厂长移交给了新调来的王副书记，王副书记主抓大检修的工作总结，尤其是有关陈总的表扬稿，要上交部里，王副书记挑选文笔最好的林雪鸽担此重任，胡副厂长在工作交接的时候，也向王副书记大力推荐了林雪鸽。

大上周，林雪鸽收到一封没留地址的信，起初她以为是一封情书，看了落款，吓一大跳，赶快看信。她连读三遍，跌坐到床上。

林姐：

　　你看到这封信的时候，我已经离开了总厂，离开了大连，虽然不是永远离开，至少几年内不会回来，也可能十年二十年都不会回来了。我去哪里，去干什么你大概能够猜测到，不管最终能否达成心愿，我必须去寻找属于我的感情和自由。这里我早就不想再待下去，你不用替我担心，对我来说，哪儿都比总厂强。我只是感觉对不起老陈，我没有勇气面对他，走的时候留下了一封信。老陈是个好人，他需要一个好女人做伴侣，我走后，希望你能替我经常去关心关心他，帮他洗洗衣服，做做饭，不知道这个要求是不是有些过分。

　　算了，我还是明说吧，不管会不会惹你生气了，我真心希望你能替代我，做老陈的爱人。老陈是个好男人，值得爱。

　　林姐，投身到生活的滚滚洪流中去吧，少看小说，听老太太唠叨都比看作家的胡编瞎写强。

　　我会永远地记着你对我的关心和照顾，能够跟姐相识，是我在总厂最大的幸运。人生路漫漫，友谊长存。

　　　　　　　　　　　　　　　　　　　　金素

林雪鸽的第一反应是震惊，然后是兴奋，甚至有一点受鼓舞，她为老对儿祈祷，希望老对儿平安顺利。可是不知怎么，她其实一点儿不为金素担心，如果受伤害的不是陈工，她可能会拍手称赞。

渐渐平静下来后，林雪鸽才把重点放到信中安排她做陈工爱人的部分，这时候她才感到难堪，面红耳赤，她想发火又发不得，因为发火的对象业已远离而去。

林雪鸽深知金素这不是在开玩笑，但要她听命于信上的安排，绝无可能。

如果不是有这条内容，她会打电话问候一下陈工，金素和陈工都是她的朋友。可是正因为这一条，让她望而却步，在消息传开之前，她选择装作对金素出走的事一无所知。每天上班她都战战兢兢，等待定时炸弹引爆。

终于，一天上班，杨馆长神秘兮兮向她招手，问她金素跑了她知道不知道？以前林雪鸽只会用沉默不语隐瞒不便于说出来的真相，这次她直接说了谎。

"我不知道。我什么都不知道。"

接到去炼钢厂疗养院采访陈工的任务后，林雪鸽先想的不是采访，而是怎样跟陈工交流金素的事情。

食堂吃午饭时，林雪鸽勇敢地坐到陈工所在的桌子，只是，除了简单的寒暄，并没能深入交谈。吃完饭，他俩来到海边散步。

海边小路上，陈工沉浸在他惯常的沉默状态。

陈工憔悴了许多，以往每见到他，林雪鸽都会觉得他的神态滑稽有趣，现在没有这个感觉了。

陈总未婚妻弃他而去的消息传到了田书记耳中，田书记正在北京开会，立即给陈工打电话，陈工支支吾吾，确认了此事。

田书记又打给胡副厂长，让他也到炼钢厂疗养院疗养一周，跟陈总了解一下详细情况，并带去领导班子的慰问，如果需要帮助，总厂全力以赴。

胡副厂长以工作忙为理由推辞，不想去疗养院，田书记不同意，下了死命令，他不放心陈工，怕他出事。

胡副厂长硬着头皮来了炼钢厂疗养院。

吃晚饭时，林雪鸽看到了坐在另一张饭桌上的胡副厂长。

胡副厂长正用余光往他们这桌察看。

胡副厂长吃饭快，先吃完了，他走过来，跟陈工和林雪鸽打了招呼。胡副厂长想跟陈工多讲几句，陈工反应冷淡。

胡副厂长表面对陈工毕恭毕敬，但眼神轻佻，假装可怜，似乎传达着一种只有他们两人才能够懂得的意思："不要怨恨我了，我现在跟你一样，不也成了她出走的受害者吗？"

林雪鸽问："老领导，哪天来的？"

"小林，我今天刚过来。"胡副厂长转向陈工，"陈总，你可要多注意休息，彻底放松恢复一下。"他转回林雪鸽，"小林，好好采写，让全国人民充分了解陈总这个典型，这次大检修是个壮举啊。"他转向陈工，停顿了片刻，"陈总，今天就这样，明天再说，田书记交代了一些事情，让我汇报给你呢。"他跟林雪鸽笑笑，"小林，你可责任重大哟。"

林雪鸽发现胡副厂长的嘴角起了一串水泡，明显上火了。

总厂即将实行厂长负责制，田书记退居二线，有传闻部里准备让陈总担任厂长，但被陈工拒绝了，他认为自己更适合做技术工作。

书记厂长调整，其他领导班子成员也要面临大的变动，不管怎么样，重用知识分子已成趋势，胡运升为自己的未来担忧犯愁。

林雪鸽看着对面低头吃饭的陈工，内心一阵难过。她想金素是一个奇女子，如果换成自己，不一定能忍心做得出来。可是自己没有恋爱过，在感情这件事上，是没有发言权的。

林雪鸽咬了一下嘴唇，再次想到金素信中那条内容。

金素总共写了两封信，给陈工那封，什么内容？写没写让陈工追求自己呢？会告诉他给自己的那封信的内容吗？看样子是没有，不过，也不一定。

"小林，"陈工吃完了饭，掏手绢擦擦嘴，"我一直心不在焉，没有状态，影响了你的采访。明天吃了早饭，我们去活动室，把访问做完。"

林雪鸽说："好的，陈总，你注意休息。"

第二天早晨，林雪鸽去食堂吃早饭，没有见到陈工。她打了饭，慢慢吃着，吃完了也没有见到陈工。她想，也许陈工没有起床，也许吃过了，活动室九点开门，她看看时间，八点不到，溜溜达达去了海边。

天空阴暗，海水呈一种吓人的深褐色。

大海由远及近，向外推出一排排浪涌。

13

沙滩上，有一个准备下海游泳的人，正往头上套泳镜。

他甩掉拖鞋，走下了沙滩，直接走进了海里，走到齐腹的深度，一头扎进大海，潜出去好远，才冒出水面，让岸上盯着看的人，跟着长舒一口气。

浪头来了，他把头没进浪里，浪过去了，他露出水面，调整呼吸，等待下一个浪头。看样子，恶劣天气带给他的是享受而不是恐惧。林雪鸽听好几个人说过，金素也说过，陈工喜欢下雨天游泳，刮大风，起大浪，他最喜欢。

她慢慢走下沙滩，发现有一个人坐在一堆衣服旁发呆。

"老领导！"林雪鸽说。

胡副厂长面色铁青，眼色中闪烁着恐慌，看到林雪鸽来了，他想恢复缓和一下，但他的表情似乎被海风凝结在了脸上，不能变化。

林雪鸽以为他病了，说："怎么了，脸色这么不好看？别在这儿吹海风了。"

"我没事。陈总心情不佳，不愿意多谈。"胡副厂长指了指海里越游越远的那个人，"田书记安排我慰问陈总，主要是担心陈总的身体，大家都怕那事儿影响了陈总的健康，可是陈总不愿意跟别人交流，唉，一时半会儿还走不出来。"

林雪鸽说："陈总本来就不爱说话，做访问时可别这样。"

"谈工作他不会。"胡副厂长说，"可是其他方面不说话也不行啊，总憋在心里，没病也会憋出病来的。我刚才转达了一下田书记和领导班子的关心，陈总跟没听见一样，从头到尾只说了一句话，要下海的时候，他问我敢不敢跟他一块儿下？我可不傻。"

林雪鸽说："今天没有人下海，只陈总一个人。"

"谁不怕凉啊？一般得等入了伏才能下水，现在还不到夏至。"胡副厂长说，"小林，你跟小金那么好，她到底是因为什么就这么走了？"

"不知道。"林雪鸽说，"我也并没有多知道什么。"

胡副厂长说："都怪小金嘴紧，不怪你。"

林雪鸽说："怪小金干什么，谁都不怪。小金一定有她的难处，她这样做，可能是她唯一的选择吧。"

"哼！这叫什么选择？一切说不要就不要了？工作说不干就不干了？从跟陈总处对象到谈婚论嫁，厂子多少人默默对他们祝福，刚调到学校当音乐老师，一切顺顺利利，可是最终还是……"胡副厂长说不下去了，"小林，换你的话，你会这样做吗？"

"我？"林雪鸽转过头去，"跟我有什么关系。"

胡副厂长说："没有关系也有关系，你俩是最好的朋友，总厂还有不知道的？"

"哎呀！"林雪鸽轻呼了一声。

胡副厂长朝大海深处望去。

海中游泳的陈工，在海浪涌起来的时候，他浮到波峰，海浪落下去，他跌没谷底，不见踪影，林雪鸽惊叫的时刻就是看到他跌没谷底之后，久久没见浮现出来。

她屏住呼吸，好长时间，才等到陈工随着大浪浮起，浪越来越大了，只有他浮到最高点才能看到一个小红点，那是陈工的泳帽。

林雪鸽说："快上来吧，浪太大了。"

"陈总水性好，不用担心。"胡副厂长说，"看，这不又漂上来了！小林，把你介绍给陈总怎么样，厂子里有不少人这样说呢。"

林雪鸽说："别人胡说，你怎么也跟着胡说。"

"开个玩笑。"胡副厂长说，"我可不想把你介绍给别人。假如，我说假如，假如我跟陈工让你选择，你选谁？"

林雪鸽生气了，她说："这是什么假如，净是欺负人的问题。"

胡副厂长说："咱们等着陈工上岸，消磨时间，闲唠嗑么。你是选我，还是会选陈总？"

林雪鸽说："我当然是谁也不选了。"

胡副厂长说："这个不算回答，重新来，二选一，必须选一个。"

林雪鸽说："我选陈总。"

胡副厂长说："凭什么？"

林雪鸽说："陈总单身，有恋爱的权利，你有婚姻在身，已经没有了恋爱的权利了。"

胡副厂长说："啊，是这样，如果我也是单身呢，我也有恋爱的权利了，你选谁？"

林雪鸽说："什么意思，你要离婚？"

胡副厂长说："假如我离婚了呢？你选谁？"

林雪鸽说："那也不会选你，我没得选了？"

胡副厂长说："我明白了，你要选个年轻的。"

林雪鸽说："我选我自己。"

胡副厂长说："什么意思，小林，你还能单身一辈子，你想当老姑娘？"

林雪鸽说："谁能管得着吗？"

"看，陈总往回游了！"胡副厂长说，"小林，不跟你闹了，我要回去了，回厂子，有个会需要参加。田书记交给我的任务，我转交给你了，关心一下陈总，把稿子写好。"

林雪鸽说："稿子我完成，其他任务我无法胜任。"

"可以从侧面观察了解，只要陈总情绪稳定，慢慢能够接受事实就行。唉，这个小金。"胡副厂长说，"什么奇怪的事情她都干得出来，她的家里人一点不知情，她跟他们也不联系，后妈也是妈不是？不跟家里人说，也不跟谁说，你是她最好的朋友，也不跟你说！"

"我上老大火了！"林雪鸽说。

"谁不上火？"胡副厂长挥了一下手，"不过谁上火也不会有陈总上火大。"

林雪鸽说："那倒是，陈总挺倒霉，一直在倒霉。不过责怪小金没有意义。"

胡副厂长说："那怪谁？"

"不知道。"林雪鸽说，她的心里想的是要怪就怪爱情吧，小金是为了爱情才出走的，她寻找她的心上人去了。

胡副厂长背过身，双手捂着，划了三根火柴才点着了烟，抽到一半，扔到沙滩上，离开了，留下林雪鸽等陈工。

胡运升走了没多长时间，陈工从海里上了岸。

14

陈工去北京出差，金素做了几个小菜，喊林雪鸽来小院。两人吃完了饭，点上炉子烧水，泡了个热水澡，用电吹风吹干了头发，躺到双人床上。

金素坦白了她的奇遇故事。

那天，大连火车站广场，一个脸颊消瘦、眼球放电的小伙子，把金素吸引了过去。她走到离他不远处，看入了迷。

这是个万人之中一眼就能认出来的瘦高个儿，身板硬朗，长手长脚，鼻梁直挺，不大不小的眼睛，覆着长长的睫毛。

这如果不是在火车站，是在总厂，她肯定不好意思盯着一个漂亮小伙子看的。

突然，小伙子回看了她一眼，她心头一颤。

其实他注意的并不是她，而是越过了她，看向更远处。

小伙子注意的是另一个人，他在观察那人。

那是个中年男子，提着一个黑包，站在广场上，像是一个外地人刚下火车，思量下一步怎么走，又像是一个大连人回到了家乡，到站后心踏实了。他把皮包放在自己的脚前，掏出烟来准备点火。

这时，漂亮小伙子几大步朝着那人绕了个小半圈，绕到他身后，伸出两只手捂住了他的眼睛。

"猜猜我是谁？"漂亮小伙子说。

中年男子被人从后面一勒，不由得张开手臂，左手拿着烟，右手拿着一盒火柴，空中乱舞，说："别闹，别闹，谁？谁？"

他扭动身体，却挣脱不开。

"哈哈。"漂亮小伙子没有撒手的意思，"等你半天了，你猜，我是谁？"

"你是谁？"中年男子说，"我听不出来，你到底是谁？"

漂亮小伙子说："猜啊。"

"轻点。"中年男子说，"轻一点，你抠疼了我。松手！"

"好吧。"漂亮小伙子似乎不高兴了，"真不识闹。"

中年男子"嗷"了一声，因为漂亮小伙子在松手之前，使劲抠了一下他的眼珠。

可能漂亮小伙子用力太狠，中年男人把烟和火柴装进裤兜，双手揉着眼睛，好长时间，才恢复了视力，他低头寻找，发现脚下的提包不见了。

金素看得清楚，早在漂亮小伙子捂他眼睛的时候，一个小个子猫着腰把提包拿走了。

"唉！"她不由自主地叫出了声，脱口而出，"唉，你们干什么？"

漂亮小伙子瞅了她一眼，金素马上闭上了嘴。

漂亮小伙子松开手，转身跑开。

金素赶忙追赶，只慢了半拍，失去了目标。她在车站里里外外转了好几圈，找不见漂亮小伙子的踪影。

她怅然若失，慢慢走出车站。

她低下头，下巴抵在衣服领上，盯着漆黑的沥青路面。

过了长江路就是胜利广场。在胜利广场，她看到一块招牌，"地下春饭店"。

饭店由一个防空工程改造而成。金素进了饭店门，沿着楼梯往下走。

她开票买了一碗炸酱面，把票交到饭菜窗口。

她满脑子全是刚才那个漂亮小伙子，为他担心，为他惋惜，不该走上盗窃犯罪的道路，他姓什么叫什么？家住哪儿？她可能再也见不到他了。

"炸酱面一碗！"窗口里服务员高声叫喊。

金素去取了面条，端着往回走，放到桌上，眼角一扫，不由自主一哆嗦，幸亏碗已经放到桌子上了。

她发现漂亮小伙子在饭店里。

漂亮小伙子跟他的搭档，拎包的小个子，坐在最里头一张桌上喝酒呢。桌子上摆着四个菜、一瓶白酒。

漂亮小伙子从容自得。小个子摇头晃脑，喋喋不休。

金素朝他们的桌子下面瞄了一眼，没有见到黑提包。

漂亮小伙子眼角扫到了她，昂起脖子向她这边望。

金素低头吃面条。

一会儿，小个子来到金素身边。

"喂，不瞒你啊，我叫小瓶盖。"小个子说，"我地北哥请你过去坐，甭害怕，我们不是坏人。"

他端起她的面条就走。

金素跟着过去，她望着漂亮小伙子，一种劫后余生般的欣喜不可抑制。

"站客不好伺候，认识一下，怎么称呼？"漂亮小伙子问。

金素坐下。

"金素。"

"天南，李天南。"

"不是叫地北吗？"金素说。

小瓶盖哈哈大笑。

李天南，江湖上的"大连天南"，家在小岗子住。

他生在小岗子，长在小岗子，正宗"老大连"，小岗子建市就是三教九流汇集之地，李天南耳濡目染，早早开蒙，他十三岁正式进门子，一发不可收。江湖上有利益，有好玩好吃的，钱来得容易，花得痛快，是条邪道，却容易让意志未坚的青少年上瘾。天南爸爸不但不拦着，反倒鼓励教唆，因为李爸爸本身也是半个江湖，老贼亲自传授经验给儿子不说，又把小天南扔给他一些江湖朋友，摔打锤炼。

李天南爷爷解放前在天津街做杂货生意，公私合营时被气死了，爸爸是坏分子，蹲过监狱。有一次贼爸爸走在新华街，指着一栋临街的三层长条楼，对小天南说，这一整栋都是你爷爷的。

小天南笑笑，这件事他早就听邻居说过。

"等我长大了给你挣回来。"小天南说。

"你就吹吧。"贼爸爸说。

小天南小学时因打架捣蛋被送到了公读学校。在公读学校，他的学习成绩名列前茅，他脑瓜聪明，也爱学习，只是他的好学不局限于课本，他学摔跤，学掏包，从天窗里怀干到青子拎包*，他天生是吃这碗饭的料，下手稳当、利索、快，从没在这方面栽过跟头，而且为人仗义，做事讲究，火车站那么多点子，没有一个出卖过"大连天南"。他被教养，被判刑，都是因为帮朋友出头打架。

第一次进教养院，钉子头没磨好，他着急吞咽了下去，直接扎了个胃出血，拍完X光，就给保外了。

李天南现在的状况是服刑保外，他被判八年，在大墙里面待了一年就再也待不住了，他整了把飞鹰刀片，用电工胶布缠好，留好了的尺寸，在自己肚皮上拉开条口，把肠子抠出来一截，加上外头托人，获得了保外。

这次李天南本想一个人出门。少年时他陶醉于前呼后拥，现在他喜欢独来独往。在火车站他偶遇小瓶盖，被小瓶盖黏上。

小瓶盖是被家里人当包袱扔掉了的残疾儿童，左腿比胳膊没粗多少，不过丝毫不影响逃跑速度，遇事他连蹦带蹿，比正常人跑得还快，即使被追上也难逮住，他善于突然下蹲，从人腋下，甚至两腿之间蹿出。

小瓶盖二十岁不到，却走南闯北多年，各路蹭大轮儿[†]的他都混得熟。人怕比、怕处，时间越久，小瓶盖越发认

---

* 天窗，即吃天窗，指扒上衣兜儿。里怀，即吃里怀，指扒内衣上兜儿。青子，指刀子。
† 蹭大轮儿，指在火车上行窃。

识到天南哥绝对是那个！

　　跟天南哥混，拿不拿得着大活儿，吃穿住用行他全包。天南哥把到手的钱，无论多少，都看成了很少，那种心不在焉的派头，好像提前看到了未来的钱，好多好多，等待着他去拿，时候未到而已。别说小瓶盖，好多蹬大轮儿的老人，都希望能跟着李天南南下。

　　李天南逗问小瓶盖，你行吗？小瓶盖猛劲儿表白他又进步了，扣死倒*拎包已不算事儿，不信带上他试试。

　　李天南说那就小试试，看看他能不能先把车票钱整出来。

　　李天南领着小瓶盖在车站转了一圈，寻找机会。

　　一位刚下火车的中年旅客，走到广场，把包放到了地上，仰头望了望蓝天，掏出香烟准备抽。李天南跟小瓶盖使了个眼色，小瓶盖心领神会。

　　李天南绕过去捂住旅客眼睛，小瓶盖飞速过去，拎了包蹿开，边跑边从怀里掏出一个包袱皮，三转两缠把包裹了起来，胳膊插进去，背到了肩上，晃几晃人就没影了。

　　最后李天南手指头一使劲，旅客"啊"了声，等恢复了视力，回头，让他猜谜的人不见了，低头，皮包也不见了。

---

　　*　扣死倒，指偷窃夜间坐车睡觉旅客的财物。

行动前，李天南注意到了有一个姑娘在看他，当时进入了"预备——开始"状态，不能被美色分心。

意外的是在"地下春"他又见到她，这是个本分的姑娘，眼神里却有股子豁得出去的野气。

"去拿个杯子。"他命令小瓶盖道。

小瓶盖去窗口要了个杯子。李天南倒上酒，推到金素跟前。

金素只喝过一次酒，没喝几口就醉了。但当李天南向她举起酒杯的时候，她没有说她不会喝酒，跟着举起了杯。

李天南喝了一大口。

金素呛得直咳嗽。

李天南哈哈笑了。小瓶盖也笑了。

小瓶盖说："直性，可交。"

李天南把她酒杯里的酒倒进了自己杯中，只给她留了一点点底儿。

"不会喝就不喝，不用逞能！"李天南说，"金子，你是哪儿的？"

金素说："总厂，化工总厂的。"

"我知道。"李天南说，"在老甘井子里面，我去过。你家住哪儿？"

金素说："总厂宿舍。"

李天南说："你家呢？"

"我没有家，宿舍就是我的家。"金素说，"你呢？在哪儿上班？"

没等李天南开口，小瓶盖哈哈大笑。

"没上过那玩意儿。天天早起，起不来。"李天南问小瓶盖，"你能天天早起？"

小瓶盖说："不能！"

金素说："你们干这个，不害怕吗？能长远吗？"

她直接把他们干的行业给叫开了。

"她真是个大好人。"小瓶盖对李天南使了个眼色，"替我们前途操心。"

"害怕。害怕就不干了？"李天南说，"不长远就不干了？"

小瓶盖说："当时你在车站？我咋没注意你呢？"

金素说："你蹦得真快，一眨眼就没有影了，然后天南也不见了。"

小瓶盖说："天南哥！"

金素说："对，天南哥。"

她本来就想叫天南哥，没好意思叫出口呢。

小瓶盖说："这就对了，放心吧，天南哥绝对会对得起你这声哥。"

李天南说："我们想出趟远门，敢不敢跟我们一起走？"

"怎么不敢？"金素说，"敢！"

她没有被自己的回答惊到，李天南却似乎被她惊到了。

"可能十天半个月，也可能个把月。"李天南说。

159

"不怕。"金素毫不含糊，就等着这一天似的，"我可以打电话请假，请不下来，还可以开诊断书。"

李天南说："诊断书简单，医院咱有朋友，一撕一大摞，随便填。"

"识字不？"小瓶盖发问。

"什么？"金素有点发蒙，不知小瓶盖什么意思。

"上过学吧？"小瓶盖说。

"怎么会没上过学？"金素说。

"你以为谁都像你？"李天南说，"一天学没上过。看不出来嘛，她跟咱们不一样。"

小瓶盖说："那我给你出道文化题，考考你，真文化人，假文化人，一试就知道。掰开括号，拿开逗号，放进感叹号，留下一串省略号，打一动作。"

金素面红耳赤。

小瓶盖说："想歪了是不是？假文化人。"

"别外路精神！吃好了没？给我去加一个菜。"李天南朝远处一桌瞥了一眼，"那个！我们没尝过的。"

小瓶盖听出来李天南的弦外之音，他没有转头，用余光左右瞅了瞅。

那边坐着一个干部模样的人，桌子上除了酒和菜，还摆着一个公文包。跟他一块儿来的同伴在排队开票，看样子要加菜。

小瓶盖小声对金素说："你去火车站出口等着。我们一会儿去找你。"

饭店开始上客，开票窗口排起了长队，小瓶盖走到队尾，踩了一下前边人的脚后跟。

那人回头看了他一眼，并没有说什么。

小瓶盖却找事般高声质问："看什么看，不服？"

那人比小瓶盖高一个头，伸手一推，把小瓶盖推了个跟头。

小瓶盖爬起来，抓过桌子上一个酱油瓶，用力摔到了地上，玻璃碴四处飞溅。对方被他过激的反应镇住了，站在原地不动。刚才摔瓶子的巨大响声，把饭店吃饭人的目光都吸引了过去。

小瓶盖说："妈的，吃个饭生一肚子气，不吃了！"

他愤愤不平，骂骂咧咧，一高一低地走了出去，临上楼梯前他又回头瞪了高个子一眼，梗梗脖子，扬了扬手，那意思，如果不是看他身高力大，自己打不过，这一瓶子说不定就砸到他头上了。

干部模样那人扭着头看热闹，见并没有真打起来，略有遗憾地回转身，觉得好像缺少了点什么，起身转圈寻找，桌子底下也弯腰察看了，最终确认要找的东西不见了。

他用正宗山东口音喊排队的同伴。

"伙计，包哪去了？你拿着吗？"

"我没拿，领导，不是在你那儿吗？"

"没有了，找不着了！包丢了，小偷，有小偷！"

161

小瓶盖摔瓶子的同时，李天南起身经过干部的桌，胳膊一扫一收，一转身，没影了。

15

火车站的二层通道，两条胳膊似的左右前伸，落到地面，把站前广场揽在其中。

公共汽车、小车、大解放、三轮车、自行车，可以进广场，也可以通过这两条胳膊，直接上到车站二层。

金素站在出站口。

她感到时间每一秒都比上一秒缓慢。她东张西望，很害怕他们不来找自己。

车站人来人往，整洁的城里人，大包小卷的农村人，军人，民警。

从现在开始，她不由自主更多地注意民警，她为天南哥担忧，但不管那么多了，能跟着天南哥，去哪儿都行！"天南哥，你快点出现吧！小瓶盖，你倒是蹦出来啊！"

一辆收垃圾的三轮车停在她身边。

"跟着我走。"

金素刚准备说"我不认识你"时，她认出了来人。

骑车人低扣着一顶大檐草帽，只露出一个瘦削的下巴。

金素跟着三轮车出了广场。

车子路边一停，骑车人把破帽子往车把上一挂。蹲在路边上的三轮车真正的主人，接过车把，翻身上车，骑走了。

李天南带着金素上了 13 路公交，坐到海港，下了车。

金素从心里往外都是笑，此时此刻，跟着李天南跳到海里去，她都会是笑着跳进去的。

小瓶盖等在候船厅大门台阶上，他对李天南冒险去火车站接金素颇为不满。因为刚在火车站拎了包，丢包人肯定报案，去火车站会很危险。

从地下春饭店出来后，李天南跟小瓶盖会合，小瓶盖的意思是已经把金素支到了火车站，正好把金素甩掉，他们坐船到烟台，从烟台南下。

李天南没有理小瓶盖，自己去火车站把金素接来了。

李天南突然拍打了一下小瓶盖的腰部，小瓶盖一激灵，李天南迅速上下左右前后在小瓶盖身上摸了一圈，然后伸手进他的里怀，摸出一把卡子，丢进了路旁的垃圾桶。

"跟我出门，不许带这个。"李天南说。

"关键时刻我掩护你！"小瓶盖握紧拳头，"到时候你看吧，小瓶盖绝对不拉梭子。天南哥，你是没见到我猛的时候。"

"不想见。"李天南两手拍了拍，嫌卡子脏了手似的，"我们是去取货，准备好口袋就行。"

"带着包袱皮呢。"小瓶盖转向金素，"要不都愿意跟着

163

天南哥混，踏实。"

坐在船舱里的床铺上，金素透过圆窗，发现岸边堆放的货物神奇地向后退去。

"快看！"她说。

"咻！"小瓶盖一脸不屑，"农村老卡，第一次坐船？"

金素说："对呀，火车没坐过，就坐了船。"

小瓶盖说："连火车都没坐过，你又不真是农村人，真的假的？"

金素说："真没坐过，我们厂子好多人没坐过火车，不出差不出门的，没有机会坐。"

李天南说："走，外边瞧瞧。"

"我眯一会儿。"小瓶盖往床铺上一躺，"我有点晕船。"

李天南带着金素来到了甲板上。

他俩一层一层、上上下下走着转着，从船尾来到船头，从各个角度体会轮船乘风破浪。

他们重新进到船舱，沿着楼梯一直往下走，下到比五等舱还低的散铺。这里灯光昏暗，十分压抑，待了几分钟，金素催促天南上去。

他俩出来，走到船尾最高层甲板上，看海鸥追着船飞。

李天南拉着金素坐了下来。

他唱起了歌。

"风儿呀吹动我的船帆……"

金素把头靠在李天南的胳膊上。她唱歌专业水平，也觉得李天南的歌好听。

金素说："天南哥，再唱一首。"

"美丽的梭罗河……"

"天南哥，好听，真好听。"金素说，"这些歌我都没听过，你跟谁学的，再给我唱一个吧。"

"宝贝，你爸爸参加了游击队，我的宝贝……"

金素闭上了眼睛。

李天南轻轻拍着她的肩膀，唱道："快睡吧，小宝宝……"

金素睁开眼。

李天南搂住她，直接亲了她的嘴唇一下。她倒到他怀里。

金素虽然唱歌好，在文化宫学习过乐器，但她会唱的多是革命歌曲，最近喜欢上了台湾邓丽君的歌。她说："你怎么会这么多好听的歌？从哪里学的？"

李天南说："你再听这个，'剃了个没毛的大马蛋子光，对着镜子把歌唱，唱的什么歌？马蛋亮光光，好似十五的大月亮。'"

金素笑得前仰后合。

李天南说："回大连我把那歌本给你，《外国名歌200首》，比港台歌好听。马蛋歌不在其中啊。你识简谱吗？"

金素点点头。

天渐渐暗下来，海风越吹越凉，金素感到冷，但她没说冷。

李天南搂着她的肩膀，她往李天南身上靠。

她开始打喷嚏。

李天南站起身，拉着她起来，牵着手回到了船舱。

他俩头对头，躺到各自的床铺上，盖好毛毯。

金素打了个寒战。

"做个好梦。"李天南微笑着轻声道。他面颊硬朗，笑的时候，右腮出现一个酒窝。

金素从毯子里伸出一只手，李天南也伸出一只手，两只手握在一起。她觉察到自己小拇指指甲劈了，她抽回手，轻轻一掰，掰了下来，李天南翻身伸手接了过去，胳膊一挥，替她扔掉，然后躺下闭上眼，很快就睡着了。金素胡思乱想了一阵，也睡着了。

第二天早晨到达烟台，下了船，金素站在地上，站不稳当，她抓住李天南的胳膊。

小瓶盖比她晕船，走下舷梯，东倒西歪差点儿摔倒。

李天南说："行不行？"

"问题不大。"小瓶盖坐到了地上。

李天南说："那就站起来！"

小瓶盖说："再坐两分钟，两分钟就不迷糊了。"

"给我。"李天南说。

小瓶盖把背在身上的挎包摘下来，拉开拉链，掏出一个小鸟笼子，里头有一只灰白两色的鸽子。

金素早就注意到小瓶盖身上的挎包，鼓鼓囊囊的不知装了什么，但怎么也没有想到竟然有只鸽子。

小瓶盖把鸽子掏出来，递给李天南。

李天南左手接过鸽子，右手伸手在自己头上一扯，金素"哦"了一声，像扯了她的头发。

李天南把扯下来的一根长发在手指上来回搓动。

"好了，两分钟到了。"小瓶盖站起来，走到李天南跟前，帮着从鸽子腿上摘下一只铝皮做的小圆筒，交给金素。

李天南把已缠成球的头发交给金素。

金素不明白他们是什么意思。

李天南说："我给你的信物，寄回去，等回家时我们一起打开。"

金素说："啊，它能飞过海？你们不要害它。"

小瓶盖说："半天就到家了，比船快。"

金素说："我不信。"

李天南说："不信就试试。"

她把头发装进了铝皮信筒，李天南塞上软木塞，检查了捆绑绳。鸽子在李天南的手中伸动着脖子，呼噜着。他把它交给金素。

"哎呀，它这么有劲！"金素双手捧着鸽子，一个生灵在手的感觉真叫奇妙，特别是它咕咕叫的时候，鸽子胸脯的振动，从手掌传送到全身，让她跟着颤动。

"三、二、一，放飞！"小瓶盖说。

她摊开手，十指大张。

鸽子没有飞走，它在她手掌心打转转，挠得她手心发痒。

李天南说："小雨点，直接回家，呜！"

小雨点扑噜而去。

金素搓着手，抬头望着，小雨点拔高飞远了。

小瓶盖说："天南哥家的鸽子有一大群呢。"

"真的？"金素兴奋，"太厉害了！"

他们登上了去济南的火车。

到达济南已是中午，简单吃了口饭，去了趵突泉，玩得差不多了，又溜达着去了大明湖。金素一路兴致勃勃，看什么都觉得好，李天南和小瓶盖由着她，一直游玩到天黑，他们回到火车站，就近找了一家饭店吃饭。

离开车时间还有三个小时，小瓶盖提议喝点白的，李天南没有反对。

他们刚坐下，一个个儿不高、眼神大胆、打扮时髦的姑娘拖了个凳子，坐到了他们桌。

小瓶盖惊呼："小红辣椒，你从哪儿冒出来的？"

小红辣椒说："她是谁？"

小红辣椒指着金素鼻子的手久久不肯放下，李天南抬手做出要打状，她仍然指着，李天南顺势一巴掌打掉。

小红辣椒疼得把手指含到嘴里，眼泪差一点儿掉出来。

小红辣椒说："你真打呀！"

李天南说："打你小孩子不懂事。"

小瓶盖说："你得叫姐，金姐。"

小红辣椒说："哼，什么破烂货都能当我姐。"

金素被她说得满脸通红。

李天南说："小红辣椒，再没大没小的，我给你撇窗外去！你想吃点什么，加个菜。我们吃完就走了。"

小红辣椒说："我要跟着走。"

小瓶盖说："你知道我们去哪儿你就跟着走？"

小红辣椒说："管你上哪儿，天南哥去哪儿，我去哪儿。"

李天南说："我们是去玩，你要刨食，不一路。"

小红辣椒说："我可以不刨食，我最爱玩了，这谁不知道，天南哥，你们干啥，我干啥，让我跟着就行。"

小瓶盖说："你可别跟着我们，求求你了。一个还不够吗？又来一个！"

"小瘸子，孤儿，流浪儿童，谁嫌弃我，还轮到你了？"小红辣椒冲着小瓶盖狠狠翻了下白眼，"你要不乐意，你就领着你金姐走，我还烦你们俩呢！我跟天南哥走，彼此眼不见心不烦。"

"停！"李天南看看手表，从旁边空桌上拿过来一只干净杯子，倒上酒，推到小红辣椒面前，"饭菜堵不住你俩的嘴！"

小红辣椒端起酒杯，说："天南哥，敬你！"

"大家一起。"李天南说，"我喝一大口，你们随意。"说完他喝了一大口。

小瓶盖跟着喝了一大口，看看小红辣椒。

"看什么看？小绿豆眼。"小红辣椒说。

金素被她逗笑了，虽然小红辣椒对她不敬，但她一点不生气。

"笑什么笑，大牛眼，干杯！你杯里是凉白开，不是酒。"小红辣椒跟金素碰了一下杯，"还有你，流浪儿童，好久不见了，干杯！"她轻轻跟小瓶盖碰了一下。

大家饭菜吃饱了，一瓶酒喝空了，差不多也到了该上车的时间，李天南点上一颗烟，站起身，一挥手，带领大家往车站走。李天南走在前面，金素和小瓶盖跟着。小红辣椒赶上来，挤到前面，她呵斥金素道："捎一捎，往后捎捎，听不懂？后边去！"她要挨着李天南走。

金素往后让了让。

小瓶盖对金素说："她是个好妹妹，我们都让着她。"

小红辣椒回头说："屁！你才比我大几天？"

小瓶盖说："大一天也是大，你得叫哥。"

小红辣椒说："我叫哥的人多了，嘴上叫哥没有用，得心中叫哥。让我心服口服叫哥的只有两三个，我天南哥数一把。"说着拍了一下李天南的肩膀。

李天南问小红辣椒："三蛤蟆在济南？"

"在。"小红辣椒点点头，"一大帮人呢，都住在海岱旅馆。"

李天南一甩头，笑着说："那我们得赶快撤！"

三蛤蟆是鞍山蹾大轮儿的头儿，胆子极大，卡子不离身，常常变偷为抢，各铁路小分挂号了，江湖朋友担心受连累，对他都避之唯恐不及。

在火车站售票口，李天南让小瓶盖去给小红辣椒补一张到北京的火车票，他们三人的票下车时已经买好了。

小瓶盖磨磨蹭蹭。

"麻利点，到了北京拿了活儿我还你。"小红辣椒说，"别他妈的那么小气，给天南哥丢脸。"

小瓶盖说："你不是经常买站台票上车的吗？"

"不买也行，我有办法上车。"小红辣椒挽住李天南胳膊，"只要能跟天南哥在一块儿，我有的是办法。"

金素看看小红辣椒。

小红辣椒瞪着眼睛："瞅什么瞅？不服？给你眼珠抠出来当玻璃蛋弹。"

金素移开目光。

小红辣椒说："逗你呢，这么漂亮的一双眼睛，我还舍不得呢。"

李天南说："到了北京你别再跟着我们，我们是去北京旅游的。"

小红辣椒哈哈大笑，说："说旅游结婚我都信。"

到了北京，金素更惊叹了，天安门、人民大会堂等等在课本上、图画上见过的景色，现在都近在眼前。

每到了一个景点，李天南让她照相。金素虽不想让天南哥破费，又觉得不留个影可惜了，就照了。她照完了，让李天南和小瓶盖照，他俩把头摇得像拨浪鼓，让小红辣椒照，小红辣椒也不照，一路下来，他们三个一张相片也没照。

火车一进北京站，李天南不想让小红辣椒跟着。

小红辣椒不愿意离开。

金素帮着她说情，让李天南留下她，跟自己做个伴。

李天南这才同意了，他再次提醒小红辣椒，要管住手脚，不得干活。

"放心。"小红辣椒高兴得抱住金素的胳膊，"还是金姐姐好。"

晚上住旅店，她跟小红辣椒住在一个房间。

金素第一次出门，小红辣椒带着金素，换拖鞋，拿着脸盆，买了牙膏牙刷，去楼下的浴池洗了个澡。

"你真是空子？"

金素听不懂，问："什么空子？"

"果然是个空子。"小红辣椒说，"天南哥对你情有独钟，我看得出来。"

金素说："我跟天南哥刚刚认识。小红辣椒，你一个人出门？你也干那个？你不害怕？"

"江湖独行女侠，有啥怕的？"小红辣椒说，"跟着天南哥胆壮，只是他看不上我的手艺。我不痴心妄想攀高枝，但我可以为天南哥去死，你信不信？"

"我看天南哥对你很爱护的，他真把你当好妹妹了。"金素说。

"天南哥没把我放在眼里，他对谁都好。"小红辣椒说，"只要是南下的，只要是他的朋友，天南哥能照顾都照顾，他就这么个好人性。但是狠起来他也是真够狠。"

小红辣椒是齐齐哈尔人，孤儿院长大的，有一年孤儿院逃跑了一批孩子，小红辣椒是其中之一。从孤儿院跑出来她扒火车去了哈尔滨，白天捡饭店剩饭，晚上睡火车站，很快走上了捞偏门这条路，跟着大哥大姐蹬大轮儿，南下北上全国跑，感情上被伤过多次，仍然相信爱情，希望早晚会有个白马王子爱上她。江湖险恶，有人欺负她；江湖义气，有人把她当个妹妹爱护。她今年才十九岁，比小瓶盖小一岁。

金素惊讶她那么小，懂的事情却比自己多了许多，自己连工厂那点事都整不明白，更别说社会人和江湖人的世界了。

小红辣椒强调道："我长得不好看，我有自知之明，我就是逗逗闷子。金姐，你长得真美，跟天南哥很般配，可惜你不在江湖。"

"你挺好看的，可爱，像个小孩儿。"金素说。

小红辣椒说："金姐你说对了，我另一个外号，就叫小孩儿，没有小红辣椒响亮。算了，金姐，我知道我自己啥样。这两年折腾完了，像三十多岁的老女人一样老，再混混，等真到了三十岁，还不知会是个啥样子呢。唉！如果到那时候没折进去，没有遇到爱情，就只能找个岁数大点的老光棍，也可能是个瘸子拐子啥的随便嫁了，像我张姐那样。张姐是沈阳的一个姐，对我不错，后来嫁了个死了老婆的老头子，过常人的日子去了。我现在还不行，还过不了那种日子，我喜欢到处跑，小不点儿时就吃江湖饭，交江湖友，做江湖事，习惯了。一朝踏入江湖路，此生恐再难回头也倒未必，过了三十再回头吧，现在我还是喜欢自由自在，爱情我想要，自由自在我也想要，看运气吧。"

金素握住小红辣椒的手，说："我也是，我也渴望自由，但我没有你那么大的胆子，我就像是待在一个大黑笼子里，这次出来，可见着天，呼吸到新鲜空气了。"

"你是正经孩子，上班的吧，跟我们野孩子不一样。我跟小瓶盖差不多，他能比我强点，他还见过爸爸，虽然他被他的爸爸扔了。"小红辣椒捏着鼻子做了个扔垃圾的动作，"我根本不知道我爸爸妈妈长什么样，一生下来就被放到路边上，小猫小狗都不如，被路过的好心人捡到送孤儿院。算了，不讲我，我给你讲讲小瓶盖的故事吧。"

金素说："都讲讲，我都爱听。"其实她最想听李天南

174

的故事，只是不好意思提出来。

小红辣椒说："你别小瞧小瓶盖，在长春外五县的九台、德惠一带他可有名了，他一马双跨，会给人请保家仙的。"

金素说："保家仙？"

小红辣椒说："封建迷信，反正农村老太太信他，狐狸刺猬蛇什么的，上了他身，妖魔鬼怪都听他的。农村人丢了东西得了病都找他，牛马病了也找他，好使。后来他干上绺窃行，发现还是这个来钱快，加入了南下大军，一直混到现在。一朝踏入江湖路，此生恐再难回头，说的是他不是我。他说他的那个跳大神师父还在找他呢，缺了他这个搭伙的，师父挣不着钱了。"

金素说："那他的腿是咋瘸的，让火车轧的吗？"

小红辣椒咯咯笑了，说："金姐你真嘚儿*，他爱坐火车就是让火车轧的？那他要爱坐牛车还赖老牛啃的？他天生的，就因为他天生残疾，家里人嫌是个累赘，主要他后妈，坚决不养他，六七岁的那年，他爸爸把他扔到了沈阳站还是长春站来的，我忘了，反正以前扔过好几次了，都没扔这么远，他找回了家，这次太远了，他不认得路，再也找不回去了，才这么哭着混下来了，是不是也怪可怜的？像我们这样的人，没死算命大，沈阳、长春、哈尔滨、大连，

---

* 嘚儿，东北方言，此处意为傻。

东三省到处混。哈尔滨老黄大哥、长春大庆哥、齐齐哈尔小波哥、大连天南哥，铁路线上大帮小帮就那么些人，都互相给面子，能帮就帮，不帮也不拆台，南下人比普通江湖人强，江湖人比社会人强，社会人势利，谄上欺下，见利忘义，不可交，但也比你们这些老实人强，你们太老实了，活着跟死了没区别，最没有意思。"

她俩洗完了澡，回到房间，继续聊天，一直聊到半夜。

小红辣椒说："我看你对我们这行挺有兴趣，要不你拜我做师父吧，我教你活儿，不收礼。"

"不，不！"金素连连摆手，"我不学！我可学不来。我劝你们也别干了！"

"你是干啥的？在家你干啥？"小红辣椒问。

金素说："上班的，我在工厂上班。"

小红辣椒的反应跟李天南差不多，对上班的人不羡慕，反而瞧不起。

"我宁可挨饿受冻，也不愿意上班。在工厂你能干啥？"

金素说："在托儿所带小孩。"

"哄孩子阿姨，没意思。"小红辣椒说。

"是没意思。"金素说，"你们都很聪明，学点什么都能成，不爱上班做点买卖也行啊，非得不走正道，当小偷？"

小红辣椒说："我们可不是小偷，我们是江洋大盗。我小时候是小偷，蹬了大轮就不一样了。我天南哥就更了不得，他光芒万丈。小瓶盖告诉过我，他亲眼看见过，晚上睡觉的时候天南哥头往外放光。"

金素说："我怎么没看到？"

"你们睡在一块儿了？"小红辣椒说。

"可别乱讲。"金素说，"坐船我们在一个船舱。"

"瞧你吓得！"小红辣椒说，"睡一个被窝你也不一定能看到。小瓶盖是有狐黄白柳附体的。"

金素说："天南哥有没有对象？"

"没有。"小红辣椒说，"看好天南哥的很多，但她们统统配不上。"

"那，天南哥想找个什么样的对象？"金素问。

"就你这样的。"小红辣椒说。

"瞎说。"金素说。

"没瞎说。"小红辣椒说，"你要问我怎么知道的，我告诉你，天南哥的眼睛告诉我的，以前他的眼神里百分之一百都是骄傲，现在明显不是百分之百了。他变谦虚了，说明他的心软了，心里有人了心就软了，心里的那个人不是别人，就是你，金姐。"

金素说："我也配不上他。"

"闭灯了。"小红辣椒拽了一下床头边上的灯线，灯灭了，"金姐，我问你个事，你得说实话。"

金素说："你问吧。"

小红辣椒说："你是处女吗？"

金素不出声了。

小红辣椒说："完了，你也不是了。那你跟我们一样，还真配不上天南哥，我不嫉妒你了。天南哥将来的媳妇，不是你我这样的，我们都是破烂货，不值钱。"

"我不是破烂货！"金素说。

"那我也不是。"小红辣椒说。

第二天，李天南嘱咐小红辣椒说："再接再厉，继续管好你的小叉子。"

"放心！我帮你看着小瓶盖，我们互相监督。"小红辣椒说。

"小叉子，能给我看看吗？"金素小声问小红辣椒。

小红辣椒举起一只手，两根指头一夹一夹，说："我们都是耍叉子的，荷包系。"

见金素似懂非懂，小瓶盖说："荷包系，绺窃行，蹚大轮儿。'旅客同志们，前方到站韶关车站，前方到站韶关车站，下车旅客同志请提前做好准备，拿好自己的行李。'"

小红辣椒说："哈哈，学得挺像，贼像，贼有感觉。"

小瓶盖说："那是，贼美，贼漂亮，贼厉害，贼胆大，贼能琢磨，有贼心没贼胆还行？"

小红辣椒说："贼烦人，贼讨厌。"

小瓶盖说："不怕贼偷就怕贼惦记。"

小红辣椒说："贼有办法，你没办法。"

"江湖大道一枝花，金戈兰荣是一家。"小瓶盖摆了个侧弓步，大拇指竖起。

"有样儿！"小红辣椒从小瓶盖面前晃着肩膀走了一趟，说，"一腔热血独行客，两袖清风流浪儿。"

李天南说："老盖子来了！"

"在哪？"小瓶盖左右甩头。

"哈哈，瞧你这点出息！"小红辣椒眯起眼睛，一副瞧不起人的样子。

李天南大笑，说："孤儿院长大的孩子胆子都小，可以理解。"

小瓶盖说："儿子才孤儿院长大的呢。"

"你骂谁呢？"小红辣椒做出要踢人的动作，"你这个流浪儿童，瘸腿小犊子！"

"你不是流浪儿童？"小瓶盖说，"算了，不跟你俩一般见识。"

分手的前一晚，金素问："你去过广州吗？"

小红辣椒说："家常便饭，你想知道广州什么？那可是个花花世界。"

金素说："我们明天要去广州了，你也跟着去呗。"

小红辣椒说："柳不过三，我不能给你们乱了。"

金素说："什么意思？"

小红辣椒说："小偷也罢，江洋大盗也好，干三趟就得休三趟，出门顶车蹬大轮儿不能超过三个人，一人干活，一人放风，一人打扫战场，正好。你们三个正好，加上我就多了，多了碍事。"

金素说："我不算数。"

"怕了？"小红辣椒说，"嘴一定要紧，一旦进去了，别人的事，一个字也不要讲，这几天我跟你说的话，你就当没听说过，在哪儿住，叫什么名，干了什么，统统不认识，不知道，不记得了。要不你就哭，一个劲哭，最好哭晕过去，翻白眼你不会？我教你，这样。"

金素被她的模样吓到了，说："你放心吧，我不是那种叛徒。"

"还有呢。"小红辣椒说，"拿货不能过三万，过了三万销户，蹬大轮儿就是血与火的洗礼，我们有一头算一头，都是脑袋瓜别在裤腰带上，刀头舔血讨生活的人。不过，金姐不用害怕，跟着天南哥什么都不用怕，也不用操心，一切行动听指挥就行了，无论是扣死倒还是摘挂拎包，这么些年了，天南哥从未失过手，天南哥长了副鹰眼，好使！码活码得准，看人也看得透。用小瓶盖的话，跟着天南哥拿活儿是一种享受。"

金素说："提心吊胆还不够呢，享受？"

小红辣椒说："天南哥唱歌唱得好听，让人着迷。他说过，拿活儿跟唱歌一样要有旋律，我五音不全，唱歌跑调，所以他瞧不上我，他曾劝我退出，'小红辣椒，你应该去抢劫。'天南哥认为抢劫就是跑调了，要不他躲三蛤蟆躲得远远的，蛤蟆哥经常变偷为抢，还真是的，蛤蟆哥唱歌真的跑调唉。除了天南哥，谁都不能保证干活时不响，那时候就得亮卡子硬打硬要，在天南哥眼里这就叫跑调了。天南哥不跑调。天南哥是左撇子，好多活儿右撇子拿不了，都留给天南哥了。关键是找不到像天南哥大庆哥这样的人，绝对是那个。"

金素想问大庆哥是何方神圣，没等开口，小红辣椒自顾自往下说：

"天南哥和大庆哥是师兄弟，大庆哥是师兄，都是跟哈尔滨老张头学的手艺，老张头教完了他俩，就隐退江湖，谁也找不着了。老张头那一脉不是咱这边偷只狗牵头牛，他的师父是个洋人，老毛子，坐火车从莫斯科一路下到哈尔滨传给老张头的，青子摘挂，都是进口的洋玩意儿，天南哥和大庆哥给中西结合发扬光大了。天南哥英俊吧，大庆哥跟天南哥差不多，长得也老姿势了，他俩站在一起，闭月羞花，人性还好，敞亮，跟他俩接触过，没有能忘得了的。他俩带队南下，都是大包大揽，嘎巴隆咚脆！

"其实天南哥玩命都玩在头里了，天南哥小时候，像我这么大，他跟老球子在京沪线上拿个大活儿，老球子拿响*了，天南哥掏出卡子吓退了铁路小分，老球子打开了车门跳了下去，不巧掉到坑里，脑袋磕在块大石头上，那能有好吗？当时就没了。天南哥也飞身出去。火车正在过桥，

---

* 拿响，此处指暴露。

天南哥没法跳车，而是掏出吸铁石，翻身上了车顶。老球子也有吸铁石，他没使。老球子死的时候也就二十出头，天南哥每年清明烧纸，都带着老球子一份。"

金素说："太危险了，别干了！"

小红辣椒说："各人有各命，不到收手的时候，想收也收不了。该收手了，不收遭天谴。咱干的确实属于做损造孽，早晚遭报应。贼最好只干十年，男的攒下钱，转行，女的攒下嫁妆，嫁人生崽过日子，超过十年必遭天谴，就等着挨收拾吧，除非你有特别硬的命，像天南哥这种元气足的，可以往后延一延，多干几年，但也不能超过二十年。天南哥十一岁入门子，今年二十六，还能干五年，你爱上他，就会提心吊胆五年，因为你胆子小。"

金素说："你叫什么名？我们以后怎么才能相见？"

小红辣椒说："不是跟你讲过了吗？别问人名，别问人住哪儿，别问人拿了多少货。知道我是小红辣椒就行了。我就叫小红辣椒，小红辣椒就是我。登记的名是假的，我的名也不是真的，孤儿院随便给我起的，我没有名。最好连小红辣椒也忘掉，这回记住了？"

16

次日，旅店大门外，金素抓紧小红辣椒的手。

"再见了。"小红辣椒倒是一副想得开的样子,"你们谁也别想我。"

李天南掏出一小沓十元的票子,塞给小红辣椒。

"我够用了,不要。"小红辣椒说。

"犟嘴!"李天南说,"溜地皮时打起精神!没有精神就别强干,进去了我可没工夫捞你。接着!"

"那好吧,我先替你攒着。"小红辣椒收下钱,"天南哥,等你结婚赶礼,我随双份。"

金素说:"小红辣椒,我们走了,你可要照顾好自己啊。"

"金姐,最好那天的新娘子是你。"小红辣椒一扭头离开了。

金素直望着她瘦小的背影拐弯进了胡同。

"快点,快点。"小瓶盖催促,"103路来了!"

他们买了三张站票上了去广州的快车。火车开动一个小时后,李天南跟小瓶盖使了一个眼色,他往车头,小瓶盖往车尾,一要查查这趟车上有没有铁路小分,二是看看有没有南下的同道。李天南让金素待在原地,金素非要跟着李天南,挨挤她也愿意,跟天南哥在一起,虽紧张却安心,天南哥走出她的视线,她会六神无主。

"只这一次啊。"李天南说,"以后所有事都得听我的。"

"好的,天南哥。"金素说。

"叫哥。"李天南说。

"好的，哥。"金素点头。

巡视完毕，他们返回起先的车厢连接处碰头，小瓶盖朝李天南使眼色，李天南明白了，小瓶盖的结论跟他一样，这趟车没有铁路小分，也没有南下的同道。

过了石家庄，小瓶盖等到了一个座位，让金素坐，金素坐着休息了一会儿，喊他俩轮换着坐。李天南让小瓶盖坐，他去了别的车厢。很快，他也等到了一个座位。

李天南坐下来闭目养神。其实他盯上了跟他隔了一趟座位，一个靠过道坐着的男子，他怀抱着一个鼓鼓的小手提包。

李天南判断这人是个去广州进货的买卖人。

他闭上眼睛，再没有往那人那边张望，像位困极了的旅客，闭着双眼，昏睡不醒，偶尔睁开眼，也只望望窗外，看看手表，然后接着睡，没精神往别处看。

就这样，他弄假成真，真的睡了一觉，醒来后，李天南把外衣脱下来，占着座位，往厕所的方向张望了一下，然后起身。

他去找小瓶盖，用眼神告诉他发现大活儿了，然后用黑话告诉小瓶盖不要到他所在的八号车厢。他准备在株洲站动手，要小瓶盖掐好时间过来，看好金素，别让她丢了，也别让她过去找他，到站直接下车，在站外碰头。

小瓶盖点头称是，十分亢奋。

李天南把手放到他的额头上，轻轻说："不烧！"

"放心。"小瓶盖冷静下来，"我没问题。"

李天南回到座位上，继续闭目养神。

李天南和小瓶盖都有"时刻表"之称，哪趟列车，几点到哪儿，下一站是哪儿，在脑子里滚瓜烂熟。

终于，广播员开始播报前方到达车站株洲站。李天南仍然闭着眼睛，一动未动。

列车逐渐减速，车窗外断断续续出现了灯光，李天南看了看手表，端起水杯，喝了一口水，第一口咽了下去，第二口含在嘴里，他把水杯装进裤兜，朝着目标走去。

那是个双人座，靠窗的乘客早已下车，那男子躺下占了里外两个座位，他头朝里，蜷曲着身子，头枕着那个皮包，在睡觉。按照表上的时间，还有五六分钟到站。天南走过去的时候，头一转，一股细水流从他的门牙缝中滋出，直射到那人的脸上。他没有醒，也有可能他醒了，但怕有人坐他的座，不睁眼，继续装睡，到底怎样李天南不管，只要不睁眼起来就行。哪怕他被凉水激醒，这是掐算好了的时间，他顶多睁一下眼，也会在停车前再次睡去，这些去广州做生意进货的人，不仅有钱，还普遍贪睡。

列车叮咣响的节奏跟金素心跳的速度，相互比赛，渐渐地，列车输给了金素，并且差距越来越大。

小瓶盖站在李天南的身边，离停车只有一两分钟了，小瓶盖走到李天南的前边，蹲下身，似乎要系一下鞋带，李天南绕过小瓶盖，走到前边，小瓶盖站起身，挡了一下后边的人。

列车刹车停稳了，金素心脏越跳越快，开始冲线，她紧跟小瓶盖后边下了车，根本没有看到李天南做了什么。

李天南从怀里掏出一个一样大小的布包，迅速把那人当枕头的皮包换下，那人连哼都没哼一声，继续呼呼昏睡，对面座上的三位乘客也毫无反应。

"你不可能看见。"事后小瓶盖对金素说，"别人都是一、二、三，这还得是好手，天南哥是一，就这么快，一，完事了，没有二，更不会有三，天南哥拿了货，挤到车门口，列车员打开车门，他下车了。然后我下车，再然后你下车。"

下了车，三人分头出站，按照提前交代好了的，出站往右拐，走一千步的距离集合，如果出了意外，就各跑各的，然后第二天在城市最大的公园正门门口碰头。

他们出了站台，平安无事，三个人找到旅店，用事先准备好的介绍信，住了进去。李天南跟小瓶盖一个房间，金素自己一个房间。

李天南跟小瓶盖进到屋里，插好了门，李天南把小皮包扔到床上，小瓶盖急不可待地扑过去，打开皮包。

"奶奶的！"小瓶盖压着嗓子道，"好瘦啊，刀螂腿，蚊子肉！"

李天南也大失所望。

原以为搞了票大的，实际不到一千，九百多一点，其他

186

都是手纸。那家伙不是个做买卖的，跑广州做买卖的最少得两三千，多了都过万，不过也可能他把其余的钱藏在身上了。

小瓶盖说："也还行，没剃秃，全部是手纸我们不也得受着。"

李天南说："睡觉。明天还得赶车。"

第二天，三人分别进站，各买各的票，继续往广州走。到了广州，他们在车站后头的大三元旅店住下。

李天南领着金素去了越秀公园。小瓶盖轻车熟路找"小皮筋"去了，临走前他没脸没皮状跟李天南挤眉弄眼。

金素并不知道其中奥妙，只想到终于能单独跟天南哥在一起了。

刚游玩过颐和园，越秀公园也就没有什么稀奇的，金素在五羊塑像前面照了一张相，留了邮寄地址，他们就出了公园，来到街上逛商店，吃小吃，一直逛到了傍晚，一点不觉得累。她发现，越到天黑街上人越多，街道两旁，过街天桥上，好多做小买卖的人，到了半夜十一点，满街都是人，这在大连是不可想象的。

他俩回到旅店的时候，正好十二点，经过服务台，服务员是个瘦秃头，抬头看了他俩一眼，并没有多少好奇。金素却很害羞，她掏钥匙打开房门，李天南跟在后面进了她的房间。

李天南关上门，说："站住。"

"啊！"她既紧张又盼望，"干吗？"

"办你。"他把她搂抱过去。金素一直觉得自己体重挺沉的，在他的双臂里，竟显得那么轻盈。李天南身板不厚，却灵活结实，皮肉像水泥，骨头像钢筋，整个人是一长条会跑会跳的预制板。接下来，这块活力四射的水泥预制板毫不留情地把她压在床上。

一种别样的激动在金素的心头激荡，她不但渴望跟李天南在一起，还愿意为他牺牲生命。她设想了好几种情景，民警要抓李天南，李天南反抗，民警举枪射击，她挺胸挡下了全部子弹。她甚至还设想了后来的故事，李天南的后半生，已经远离了犯罪，过上了正常人的生活，并且结婚生子，在某一个下雨天，他独自一个人的时候，会突然陷入沉思，那是在怀念为了他献出了生命的她。

李天南说把她办了，她怀着壮烈牺牲的豪情任由他办了，而且毫无保留，因此带来的任何后果，她心甘情愿承担。

李天南一次次亲吻了她的嘴唇和脸蛋儿。这一晚，李天南留在这里过了夜，天亮了才回到自己的房间，发现小瓶盖已经回来，正呼呼大睡呢。

他俩睡到中午才起床。

李天南看着小瓶盖，说："起床！"

"再睡会儿！"小瓶盖说。

"抽裆了？"李天南说。

"别只说我！"小瓶盖说，"你干啥去了？独眼龙大战嘎啦精，干飞边子，干冒烟了吧？"

李天南提膝，做出要踢人的动作，小瓶盖缩到被子里。

在街头小店吃了早饭，三个人去商场买新衣服换上，又去发廊，剪了头发。

金素对自己的新形象非常满意，她看看他俩，觉得她的天南更帅了，小瓶盖也少了几分野性，多了洋气，以及幸福感十足的孩子气。

李天南和小瓶盖准备去见个朋友，要先送金素回旅店。

金素说："不用送，我自己能回去，放心吧。"

她方向感很强，很快就找到了大三元旅店，经过服务台，那个瘦秃头还在那里，他看了她一眼，朝她笑了笑。

金素赶快也朝他笑了一下，然后回到房间，打了热水，简单洗漱了一下，拿出昨天买的一本《大众电影》，翻看了起来。她觉得哪一个男明星都没有李天南有气质，而她自己，在漂亮方面，也不输给上面的任何一个女明星。

杂志她看了两遍，有人踢门。

"开门，开门！"

"谁？"金素问。

"我。"

金素听出是小瓶盖，马上开门。

小瓶盖抱着一大包好吃好喝的进来。

"天南哥跟朋友喝酒聊天，喝得尽兴，我小字辈，够不上槽子，买了些小吃回来，咱俩吃。"

金素收拾床头柜，搬椅子。

小瓶盖说："这一趟点儿不正，包不小，米不多，不能就这么打道回府，明天我们去上海。你高兴不高兴去上海？"

"高兴，怎么不高兴。"金素说，"太好了，我可以去大上海了，济南北京广州上海，一大圈，太圆满了。上海都有什么好玩的地方？"

"没什么好玩的，我觉得还是广州最好玩。上海就是外滩黄浦江那一带高楼大厦还可以，其他没什么特别的。"小瓶盖说。

"天南哥跟谁在一块儿喝酒？"金素说。

"告诉你无妨，跟大庆哥。"小瓶盖打开啤酒，给金素倒了一杯，"大庆哥他们有固定点儿，每次来广州都住那儿，老长家老哈家老沈家，好几帮人在那儿休养，主要在那儿耍钱。"

金素想起小红辣椒讲过大庆，问道："就是长春的大庆吗？"

"对呀，你咋知道的？噢，明白了，小红辣椒告诉你的，她比我还嘴快。不过，她可能跟我一样，没把你当外人，换别人我们可不会讲这些。我可以告诉你，像大庆哥、天南哥这样的人中龙凤，全世界挑不出来几个。"

"大庆长什么样？"金素问。

"大眼睛，长眼毛，不笑不讲话，一笑露酒窝。"小瓶盖说。

"我问大庆。"金素说。

"对呀，大庆哥就长这样，别说姑娘喜欢，我们都爱看。"小瓶盖说。

"天南哥也是大眼睛，长眼毛，一笑露酒窝。但天南哥不怎么爱笑。"金素说。

"金姐你说的对，他俩长得可像了，天南哥个子能高一点，往那儿一站，都说是亲哥俩，旁边的人看都看呆了。"小瓶盖说，"跟你讲了也没事，南下支队三个队长各有特点，齐齐哈尔小波猛，长春大庆稳，大连天南又猛又稳。"

他俩喝着啤酒，吃着好东西，等李天南回来。

金素问："小瓶盖，你到底是不是孤儿？为什么要逃出孤儿院？"

小瓶盖苦笑说："那全是瞎扯，对付提审的，有一次被逮住了，问我是哪儿的，我说肇庆孤儿院逃出来的，派出所打电话过去，确实有这么回事，那年发大水，有一批孤儿逃跑了。再说我也没被拿住现行，只不过从我舌头底下搜出了半片青子，加上看我小，把我放了，从那以后，大家伙儿因为这个，有时候叫我孤儿。我有爹有妈，我妈在我两岁时得病死了，我爹还在，这能叫孤儿吗？不能叫，可我比孤儿还惨。"

191

金素说："你长年不回家，你爸不想你啊？"

"扔还来不及呢，还想？"小瓶盖说，"我爹把我扔了三次，第三次终于成功了。"

金素心想这跟小红辣椒说的一样，她说："那你家在哪儿，你说话不是大连人，也不是沈阳人，也不是长春人。我们厂子沈阳、长春人都有，说话不是你这个味。"

小瓶盖说："我待的地方多了，东三省跑遍了，口音有点杂，串了。"

金素说："你爸那么狠心，他不是你亲爸吗？"

小瓶盖说："亲爹有啥用，亲爹怕后妈，我后妈嫌弃我残废，不想要我。我爹把我扔了两次了，都扔不远，我找回来了，也许我爹多少也有些不忍心吧，毕竟是亲骨肉。回来家我还得跟我爹我后妈赔笑脸，装作什么都没有发生过，我才五六岁啊，五六岁的小孩，天天害怕被抛弃。那天我正跟屯子里的小伙伴用长竿子缠上蜘蛛网粘咪咪嘎。我爹突然出现在我身后，他说带我去沈阳走亲戚。我吓得都不会说话了，你没发现我有时候说话结巴吗？就是那天吓的。我爹拉着我的手。直到出了村口，我跟我爹说，'爸，弟弟要的蝉，我还没给他呢。'我爹说，'我给他抓，不用你操心。'我看到我爹的脸上有伤，我后来想那一定是我后妈给挠的，后妈嫌他没把我扔远扔掉。我用卖乖的讨好语气问我爹，'爸，咱去什么亲戚家？'我爹说，'你亲舅。'我说，'我还有个亲舅？'我爹说，'有。'我说，'爸，我舅长什么样？'我爹说，'见了就知道了。'我说，'爸，咱不给我舅带点东西吗？'我爹说，'咱下了车再买。拿着怪沉的。'我说，'爸，买还得花钱，家里拿点豆角黄瓜，不沉，我给你拿着。'我爹被我说得扭过头去，不敢再正眼看我，紧紧抓着我的手，他一是心疼，一是怕我跑了。上了火车我心情好多了，小孩子么，看着窗外的风景一时把害怕的事忘了，火车轰隆隆开了好久好久，我太困了，睡着了，到站下车时我知道我在我爹的怀里，但我不想醒来。我想继续睡下去。我感觉到我爹的眼泪滴在我的脸上，也不知道是真实发生过，还是我把做梦当成了真事，反正我现在还常常回想那热乎乎的感觉。"

金素说："后来呢？"

小瓶盖说："我爹抱着我下了车，我不想醒来，我清楚地知道这是最后一次跟我爹在一起了，我不愿意醒，我想接着睡，希望这不是真的，我太困了。等我睁开眼，发现自己睡在一张椅子上，周围很多陌生人，这个陌生的地方是长春站候车室，我坐起来找我爹，我爹不见了。我怎么喊都不见有人回答，到处找，怎么可能找到。我很快就不哭了，我知道，哭破天也没有用了，从今以后，我得一个人找食吃，火车站就是我的家。"

金素泣不成声，她擦着眼泪说："太惨了。你那么小，这么多年是怎么熬过来的？"

小瓶盖说："江湖养了我，江湖上的叔叔大爷、大哥大

193

姐养活了我。"

金素说："你没回去找你爸？"

"去哪儿找？"小瓶盖说，"小时候没办法找的。现在如果真想找，是能够找到的，我记得家住的屯子的名，但我不想找，我不想就这么穷了吧唧回去，等我有出息了，我穿金戴银，八抬大轿，敲锣打鼓，让他们都瞧瞧。"

金素说："你一出来就干上了这个？"

小瓶盖说："我胆子小，总在边上看，看了好久，临到关键时刻还是不敢下手。后来一个大哥就把我介绍给了一个唱出马仙的师父，让我学二神。我师父姓马，马大仙，马大仙看我腿有毛病，开始不想收，可我脑袋太强了，他那些东西我听一遍就记住了，还可以往上添词，马师父就破例收下了我。我年纪轻轻就算有了手艺，用师父的话说，狐黄帮我，别人眼气也白眼气，有人家上地里干活，不是崴脚就是抽筋，反正你只要是犯邪，我跟我师父三道符准给吓住，生产队养牛养马不消停，光明正大的招儿都用了，兽医、赤脚医生，都上了，还不好使，就得偷偷地接我们去。我一马双跨，师父就管收钱，我那词硬，调门也硬，后来变音了，嗓子坏了，你看我现在说话还不是有点哑？我嗓子坏了大家还是得意我，我在绺窃道儿上很小，我在农村那儿很大，三镇十里八屯的好使，可农村就是农村，闷，没意思，我不愿意在农村浪费青春，重新又跑到火车站，找到从前的大哥，胆子也一点一点大了，后来就什么

194

都敢干。我脑子好使，但不怎么认字，字认得我，我不认得字，没念过书啊，哪有啥招儿，我这辈子识字少把我坑了，再别的坑不着我。"

金素喝完了一杯啤酒。

小瓶盖来之前已经喝了一顿，这是第二顿，加上回忆让他心情沉重，一杯接一杯，喝得也急，头开始迷糊了。

小瓶盖起身，说："我不等天南哥了，回去睡觉了，金姐你自己收拾吧。"

小瓶盖回他的房间休息去了，金素收拾完桌子，也准备躺下休息，她不知道天南哥今晚会不会回来。

一会儿，敲门声响起。

"天南！"她起身来到门口，"天南？"

门外没有回应。

她刚要开门，临时多了个心眼，问了声："谁？"

"我。"

金素听口音就不对，不是李天南，带一点广州本地口音。

"你是谁？"她问。

"开门就知道了。"

金素说："我不认识你，有事明天再说。"

门外的人没有再说什么，拖鞋声起，离去了。

金素紧张地回到床上。

突然，她的门被从外面用钥匙打开了，那个秃头服务员走了进来。

他说："听口音你是北方的，东北的，还是山东的？"

"你怎么进来了？"金素吓坏了，"谁让你进来的？你给我出去！"

瘦秃头咧着嘴说："跟我装纯，刚才你不还接客了吗？昨晚也接了，还留宿了一晚。怕我不给你钱吗？"

金素一步一步后退，说："你说的什么？我不懂，你要耍流氓，再往前一步，我就喊了。"

瘦秃头不往前走了，他在椅子上坐下来。

"我确实不会给你钱。"他说，"咱们谈一谈，轮到我的班，我允许你接客，我还可以给你介绍客人。但你每周得免费让我打两炮。你长得太靓了，很性感。"

"来人哪！"金素喊了起来，"有坏人。"

瘦秃头有点发蒙，也有点愤怒。

"你有没有搞错？"他往外走，走到门口，转回来，抡胳膊抽了金素一个耳光，"贱人！"

金素顾不上疼，赶快把门关上，她拖了一把椅子过来，顶在门后。

她想去找小瓶盖，考虑了一下，决定暂时不出去。

后半夜，又有人敲门，这回听出是李天南。李天南虽然喝了不少酒，第一眼就看到她的半边脸肿了。

李天南说："让人打了，谁？"

金素把刚才的事说了一遍。

李天南想了想，说："先睡觉，明早再说。"

天一亮金素去退房。

瘦秃头冷笑着把押金退给了金素，金素不言不语，拿了钱出门走了。

瘦秃头说："喂，你要乖乖听话，可以继续住着。"

金素没有回头。

瘦秃头说："有志气还做什么鸡。"

过了一会儿，小瓶盖下楼来退房。

瘦秃头把押金交给小瓶盖，小瓶盖开门而去，一直站在小瓶盖身旁的李天南，没有动身。

瘦秃头问道："你还有事情？"

李天南没有讲话。

瘦秃头说："可以走了。"

李天南还是没有讲话。

瘦秃头白了他一眼，说："怎么这么晦气，净他妈遇到些衰人。"

约莫小瓶盖走远了，李天南探身揪住瘦秃头的衣领，一提一拽，直接把他从服务台里揪了出来。瘦秃头两手乱抓，李天南往下一甩手，把瘦秃头摔到地上，然后抬腿一脚，踢在瘦秃头脸上。瘦秃头疼得喊起来。这一喊似乎把李天南喊怒了，他左一脚，右一脚，把瘦秃头踢了个满脸花，趴在地上没动静了，才拍拍手离去。

他在约好了的地点，赶上了小瓶盖和金素。

金素着急地说："我不该告诉你，连累你出了事情可怎么办？"

李天南说："这能出什么事情？我只照腚踢了几脚。"

金素说："那便宜他了。"

小瓶盖说："他不要脸，脸就是腚。"

"啊！"金素说，"咱还是快走吧！"

小瓶盖说："听金姐的，强龙不压地头蛇，好汉不吃眼前亏，扯呼开溜吧，咱们比赛，看谁先跑到火车站。"

去上海的列车餐车车厢里，小瓶盖坐在餐桌旁揉着胸口。刚才跑步比赛把他累得够呛。

李天南惊奇金素，没事人一样。

金素笑着说："我还没发挥呢，我还能加速。"

小瓶盖说："金姐，你是干啥的？田径队下来的吧？"

金素笑而不答。

李天南说："我加快速度，你也加快，放开了跑，指不定你比我快呢。练过？"

金素说："不用练，天生的，腿儿长。"

她一直骄傲自己的身材比例，但说完这话，她看看小瓶盖，赶快从兜里掏出一块大白兔，递给他。

小瓶盖并没觉得受伤害，接过糖剥了放到嘴里，喜笑颜开。

金素说："到上海多买点大白兔，我要带回去给我的老对儿，我这次出来，最担心我的可能就是她了。"

小瓶盖说："什么老对儿，男的女的？"

金素说："当然是女的了，我宿舍的老对儿，我俩住一个房间。"

吃饱了饭，李天南和小瓶盖照例分头巡视了一个来回，没有发现铁路小分。

小瓶盖说："两个老盖子都是小嫩毛。"

这下金素听懂了，小瓶盖是说两个乘警年轻，没有经验。

过了一会儿，李天南又出去码了一趟，没发现吸引他的大活儿，他示意小瓶盖，这趟车不干活儿，他没感觉。

他们回到餐车重新点了菜。

小瓶盖说："刚才跑得腿抽筋了，我歇会儿。"

小瓶盖趴到了餐桌上。

小瓶盖被亲爸扔掉的故事仍然萦绕在金素的脑海，难以放下。

"天南哥，"金素悄悄指了指小瓶盖，"他小时候的经历是真的吗？他爸爸怎么那么心坏。"

"经历是真的。"李天南说，"他爸爸坏吗？不算太坏，走南闯北，我见过的坏人多了，比他爸爸坏一百倍的有的是，到处都是坏蛋。好小孩也不多，不过小瓶盖是个好小孩。"

"是啊，他是个好小孩。"金素说，"天南哥，咱们马上要回去了，老这样在外边多好啊，我真不愿意回大连。"

李天南说："下回出门还带你。"

"我为你们提心吊胆。"金素说。

"习惯了就好了。"李天南说。

金素说："回大连别忘了我呀，你不找我，我就去找你。"

李天南说："下船跟我走，去我家认认门，看看我和鸽子的地盘。整个楼顶都是我们的。金子，你有什么仇人告诉我，我替你出气，瘦秃子就是榜样。"

金素说："没有，我没有仇人，我再不当惹祸精了，我的仇人就是我自己。天南哥，你要是能再别打架，再别干这个就好了。"

李天南说："放心吧。"

金素说："放心不了。"

李天南说："等干着了一票大的，我带着你到广州做生意，我有个预见，将来是做生意人的天下。"

17

在上海游玩了两天，他们买了回大连的船票。

以前上海倒卖船票由鞍山人统治，大连过来了一船人，有二百来个，把鞍山帮打跑了，独霸了公平路。李天南跟倒票这帮人的头儿德礼和小六都熟，还有延安路的国强、小凤，李天南跟他们曾经在一个号里待过。这些人都认李天南。李天南从他们手里拿了三张三等舱，给的钱比平价稍多了一点。

他们死活不干，推让了一番，李天南硬塞给了他们。

大连港下船，李天南带金素回家，小瓶盖跟着一块儿来了。

李天南的家在小岗子北边，临近长江路的一条小巷子里。走进巷子口，一群半大小子迎上来哥长哥短跟李天南打招呼。李天南扔出一盒烟给他们分分。

李天南住的老楼总共三层，他家住在最高层，三楼西头。

李天南敲门，门从里面被一把推开，一个怒气冲冲的老头堵在门口，一见是天南，立刻眉开眼笑。

"老爸。"

"儿子。"

李天南把两瓶酒放到地上。老贼满眼都是欢喜，但是一转瞬便恶狠狠地盯着金素，吓得她喘不上气来，问候的话根本说不出口。

小瓶盖从她后边闪出来，掏出一条良友烟，恭恭敬敬递给天南爸爸，说："没啥好捎的，给大爷弄条港烟尝尝。"

老贼没接。

小瓶盖把烟放到桌子上。

老贼说："能赶上我的漠河老旱？"

小瓶盖说："大爷尝尝就知道了，好抽。"

"不尝。"老贼说。

李天南拍拍爸爸的肩膀，算是表达了对爸爸的亲热。

"我妈呢？"李天南问。

"去你大姨家了。"老贼说。

李天南指了指天棚，说："我上去，瞅瞅小宝贝们！"说罢领着金素往外走。

小瓶盖落在后头，犹豫不决。老贼因问道："你吃了饭不曾？"

小瓶盖不好说不曾吃，因说道："大爷，你试猜。"

老贼说："你敢是吃过了？"

小瓶盖掩口道："这等猜不着。"

老贼笑道："怪狗才，不吃便说不曾吃。我下点面条，熟了喊你们。"

"谢谢大爷，多打几个鸡蛋。"小瓶盖赶快出来追李天南和金素。

李天南领着金素来到走廊，腾空一跳，伸胳膊把天棚口木头盖板捅开，然后再次跳起，抓住边沿，一个引体向上，撑住，上了楼顶。

金素踮脚伸手，好让他俯身把她拽上去，李天南却从上面放下来一段软梯，顺着软梯下来，他抓着扶梯底端，说："敢不敢上？"

金素噔噔爬了上去，小瓶盖跟着上去，李天南最后上来，收起软梯，盖上盖板。

楼顶上是另一番天地，中间摆着成排的鸽子箱，旁边还有一座铁皮房。这是李天南的小窝，小瓶盖来大连找天南哥，经常睡在这里。

李天南走到鸽子箱前，他打了两声长长的口哨，天上有鸽子往下落。他抓起一只鸽子，看看眼睛，摸摸翅膀。他从铁皮房里拿出一小袋碎玉米粒，抓了两把撒在地上。

金素看着天南围着鸽子做这做那，翻翻这里，摸摸那里。他蹲到地上寻找，她也跟着寻找，尽管并不知道寻找什么，他往天空上望，她也往天空上望，蓝天上鸽群盘旋。

李天南捧起一只鸽子，跟它亲密贴脸，跟它说话。

"干活！"放下鸽子，李天南开始打扫铁皮屋和鸽子窝。他接上胶皮管子，冲洗食钵子水钵子，最后冲刷地面。

收拾得差不多了，他把胶皮管子交给小瓶盖，拉着金素进到铁皮搭的小房里。

李天南去一张破桌子的抽屉里拿出一个小铝皮筒，在金素面前晃了晃。

"忘了吧？小雨点带回来，老爸收好的。小雨点，我刚才还亲了它。"李天南说。

金素说："小雨点？就是咱们在烟台放飞的小雨点？"

李天南打开软木塞，往一张破桌子上磕了两下。

金素看到里头掉出来一缕头发，还有一个小小的物件。

"你的头发，我记得。"金素说，"这个是什么？"

李天南抓过她右手，把那物件往她的小拇指上一按，大小对上，正合适。

金素眼睛瞬时放光，原来这是她的小拇指指甲盖。她回想起来，在船上，她小拇指的指甲盖断了，李天南替她给扔了。

金素说："你不是扔了吗？"

"没舍得。"李天南说。

金素说："你明天在家吗？我明天还来找你。"

"明天？"李天南一脸坏笑，"你下不去了，最少楼顶拘留七天，我累瘫了算。"

回厂上班后，金素几乎天天都来找李天南，偶尔她会留下过夜，枕着李天南的胳膊睡觉，睡得安稳。睡在李天南的怀抱里，常年噩梦不断的金素，一个噩梦没做。她倒是听到了李天南在噩梦中又喊又骂。

金素安全回来，林雪鸽紧张的心终于放下。

金素把大白兔奶糖给林雪鸽。

林雪鸽说："一大袋子？我拿几块就可以了。"

金素说："你爱吃，都给你，慢慢吃。"

林雪鸽发现金素穿戴都换了新的，发型也有了变化，整个人时髦了许多，眼睛里多了一种原先没见过的神采。金素这次出走回来变化很大，总体上说，变得大胆了，性格开朗了，但嘴巴仍然很紧，经常夜不归宿，第二天也不解释，没事人一样，她似乎根本就没有考虑林雪鸽的感受。

林雪鸽安慰自己，老对儿只要没事就好。

听完了金素的火车站奇遇，林雪鸽部分疑问能够对得上了。后面紧接着发生的一波三折，金素没有对林雪鸽讲。相应林雪鸽好多疑惑，也没来得及问，比如说耳朵受伤等等。

如果林雪鸽提问，趁着激动的劲儿，金素或许会有问必答，把她跟胡副厂长的那段孽缘和盘托出也说不定。可惜她俩都有些疲倦，尤其是林雪鸽，火车的故事已足够让她心神激荡，难以消化。

金素对李天南跳江淹死，原本是没有半点疑问的，她在回答林雪鸽"天南哥现在在哪儿"时，也是这样回答她，其实她已经在小瓶盖舞厅那天的支支吾吾上看到了一丝希望。林雪鸽则以看小说的思维，希望李天南大难不死，并且已经改邪归正，踏入正途。

她惊奇老对儿身上发生的事情，比传奇都传奇，李天南、小瓶盖、小红辣椒、李天南的爸爸老贼，如在眼前，将来谁若能写成小说，一定吸引人。

18

金素所谓探亲回来后，胡副厂长给她打电话，金素不理会。胡副厂长明里暗里表示他的疑惑和恼火，并且向她做出了一种对他来说极其罕见的服软，金素不为所动。胡副厂长想不明白发生了什么，为什么金素对他变了心，一开始他怀疑她是异地相亲去了，但好像并没有。

胡副厂长借检查工作，带领工会几个人来到了托儿所。

他远远看到了金素，她的脸庞洋溢着一种前所未见的快乐和自信，让胡运升愤恨又失落。他不动声色，公事公办，让托儿所主任拿来考勤，他从头翻起，翻到金素，超过事假的天数，补开的诊断书。他检查了诊断书，记住了医院和开诊断书的大夫。

回办公室他立马安排他的亲信，保卫科郭干事去医院调查，郭干事巧妙地打听出来了，诊断书是一个叫李天南的人来替她开的。胡副厂长顺藤摸瓜，查出了金素正在跟李天南谈恋爱。

他给金素打去电话，恫吓金素悬崖勒马。

金素并不惊慌，她以平静的语气，说她要找对象她要恋爱她要过自己的生活，请他自重。

胡副厂长说："你找对象我什么时候反对了？要找你找个正经过日子的人，我也好放心呢。你知不知道你找了个什么东西？一个地痞混子，屡教不改的不法分子。流氓打架盗窃，坏事做尽，都几进几出了，好像现在还在保外期吧，满大连没有好小伙了，你找这么个人？"

金素说："我的事不用你操心，别再给我打电话找我，咱们从此井水不犯河水。"

说完她就把电话挂了。胡副厂长气得咬牙切齿。

以前金素也曾跟他闹过，用的都是一言不发、不理人的方式，胡运升对她这种小孩子斗气一笑了之，金素也算是好哄的那种性格，一条围巾或者几个小发卡之类的小礼物，加上几句甜言蜜语就束手投降了，对此他已屡试不爽。只有一次，她真的下定了决心要跟他结束，这段不正常的关系给她带来的压力，已让她无力承受。那次胡运升用尽了手段办法，也没能让她回心转意。最后胡运升找到个机会，单独见了金素，诉说了他对她的想念，并且提到他早晚有一天要跟老婆离婚。很奇怪，金素虽然并不当真，而且她仍然厌恶他，也从来没有想过要真的嫁给他，但还是听从了他的哄劝，可能是觉得他都肯说出同老婆离婚这样的话，可见她在他心中的位置，虚荣心使她的努力前功尽弃，她又跟他掺和在了一块儿，生活的寂寞乏味，也助推她自甘堕落。

但这一次不同，她有了李天南。

天南哥之于她，不但产生了从未有过的心心相印，也让她把性跟青春美好结合在了一起。他的果敢、他的激情，让本来对男女之情，对性，有着不可告人的复杂感受的金素，改变了以往看法。她逐渐体会到，快乐高潮可以是纯粹的快乐高潮，不再仅属于邪行的诱惑和刺激，也不必掺杂着屈辱害羞紧张恐惧等杂质。

当她抬头看到天空上盘旋的鸽子、飞翔的鹰，她就会想到李天南，下雨天看到一只巨大的癞蛤蟆蹲在脚下，她会迅速离开，并要使劲蹭蹭鞋底，因为她想到的是胡运升。论相貌，胡运升长得并不丑，但只要她的脑海中浮现出癞蛤蟆，以及毒蛇豺狼的形象，她就会把它们跟胡运升联系到一块儿。

胡运升咽不下这口气，他放下电话，骑着三轮摩托来到了托儿所，直接把金素载到总厂一个仓库大墙旁，那里偏僻，少有人经过。

胡运升熄了火，他跨在车上，没有下车。

金素下了车，隔着摩托车，她昂着头，避开了胡运升的目光。

金素主意已定，去哪儿她都不在乎他。当胡运升看到金素脸上那掩饰不住的对他的鄙夷，以及已经摆脱掉了他的那种愉快表情，自尊心备受打击，他已彻底失去了在被他征服了的女人面前，那种一贯狂妄自大的得意感。

他生气、心寒，却又无可奈何。

但是胡运升到底是胡运升，他审时度势，立马转换了角色，由一个恼火吃醋的情夫，摇身变成了一个温良厚道的老大哥。

他说："小金子，我从心里确实舍不得你，咱俩毕竟好了那么多年了，你在我心中是分量最重的，只要能为了你好，多大的牺牲我都能做，我担心你那个对象不着调，不走正道。那将来可就会把你害惨了。"

"我惨！"金素听了气不打一处来，"我，我惨不惨，轮不到你来管。"

胡运升说："好吧，你别发火，只要你能幸福，怎么我都支持你。我说到做到，他能真心对你好，我绝不会再来找你。但是你一定要留个心眼，跟混子罪犯相处，睡觉都睡不安稳。以后有事了你还可以找我，总厂办什么事也找我，我尽全力帮你办。来上车，我送你回去。"

金素说："不用，我自己走回去。"

胡运升说："等你走回去，到下班时间了。上车吧。"

金素想了想也是，这里距离托儿所很远，要走回去不现实。她上了挎斗，一路上两人没讲一句话，到了托儿所，胡运升停下来，金素下了车，头也不回。

跟胡运升做了了断，金素倍感轻松，压在她心头上的一大块心病好了一半，她唱歌唱得非常好，但平常并不怎么爱唱，现在她时不时会哼唱起来。

她找出运动会上的奖品笔记本，在从李天南那里借来的《外国名歌200首》里挑选了一些自己喜欢的，认真抄写下来。

周一早晨，她早早起来去找李天南，顺便把歌本还了。

来到天南家楼下，金素掏出一个哨子，轻轻吹了一下。她很怕老贼李爸爸，不敢直接上楼，李天南就给了她个哨子。

往常她一吹哨，如果李天南在天台上，很快就会出现。

有几次仿佛有心灵感应，金素还没吹哨子，李天南已经站在那里朝着她微笑了。他站在没有护栏的楼顶边缘，脚尖跟楼板边缘卡齐，一点不害怕掉下来。

每次见到李天南，金素的脸都会自动自觉地绽放出最美的笑容，想矜持都矜持不住了，何况在李天南面前，她从来不会矜持。有时候李天南没在家，她就沿街慢慢溜达，经过新华街的饭店，她朝里面望望，有两次见到李天南在里面跟朋友喝酒。如果没有碰到李天南，她就走到火车站，坐 1 路车回甘井子，一路心情沉重。

她吹了五遍哨子，天台上没有任何反应。她没有离去，她太想见天南哥了，她转到楼后面门洞，上到三楼。

她敲敲门，门猛地从里面推开，李天南爸爸，那个老贼，一身酒气，举起双拳，怒气冲冲地大骂道："怎么，人不都让你们带走了吗？还想干什么？"当他看到来人是金素，放下拳头，毫不客气地说："小破鞋烂货，算我求求你们了，学点好吧，滚蛋！"

金素转身跑下了楼梯。

胡运升通过厂保卫科档案线索，发现总厂五年前半吨铜线失窃案，竟然跟李天南有关，他欣喜若狂，连夜整理材料，第二天以总厂的名义递交分局。赶上严厉打击盗窃国家财产犯罪，正愁着凑不够名额呢，公安立刻抓捕了李天南，从重从快，加刑到二十年。

得知李天南出事，金素手足无措，丢了魂一样，同屋的林雪鸽注意到她情绪剧烈起伏，想帮忙却无从帮起。金素下班就回宿舍躺着，头几天晚饭也不吃，脸冲着墙，林雪鸽问长问短，金素无心理睬，老对儿人品虽好，却单纯无知，有些事跟她无法启齿，把她吓着了，还得反过来哄她。

胡运升乘虚而入，他借着关心帮忙，跟金素重新建立了联系。金素已经六神无主，病急乱投医，错以为胡运升真的能够帮她救李天南。

胡运升告诉金素，该托的关系已经托了，判二十年，本来要判无期。

金素哭了，说："判一百年我也等他。"

胡运升说："二十年还等什么？二十年能不能活着出来都是个问题。"

金素说："出不来我给他戴孝。"

"嘁！"胡运升说，"你忘不掉他，他不一定忘不掉你。"

金素说："天南哥不会忘了我。"

胡运升说："别犯傻了，你也不想想，二十年李天南真的出来，还可以找大姑娘，二十年后你多大了？他还能要你个老太婆？大好的青春白白浪费，值吗？"

金素擦着唰唰往外流的眼泪，说："值。"

"快拉倒吧！"胡运升撇了撇嘴，"我听说他们这一批犯人要押到新疆，城市户口都要注销，永远回不来了。"

"闭嘴吧，别说了！"金素说，"我不听，我怎么这么烦你，讨厌你！"

胡运升说："行啊，能让你消气，怎么都行，打我两下子，踹我几脚都没有问题。"

"滚！"

李天南觉得自己被抓得蹊跷，在里面苦思冥想，想不出问题究竟出在哪儿。他通过探监弟兄撒出去网，要查出根源，打官司也好知己知彼。很快他通过兄弟眼线，找到了整治他的人，这人是总厂的副厂长，叫胡运升。

这批判的人多，岭前大狱超员了，需要把其中一部分转移到南关岭看守所。李天南在转移之列，到了南关岭看守所，他思索出逃的办法，终于他捕捉到一个机会，从锅炉烟囱出逃成功。

他出来第一件事就是找胡运升。

他借了辆摩托跟踪胡副厂长的三轮，一直跟到了东山街道。东山街道靠山，一大片平房顺着山势一层层排开，胡同窄而多。

胡副厂长在前边一拐弯，到了一户门口停下，掏出一串钥匙，打开门，然后把摩托车推进院，带上了门。

李天南远远地看着目标进了门，他把摩托车掉个头，停到路边。

这是个死胡同，李天南在胡同口抽烟。蹲了大约有一个来小时，没见胡运升出来，李天南打算蹲守到半夜，在胡同里动手是最理想的。但是他忽然决定不等了。

李天南走到门外，屏息静气，听了一会儿。

他攀上院墙，跳进了院子。

他用卡子别开房门，进到屋里，拽开灯，一男一女躺在床上。

床上的女人惊叫了起来。

金素怎么也不会想到，会以这种方式跟李天南见面。她臊得无地自容。

李天南更是不敢相信自己的眼睛。

胡运升还算镇静，他不认识李天南，以为是个小偷，刚起身坐起，不速之客已持卡子扑来，他赤身裸体跳下地，抡胳膊胡乱挡了挡，不顾受伤流血，更不管床上的金素，抓起衣服裤子，往门外逃。李天南追了出去，在院子里，他把胡运升逼到了墙角，照着他的肚子就是两卡子，又两卡子，割向了他的裆部。

金素穿好衣服从屋里出来，她从后面抓住李天南。

她说："天南哥，要杀你杀了我吧，我不配活着。"

李天南推开她。

胡运升跑出了院子。

李天南要追，被金素死死抱住了腿。

她哭道："天南哥，我没出息啊，我以为你抛弃了我，出来不能要我了。"

她站起来，往李天南的卡子上扑。

李天南把她推倒，走到大门口，不见了胡运升的踪影，李天南折返回来。

他说："你背叛了感情，骗我。"

他揪起金素的头发，把卡子横在她的脸蛋上。

金素闭上了眼睛。她比任何人更恨这张漂亮的皮囊。她渴望着能由李天南来毁掉它。

李天南左手抬起卡子，右手把她的头扭向一侧。

"给你点颜色！"李天南卡子一挑，在金素的耳朵上切了一道口子。

金素没有退缩躲闪，似乎在等着他进一步行动。鲜血滴到了她的肩膀上，顺着胳膊流到了她的小臂上。

"杀了我，你杀了我吧！天南哥，你不杀我我也不想活了。"

"我以为碰到了金眼白，谁知道是只臭篓子。恶心！"他说。

金素紧紧抓住李天南的衣服，呜呜痛哭。

"别假惺惺了！"李天南掰她的手指，"希望我能用三天忘掉你。忘不掉，我就回来宰了你。呸，点子，叛徒！"

李天南一使劲，扬长而去。

金素趴在地上，悲伤到晕眩。

经过短暂昏迷，金素醒来，她掏出手绢捂住耳朵，没一会儿，鲜血浸透了。

躲在下水沟里的胡运升爬了上来。

胡运升一边往屋里跑，一边呵斥金素道："赶快走，离开这儿，千万别把我说出去啊！"

金素愣了片刻，起身往外跑，出到胡同口，听到身后有嘈杂声，大概有邻居出来查看情况。

跑出了东山，金素到炼钢厂医院，用假名挂了急诊，对耳朵缝针包扎，回到了宿舍。

林雪鸽询问她怎么回事。

金素说："没怎么，别打扰我，我困了。"说完就脸冲墙躺下了。

林雪鸽哑口无言。

金素耳朵的伤刚长好，胡运升也出院了，他受伤较重，远没有好利索，为了减少影响，他主动出院上班。

没有多久，公安局那边传过来李天南在武汉跳江淹死的消息，分局带着李天南的父亲去江边认尸，办手续就地火化。李天南的死让胡运升偷笑不停，他第一时间来到托儿所，把这个消息告知了金素，自从那晚出事，他们没有再见面。

金素不相信是真的，她不但不相信胡运升，而且认为李天南无所不能，不会死。

胡运升说："淹死算他捡便宜了，抓住了也得吃枪子。为这种犯罪分子愁眉苦脸，不值得，立场也不正确。"

215

金素咬着嘴唇，一言不发，她身上散发出的冷气，让胡运升打了一个寒战。

如果不是在丽丰舞厅遇到了小瓶盖，她一定会继续跟陈工过日子。可一旦觉得李天南还活着，她的心就再也装不了别人了。

她想起了东山派出所所长刘家宝，上一次跟她谈话的时候，一直话中有话。

金素去找刘家宝所长。

"小金同志，什么事？"刘所长有点胆突突的，以为金素因为他向陈工透露了她的过往，兴师问罪来了。

金素问："李天南还活着吗？"

"那个凶手啊？"刘所长喘了口气，"不能啊，家里人认过尸了。"

金素说："我是代表我个人问你，你上次不是说我个人有问题可以来找你吗？"

刘所长说："小金同志，你先告诉我，那天晚上你是跟谁一伙的，我再帮你分析分析。这也纯属个人问题，在我脑子里纠缠得难受。"

金素沉默不语。

"不想说，那我换一个问题。"刘所长说，"你跟陈工是真是假？我的意思是你对陈工有感情吗？感情方面是真的还是假的？你不会要害陈工吧？"

金素说："怎么会？我对陈工的感情是真的，陈工是大好人。"

"这就对了。"刘家宝说,"那李天南是怎么回事?"

"李天南是我的爱人,我以为他死了,才同意介绍老陈。"金素说。

"谁介绍的?"刘所长问。

"胡琴玉。"金素说。

"那我懂了,这就都能讲得通了,胡运升管胡琴玉叫三姑。他们是想保护胡运升,利用你陈工夫人的身份阻拦我调查。"刘所长说,"小金同志,我这么跟你说,我不知道李天南是真死还是假死,如果是我去认尸,哪怕我不认识他,我也会知道。但我没去。"

金素顿觉失望。

"不过,我倒是听说过这么一件事儿,只是听说啊,不能较真儿。"刘所长说,"我听说长江边上有买卖尸体的交易,长江漂下来的尸体,男女老幼,需要什么样的都能买得到。"

金素听明白了,李天南有活着的可能,凭她对李天南的信仰,她坚信天南哥一定活着。

她说:"刘所长,你说,假如李天南活着,他会去哪个城市?"

"那得看他想干什么了,想继续游荡江湖,那他居无定所,如果他想上岸,那最大可能是在广州做生意。"刘所长说。

金素记得李天南说过，他早晚要做生意，而广州是最适合做生意的城市。

"谢谢刘所长，谢谢你。"金素说。

派出所回来，第二天早晨，窗外一阵咕咕叫，金素来到院子，看见地上有一只红眼睛灰身子的鸽子。她慢慢走近了，鸽子没有逃走。她蹲下身，张开手，学着李天南的样子呼唤它。灰鸽子真的向她走来了。她抓住了它，把它捧在手上，摸摸它的腿，理顺一下它的翅膀，然后松开手，鸽子咕咕两声，腾空而起，在她头顶上盘旋了好几圈，飞走了。

她的心思被鸽子带向了天空。

回到房间，她给陈工写了一封信，离开了大连。

19

陈工在厂部食堂吃过了午饭，去海边散步。

一个高个子姑娘走在前边。

若不放慢脚步，会很快赶上她。陈工放慢了脚步。

姑娘回了一下头。

"陈总！"

"小林，是你！"

自从金素离家出走，陈工没有再去过图书馆，只在厂部大楼走廊里，远远见过几次林雪鸽的身影，没有说话的机会。金素刚离家出走那几天，陈工倒是产生了去图书馆找林雪鸽诉说的冲动，但最终忍下来，没有去。

陈工说："小林，你去哪儿？"

"我想去火车看看。你呢？"林雪鸽说。

"我去看看海。"陈工说。

林雪鸽笑了一下，这笑是那么发自内心，让陈工看着温暖。

"常过去吗？"陈工问，他指的是火车车厢。

"没有。"林雪鸽说，"好久没去了。"

陈工说："小林，我们也有日子没见了。"

林雪鸽说："是啊，陈总，感觉你消瘦了不少。"

陈工说："是吗？我每天锻炼，把脂肪都消耗掉了。"

林雪鸽说："是不是光顾工作学习，吃饭不及时？"

说到这里林雪鸽卡顿住，她有些愧疚，她并没有按照金素信上嘱咐的，去为陈工做过饭。连他家都没有再去过，谈何做饭。

陈工说："吃饭没问题，我一做一锅，饭肉蛋菜汤，都包含了，营养很全面。"

金素曾经打趣陈工做饭，说她刚去陈工家，见到陈工做的饭菜，没把她笑死，林雪鸽听了也笑得不行。陈工把大白菜、萝卜、胡萝卜、茄子、西红柿，有什么菜往锅里加什么菜，菜刀菜板也不用，菜叶用手撕，豆腐直接放锅里，用勺子分割，他从不用铲子，因为铲子不能盛汤，凡能节省的工序绝对要节省，这是菜。饭呢，如果是面食，直接往菜锅里下挂面或者面疙瘩，想吃大米饭，单独用高压锅另做米饭，一做一大锅，能吃好几顿。金素说那一锅菜外表没法看，尝一口味道还不错，只是太甜了，咱们北方人吃不惯，陈工的意思只要营养够，能吃饱就可以，节约时间和精力，用来学习工作。

林雪鸽心想，金素走了，陈工一定又恢复了他的大锅菜。如果不是怕别人说闲话，她真想每周去给他做几次饭，她思想斗争了好几次，没有去成。

陈工还有一个关于吃方面的趣闻轶事，大家把它当笑话讲，那是三年挨饿时候的事，当年，在大刘家农场，人民群众个个面黄肌瘦，唯独陈工唇红齿白，引来民兵和革命干部的怀疑和不满，以为他一定偷吃了集体地里的地瓜花生什么的，盯了他好几天，没抓到现行。陈工可没有盗窃集体财产的胆量，饿死他也不敢。那时期，田野里的老鼠早让大家连窝端干净了，山上的蛇也抓光了，水塘中的青蛙吃没影了，家雀也打没了，夏天树上的知了猴人民群众还不够吃的呢，根本轮不到四类分子的，真是百思不得其解。陈工住的牛棚，民兵突击检查过两次，一点蛛丝马迹都没有查到，别人都饿得萎靡不振，唯独陈工精神奕奕。后来革命群众气不过，就把他抓起来拷打审问，陈工把秘方贡献出来，没把大家恶心死。夏天，陈工在泥土里挖蚯蚓吃，特别是赶上下大雨，蚯蚓从泥土里被冲出来，他捡起来烤着吃，吃不了的就晒干碾成粉，把地瓜干泡烂，和在一块，揉成一个个小球，烘硬实了，药丸一样，一天几粒，一直吃过了冬天。陈工解释蚯蚓的蛋白质含量高，含有丰富的氨基酸等等，革命干部呵斥他闭嘴，不要胡说八道。

不知不觉，陈工和林雪鸽来到了绿皮车厢。陈工先上了车，回过头来要拉林雪鸽一把，林雪鸽把手藏到了身后，表示不用，她轻巧地跨了上去。

总厂换了厂长，换上了陈工的老同学孟工，新官上任三把火，总厂各个方面都发生了积极变化。孟厂长特别讲究个人卫生，爱整洁，他来到总厂抓生产的同时狠抓卫生。他提出一系列口号，"全厂卫生无死角，沟见底，轴见光"。废弃的火车成为重点突击对象，他发动大楼干部，用了一周时间，把车厢里里外外收拾得干干净净，由脏乱差的典型转变为厂内一道风景。

他俩找了一个相对完整的座位，面对面坐下，刚说几句话，被新上来的一个年轻人打断。小青年毛毛躁躁一步跨进车厢，退不回去了，只好跟他俩打招呼。

小伙子说："陈总好，林老师好。"

"小吴，吴信，请坐。"林雪鸽说。

吴信迟疑了一下，选择坐到了林雪鸽身旁。吴信看看他俩，迅速在心中把他俩的画像进行涂涂改改，因为今天见到两位模特的面孔，跟以前相比有了变化，这变化带给他新的灵感。

林雪鸽说："陈总，我介绍一下，这是小吴，吴信，咱们总厂最出名的画家。"

陈工站了起来，伸出双手，说："你好，小吴，你画油画还是画国画？"

"我画油画。"吴信说。

"正规学习过吗？"陈工问。

"我老师于振立。"吴信说。

"那错不了。"陈工说，"小吴，我正在画一幅油画，画了有两年了，总也画不完整。我是自学画画，攒了好多问题要向内行的老师请教呢。"

林雪鸽以为吴信至少会谦虚一下，但吴信没有。

吴信说："我会的都告诉你。"

林雪鸽："小吴画得太像样了，大画家的水平。"

陈工说："那可太好了，你给我指点指点。"

吴信说："指点谈不上，切磋交流可以，我听说陈总琢磨什么像什么，绘画靠天分，技术在其次。"

陈工说："今天下班后去我家怎么样？我邀请你俩去我家做客吃晚饭。"

林雪鸽说："好啊，我去买菜，做菜。"

陈工说："不用买菜，家里什么都有，小林，我刚刚买了个冰箱，可以冷冻，可以冷藏，鱼肉蛋菜都装满了。"

"明天吧，明天可以吗？"吴信说，"明天我还是白班。今天晚上我约好了，去我女朋友家。"

陈工说："好，那就明天，小林，你呢？"

林雪鸽说："我没问题。"

陈工说："太好了。小吴，你现在在画什么题材的画？"

吴信笑了，说："人物肖像，三幅，我同时在画三幅人物。"

陈工说："那太好了，我画的那幅也是人物肖像，你能把你的画拿给我看看吗？"

吴信想了想，说："可以，明天我拿两幅吧，陈总选一幅，我送你。"

林雪鸽说："两幅？画的谁？"

吴信说："哈哈，先不说，到时候再看。"

下班后吴信出了二号门岗。楼影提前回家了。最近他俩有了一点别扭，责任在吴信，他有个画画的朋友去了西藏，画藏民画高原，给吴信写信介绍西藏。吴信心动了，也想去，正犹豫着若是去的话该怎么处理单位和工作。他没有跟父母说，但说给了楼影。楼影听了，脸沉下来了，她问他，你说走就走了，考虑没考虑我？

吴信没有回答，因为他根本就没考虑过这个问题，他原以为对他不是问题的问题，对楼影，也不应该成为问题，她能够自己解决。可看到楼影的反应，才知道不像他想的那么简单。

223

离楼影家越近，他的心越是惶恐不安。走到十字路口，他退却了，拐向了公共汽车站方向，他没有勇气去见楼影，也不管人家已经在家里做好了饭，等着他呢。

与面对面相比，逃避比较容易，除了油画，其他好多事他都选择了最容易最方便的方式。

第二天下班，林雪鸽来到陈工的小院，陈工已经先到了家，焖上了一锅大米饭。

他从冰箱里拿出来刀鱼、肉，放到水槽里化冻。

林雪鸽用手指头试了一下冻肉，冰凉而坚硬，她站到冰箱前面，打开冰箱门，迅速关上。这是她第一次见到冰箱，她注意到它的标牌，天泉。

吴信还没到，他的白班跟正常白班不一样，要晚一个小时下班。

陈工在厨房给林雪鸽打下手，林雪鸽不需要，让他去书房看书。陈工当然不肯，他看着林雪鸽择菜洗菜，给鱼改刀，非常赏心悦目，林雪鸽做家务活没有金素娴熟，但也干净利索。

林雪鸽见陈工一直在旁边看着她干活，有些不好意思，越觉得不好意思，就越不好意思。陈工发现了这点，赶快把视线移到别处，他又舍不得不看，过了一会儿，转回头继续看她干活。

有好几次，他俩同时想到了金素，只是谁都没有说出来，心里也都知道对方在想什么。

林雪鸽回忆起她跟金素和陈工，他们三个人最后那次在一起吃饭的情景。陈工给远在湖南的女儿的单位打去了电话，因等得太久，陈工把电话撂在桌子上，电话那头去找他女儿去了。过了很长时间，话筒里传来"喂喂"的喊话声，陈工抓起电话，互相问候了几句，然后他通知女儿，他快要结婚了，等大检修结束他们就结婚，然后去湖南看她，看外孙。当时金素和林雪鸽都放下手中的活儿，屏息静气地听着父女的对话。林雪鸽小声问金素，陈工女儿长得像谁，金素说看相片长得挺像老陈。

林雪鸽看看眼前的陈工，充满了同情，觉得他好可怜，满心欢喜准备结婚，未婚妻却跑了。

金素离家出走，总厂说什么的都有，多数人都倾向于她跟相好的私奔了。这算是跟真相最接近的说法。而另一些说法太邪乎，根本连影子都不贴，比如说金素在出走之前曾跟陈工坦承心声，要跟恋人出走，陈工竟然同意了，不但同意，还出了路费。小说都编不出这样的情节。

吴信来了，带着一卷画。

陈工洗洗手擦干了，把画接过去，没有打开，领着吴信到书房，让吴信看自己画的画。

吴信说："陈总，你画的林老师，很不错了，笔触压笔触，很天真大胆。你看看我画的林老师。"

说着他从陈工手中把画拿回来，打开了，那是两幅画卷在一起，他取出其中一幅，在画架旁边展开，让陈工看。

"今天终于算看到什么是真正的肖像画了。"陈工赞叹。

这时候林雪鸽从厨房进到书房。

她看到自己的形象分别在这两幅画上。

吴信说："林老师，你喜欢哪一幅呢？"

林雪鸽拍着巴掌，说："喜欢有什么用，哪一幅都不会给我。"

"画得太好了，小吴，你是总厂的画圣。"陈工说。

吴信说："说心里话，我反倒更喜欢陈总画的这幅，技法笨拙，感情充沛。"

林雪鸽说："我两幅都喜欢。陈总的这幅，我以前看过，画的不是我，什么时候修改了，改动得这么大。"

说到这里，她停住了，她也奇怪，这幅原先看着很像金素的画像，现在怎么看着更像自己了呢？我们长得像吗？不，林雪鸽可有自知之明，她知道她远远没有金素漂亮。

陈工说："我每天都会画上几笔，每天都加上一点新的内心感觉，可是多数时候，并不能够得心应手。"

吴信说："其实我们的创作方式差不多，不断地描，不断地修，有时候是添新的东西，有时候是恨自己没有把最初的感觉画出来。这两幅画，我昨天又在眼神上做了小小的调整。"他把昨天在列车上让他诧异的、两位模特眼睛里新的东西添了上去。

陈工把另一幅画拿过来打开。

他张大了嘴，两只耳朵都在痉挛抽动，不仅看到的内容让他激动，还听到了让他震惊的声响，他闭上了双眼，努力在听，或者在祈祷让这震耳欲聋的声音赶快过去。陈工看着它，仿佛看到了自己度过的前半生。

林雪鸽看着画上的陈工，无尽的沧桑脆弱，一瞬间，她产生了把画捧在手心上的冲动。

"小吴，你是个天才。"她说，"你画出了陈工的灵魂。"

吴信对林雪鸽的表扬无动于衷，他觉得这像踢足球，林雪鸽属于能进校队厂队就满足，并沾沾自喜的选手，这样选手说的话，哪怕是夸奖，吴信也不会认真对待。如果换他吴信喜欢踢足球，踢不进世界杯，甚至踢不到济科、苏格拉底那个水平，他都会觉得失败，都不会再提。

林雪鸽对陈工说："小吴可骄傲了，他想当达·芬奇、毕加索。"

吴信说："我可不想当达·芬奇。"

林雪鸽说："你想当毕加索。"

吴信说："还行吧，老毕很全面，立体主义给了我一些启发，我也喜欢老毕的早期作品，非要选一个的话，我宁愿选老马。"

"老马是谁？"林雪鸽问。

"马蒂斯呗。"吴信说。

林雪鸽说："听听，老毕老马的，好像你车间里的师傅。"

"那我也跟着称他老毕吧，我喜欢老毕蓝色时期的作品。"陈工说，"年轻人狂妄不是缺点。目空一切作为世界观不正确，但某一些时刻可以当方法论。年轻人应当志存高远，求名当求万世名。"

吴信说："陈总，你有没有立志要当世界第一厉害的化学家？"

"年轻的时候有过。现在我只处理我能够处理的问题。"陈工盯着眼前这个小伙子，"小吴，你应该去考美院，我明天就去找孟厂长，给你开介绍信，我们不能埋没人才。"

林雪鸽说："太好了，谢谢陈总，我们都想帮助小吴，不知怎么帮。"

"谢谢陈总，谢谢林老师。"吴信摆摆手，"我不想浪费时间，我准备去西藏。"

"去西藏？"陈工注意到吴信眼睛里的异样神采，"年轻人一旦有了出门的冲动，恐怕拦不住。我赞成。别人走过的路，不是不能走，只是不是你独闯的路。自己闯出的路，可享用一生。小吴我告诉你，不仅西藏，新疆、云南都是不错的选择。经济方面呢？小吴，你考虑过了吗？"

吴信说："不能想那么多，想多了寸步难行，去了再说，肯定不会饿死。"

林雪鸽说："你女朋友呢，她家里能同意跟你去？"

吴信没有说话，他不知道该怎样回答。

林雪鸽不再往下问了。

陈工把这两幅画用图钉并排按到墙上的木条上，他左右看着它们，看着画上的自己和林雪鸽。

吴信看看两幅画，看看画对面的模特。

"等一下！"吴信说。

他把陈工的画板搬到两幅画前边。

林雪鸽很不好意思，因为陈工和吴信一会儿看看画，一会儿看看她。今天她和她的画成为了主角。

吴信说："陈总，我答应送给你一幅，你选一幅吧。"

陈工说："这两幅画我都喜欢，可惜只选一幅的话，小林，你帮我选一幅吧。"

林雪鸽一指，说："那就选这幅。"

"不！"陈工说，"我选这一幅。你同意吗？"

"我管不了，又不是我的。"林雪鸽说。

陈工上前，把画着林雪鸽的画揭下来，卷起来收好。

"等我做个画框，再挂上。"陈工说。

陈工去卧室拿来一沓钱，交给吴信。

"什么？"吴信说，"画是我送你的。陈总，有件事我要告诉你，你可能想不到，我就是当年你在农场山上，从炮眼里救出来的那个小孩。我送你一幅画，表达我迟到的感谢。"

吴信挺直了身体，让陈工辨认。

"噢，陈总还救过人！"林雪鸽惊叹。

"认不出来。"陈工上下打量吴信，"你这么一说，好像有那么一点影子，长这么大了！你还记得我？我对那个小孩有印象，你为什么没哭呢？一般小孩子要哭的。快拿着吧，这点钱不能算购买，不够，半送半买吧，好东西要用价值来体现。"

吴信说："不要，我有钱。"

陈工说："穷家富路。不多，两百。"

"还不多，太多了！"吴信说，"我的画不值这么多吧？"

陈工说："值。这两幅画拿到中国香港，或者美国，至低都得大几千。"

"真的吗？"吴信说，"那我以后得想办法出国，我老师的学生中有人出去了。"

林雪鸽说："艺术家掉钱眼儿里，还能专心搞艺术吗？"

"开玩笑的。"吴信不那么理直气壮，"我去西藏。"

"不矛盾，艺术跟金钱不矛盾，金钱是艺术品价值的一个重要体现。"陈工把钱塞进了吴信的口袋里。

吴信满脸通红，说："谢谢陈总，希望你能喜欢我的这幅画，我用了心思的。"

陈工说："我非常喜欢，喜欢极了，你是个天才，我会细心揣摩学习。"

林雪鸽说："我不陪你们聊了，我去厨房。"

陈工要跟去帮忙，林雪鸽拦住。

她说："你们俩聊，我看你们有的聊。"

陈工向吴信请教互补色具体怎么应用的。吴信让陈工把调色板拿来，当场演示。

20

孟工上任半年，爱人乔工调来了总厂。他们两个孩子，大儿子已参加工作，小女儿在北大读大二，住学校宿舍，不用父母操心。

有陈工等老同学的鼎力协助，孟厂长工作开展得十分顺利，一切都安定了，夫妻俩操心起了陈工的婚姻。一个周末，他们请陈工到家里吃饭聊天。

孟工说："老陈，咱们年龄都不小了，得从实际情况，重新考虑一下后半生的安排了，时不我待啊，早点从不愉快中走出来！"

陈工说："没事，我过得很充实。"

"过去你一个人过，那是时代所迫，没有办法。现在还一个人过，属于个人意志消沉，自己对自己不负责任！"孟工说。

"一个人怎么行？不行。"乔工说，"孩子不在身边，又没有老婆，做饭洗衣没人帮助不说，连个说话的人都没有，长此以往影响情绪和身体。老陈，你那次去北京，跟小金一起的那个姑娘，你还记得吧？"

"小林。"陈工抬起头，"她在图书馆。"

乔工说："我去过图书馆，见过小林了，还是那么文静、漂亮，而且有文采。老孟你说，这样优秀的姑娘怎么一直不搞对象呀？"

孟工说："我哪里知道，我才来了几天，这你得问老陈。"

乔工眼光转向陈工。

陈工说："我不清楚。小林条件优秀，眼光高。"

"眼光高那就找高的呗。"孟工说，"也不是不找对象，不结婚。"

乔工说："也许缘分没到，还没有遇到让她倾心的吧。"

孟工说："还是眼光高。"

"眼光高好。"乔工说，"介绍一个条件好，人品好，能配得上她的。"

孟工说："你给穿穿线？"

乔工说："我看可以。"

孟工说："老陈，你看怎么样？"

陈工拿起茶几上的烟，抽出一根点上。

乔工说："老陈！"

"我？"陈工虽努力掩饰，眼睛仍然会抑制不住地放射亮光，"我不懂。"

乔工来大连没过一周，专门去图书馆见了林雪鸽。

作为劳资科副科长的乔工，除了个人兴趣，还带着考察干部的任务，她跟小林整整谈了一个上午，一半关于工作，一半关于生活。到了午餐时间，她俩一起穿过摸黑通道去食堂，一边吃饭一边聊天，直到食堂到了关门时间，两人才起身往外走。

在摸黑通道，只有她们两个人，乔工差一点违反组织纪律，脱口告诉林雪鸽，工会准备提拔两名副科长，林雪鸽是其中之一。

正要附耳相告的瞬间，乔工及时改口，她向林雪鸽发出邀请，邀请林雪鸽参加她跟老朋友们的晚宴。

"去谁家？"林雪鸽问。

"钱工家，周六晚上，我让钱工女儿，托儿所的小钱下班去找你，陪你一块儿去。"乔工说。

林雪鸽说："都有谁呀？"

乔工一一相告。

林雪鸽听了紧张，大领导们的饭局，怎么会轮到她一个小字辈。

乔工一番解释，打消了她的顾虑，乔工说她在总厂没有相熟的女同志，只有林雪鸽能算她的老相识，而且有共同语言，说得来。林雪鸽觉得乔工这么欣赏她，不好意思回绝，又想到好长时间没跟陈工见面了，也很想见一见他。

厂图书馆从厂内搬到了宿舍区，陈工中午时间已来不及过去看期刊杂志了。自从那次林雪鸽和吴信在陈工家做饭，吃饭，赏画，聊天，她再也没有见到过陈工。

那天在陈工家，他们聊得高兴的时候，林雪鸽说会再来陈工家小院看他，实际并没有再去。

金素的出走，对林雪鸽冲击很大。林雪鸽觉得自己比以前谨慎了，顾虑多了，以前没有在意的细节，现在她往往会从各种角度思量一番，比如去陈工家，帮助陈工做做家务，她思索后觉得不妥，就没有去。

钱工、胡琴玉两口子一直想请孟厂长和乔副科长两口子到家里做客，但每次都被各种各样的事情耽搁了。

自从金素出走，钱工见了陈总，非常不好意思，感觉亏欠了陈工，金素是他们两口子给介绍的，现在金素抛下陈工跑了，他们两口子脱不了干系，而且一开始目的就不单纯，终究酿成了不良后果。所以，钱工一直想能有个什么好办法补偿一下，得知乔工想撮合林雪鸽和陈工，钱工跟老婆胡琴玉主动请缨，组织了这场饭席。

胡琴玉烹炒煎炸做了一大桌子菜。孟厂长两口子、陈工、楼工，都早早到齐了。

一会儿，林雪鸽跟着小钱也到了。乔工拉着林雪鸽坐下。

林雪鸽礼貌地一一打过招呼。

跟陈工打招呼时，她笑得那么开心，其实进门她第一个看到的就是陈工。一看到陈工，林雪鸽就自然而然地想笑，跟她在图书馆见到陈工时的情形一样。

陈工始终逃避着她的眼睛。她不看他的时候，他会悄悄瞄她，她一看他，他就装作并不知道她在看。

在饭桌上，大家不谈工作。

几个老朋友推杯换盏，叙旧，回忆，然后话题总要转到陈工，都是夸奖。

起初林雪鸽没有看出大家的意思，也跟着夸奖，后来她似乎看出了一点苗头，渐渐脸有些发烧。

林雪鸽挨着小钱坐。小钱在林雪鸽的左手边。林雪鸽的右手边是乔工，然后依次是胡琴玉、钱工、楼工、陈工、孟厂长。

不用多久，林雪鸽就彻底明白了乔工的用意，她不知道自己对陈工究竟是何种感情，但她极其不适应这种方式。

在座的除了小钱，都是领导，却个个客气，让林雪鸽不安。

林雪鸽已不再像以前那样无忧无虑了，从前那种没有来由的乐观，已随着金素的离去而离去。以前，金素在的时候，她无论做什么，都感到有多重的意义和价值。自从金素走了，心里某个坚实的框架随之坍塌，林雪鸽深感空虚，写稿子也失去了往日的热情，觉得意思不大。金素的出走，揭开了林雪鸽在总厂存在的真相：所做的一大半事情都毫无意义。

她开始在意大家说她的闲话，以前她理都不会理的，"走自己的路，让别人说去吧！"

问题是这些年，她走过自己的路吗？

金素和吴信都走自己的路去了，自己呢？现在开始并不晚，但是路在哪里呢？热爱看书是多年习惯，认真工作是基本素质，但是具体人生目标是什么？没有目标哪来的路？

胡琴玉看不出林雪鸽心情不悦，继续一个劲儿撮合。乔工用眼神制止住胡琴玉，把话题岔开。

林雪鸽朝着乔工感激地笑了笑，吃完了饭，她帮着收拾筷子和碗，然后告辞回了宿舍。

隔天，林雪鸽在厂部大楼开完了会，正往厂外走，胡副厂长开着三轮摩托车从后面上来。

"小林，捎你。"

"你往哪个方向？"

"你回图书馆？"

"对。"

"正好，上来。"

林雪鸽坐进了挎斗。

很奇怪，可能是胡副厂长曾是林雪鸽的老上级，而且当后勤科长时就相识，打交道时间久了，林雪鸽跟胡副厂长在一起比较轻松。胡副厂长摩托左拐右转，没用多一会儿，就到了图书馆楼下。

"有空上来坐。"林雪鸽下了车。

这本来是句客气话，胡副厂长听了却说："我去五号料库一趟，回来早的话就上去找你，我还真有点事要跟你唠唠。"

林雪鸽想不出胡副厂长要跟她唠什么，难道也是要撮合她跟陈工？不太可能，胡副厂长已经不负责工会工作，而且他大老粗出身，跟乔工、陈工这样的知识分子没有共同语言。

胡副厂长很快来到了图书馆。

林雪鸽倒水。

"不用客气。"胡副厂长直奔主题，"小林，想不想换个地方？"

林雪鸽想起乔工那次来图书馆，表扬她的工作能力，希望把她调到劳资科，劳资科缺少一个笔杆子。她以为胡副厂长说的也是这件事。

"不想。"林雪鸽说，"我挺喜欢图书馆的工作。我喜欢看书看杂志。"

胡副厂长说："外面的世界很大，去过北京一趟远远不够，祖国大地，五湖四海，值得去的地方太多了，小林，你不想到外面走一走，看一看？"

"出差旅游？"林雪鸽说，"当然想了。"

"你一点没听到风声？"胡副厂长说。

"什么风声？"林雪鸽说。

"你真是两耳不闻窗外事，小林，总厂准备在广州设个贸易办事处，我去当头儿，正在组建班子。"胡副厂长说，"小林，这个新部门离家远，一般同志不愿意撇家舍业，其实它有发展，有未来。有抱负的同志可以去闯一闯，特别是你，没有后顾之忧，不走出去还等什么？机会难得啊！你字写得漂亮，又会写文章，人也稳重，给我当办公室主任吧。不必马上回答，你考虑三天，同意不同意都给我打个电话。"

林雪鸽说："广州？太遥远了吧。"

"再远也没出中国，思想一闪念的事儿。"胡副厂长说。

林雪鸽从来没想过到外地工作，她爱看书，爱幻想，幻想中的故事倒是满欧洲美洲、满苏联地跑，但具体落实到实际，连换一个单位上班她都没有考虑过。此时此刻她很矛盾，一方面她的心有点活泛了，想换个地方，顺便躲避一点什么，一方面她又感觉总厂有一种什么东西在吸引着她，让她不舍。

三天时间到了，她给胡副厂长打电话，告诉他她不想去。

"别说死。"胡副厂长说，"等我去那边，把一切安顿好了，你先不用考虑调来不调来，出个差，到南方玩一玩，看一看，办公室主任的位置，我空上两年，给你留着。"

林雪鸽跟陈工在一起时总想笑，那是以前，或者不在陈工面前的时候，她想起他的滑稽样子，仍然想笑，但自那天在钱工家吃饭之后，她再见了陈工就有些紧张，加上她不可能不想到金素，这又让她尴尬。其实这些都不是问题的关键，问题的关键是，林雪鸽没有喜欢上陈工。她好像没有喜欢过现实中任何一个具体的人。

一天下午，乔工来图书馆巡检，她单独拉过林雪鸽，把事情挑明了，要把她介绍给陈工。

林雪鸽委婉回绝了，她对乔工说："我赞同自由恋爱。"

就她个人而言，这比以前有了很大进步，以前她拒绝介绍对象的理由多是"不谈，以工作学习为主"。

乔工往积极方向分析了林雪鸽这话的意思，理解为陈工应该主动展开追求，回头她跟陈工说了，鼓励他主动些。

陈工不置可否。

其实乔工张罗介绍小林之初，陈工一直就没有明确态度，似乎热情不足，这倒跟他的低调性格相符。其实他是把热情隐藏起来，表面上没响应也没拒绝，一切顺水推舟，服从乔工安排，实际既有些窃喜，又避免了惭愧自责。

窃喜是乔工无意中点破了陈工的内心，他从此不得不勇敢面对真实的自我，不再否认自己是喜欢小林的。

同时有人替他出征，做了他不敢做的事，避开了面对面表白的尴尬。

他终于向自己坦承，自己喜欢小林，而且一直都喜欢。承认对小林的单相思对他是个决定性的进步，明确这一点，才真正结束了金素弃他而去的痛苦。这时候再回头衡量和金素在一起的时光，那仿佛就是两个苦命人的感情过渡中转站，他们在此短暂相遇，互相安慰鼓励，然后各自追寻自己的幸福。

"加油啊，小金！"

"加油啊，老陈！"

在书房，他一边端量着吴信的油画，一边对这个天才小伙子赞叹有加。他画的自己，画出了自己的大半生，而眼前这幅画小林的，则画出了她最经典的一瞬。

林雪鸽脸上那种独特的气韵，他在怀孕的妻子脸上见过；他小的时候，在教堂里某一幅宗教画上见过；在好莱坞老电影《蝴蝶梦》中的女主角琼·芳登的脸上见到过；天津街临街橱窗上，摆着一张京剧旦角老照片，她脸上隐约也有这种气韵。

陈工曾做过一个梦，林雪鸽要出嫁了，嫁给区政府的一位干部，临出嫁前她找到陈工，让他记住她，她喜欢的是他，可惜她不能嫁给他，因为厂规厂纪不允许。他说，他也因为厂规厂纪不允许，一直没敢对她表白，两人双手紧握，默默流泪。

醒来后他一头冷汗，同时又觉得这个梦很滑稽，厂规厂纪怎么能阻挡得了爱情。不过，在现实中表达爱，需要勇气和自信，这两点他一样都不具备。

21

吴信去北京的火车票已经提前买好了，他计划到北京玩两天再转车去成都，然后从成都搭货车进藏。他跟父母打好了招呼，还好，跟预料的一样，父母惊讶，但没有反对，而且父亲还嘟囔了一句，"也可以去新疆闯一闯"。从小参军的父母有一个默契的共识，孩子长到十八岁，有权自己决定自己的学习与工作。其实十八岁以前，他们也没有怎么管儿子，吴信是在乡下姥姥姥爷家长大的，上二年级的时候，姥爷姥姥先后去世，吴信回到父母身边，平常父母在部队上都很忙，特别是父亲，下基层拉练一去就是个把月，这给了吴信极大的自由空间，想怎么玩就怎么玩，父母不干涉孩子的潜在理由是：我们就是这么过来的，自己的道路自己做主。所不同的是父母找到了组织，服从组织安排即可，吴信则要孤身前行。

在总厂上班这几年，吴信过得很愉快，这是一个跟学校截然不同的环境，也是跟部队院不一样的氛围。别人进工厂是踏入社会，努力进取，他进厂好像是来玩的，无欲无求，所以跟工友们相处得非常好，跟周光、张群、刘平、张东等人都成了极好的朋友。周光和一个叫大眼的邻居，他俩在蟹子湾教会了他游泳；张东在厂里教会了他骑自行车；张群手把手教会了他单手卷旱烟。这些年轻的小师傅每一个都活力四射，每个人身上都有好多让他佩服的地方。周光打对子记得住所有人打出来的每一张牌，等到了最后，对你手中的牌他猜得八九不离十，打三敲一、打红五更是神奇到匪夷所思的程度。吴信对自己的智力一向自信，但在扑克方面，输得心服口服。刘平外表粗犷，吉他却弹得很棒。张群最有意思，每天都能整出一些逗得大家哈哈大笑的节目。可以这么说，他上班的快乐，百分之八十都来自可以看到他们，被他们吸引。

倒班业余时间多，吴信除了玩就是看书画画，主要是画画。赶上大休班，一休三天，他常常连画三天，等画得昏天黑地了，正好也到了该上班见见朋友，听他们讲讲新鲜事的时候了。

现在要离开总厂，离开他们，吴信顿生留恋。虽然尚未动身，但是心动了，距离似乎跟着拉开，回头观察起来更加全面更加清晰了。他想象到，多年以后，再跟他们相见是一个怎样的情景，他们都是什么样子，其实这是可以推理出来的，也就是说工友伙伴们的人生都是可以预料的，或者说是明摆在那里，一目了然的。继续倒班，调一个奖金系数高一点点的岗位；当班长，或者找关系送送礼，争取出白班。业余时间呢，仍然要天天打扑克、喝酒、打架，但会越来越少。到了该结婚的年龄，他们要结婚，生孩子，生了孩子就得送托儿所，排号等着厂子分房子，渐渐成熟稳重，由胆大妄为，变得小心翼翼。进入了中年，皱纹多了，笑声少了，像他们的父母辈那样，过着正常而普通的日子，然后退休。他们的孩子工厂子弟学校毕业，少数会考上大学，多数接他们的班，进总厂工作。他们过上老年生活，打扑克，下棋，抬杠，进厂里澡堂泡澡，太可怕了。

他们基本一辈子不会离开总厂，按部就班工作到退休。

他们的生老病死都已经设定完毕，上班在厂子，下班回宿舍楼，看电影去厂俱乐部，生了病去厂医院，去世了，拉到石道街火葬场或者金州火葬场，这样的过程，这样的结局，让吴信感到窒息和绝望。

他们一生中闪光点很少，除了谈恋爱和年轻时打架打赢了有点意思之外，以后结婚、生子、涨工资、争取不扣奖金等等，都会千篇一律，一步步往前推着，单调乏味地走向清清楚楚的终点。

这般一目了然的生活，吴信死都不要。

"我亲爱的伙伴们，你们一个个活力四射，为什么就注定了未来不会有更精彩的人生呢？"他替他们想不通。

吴信要跳到棋盘外面走几步试试。

只要在总厂，无论是"车间级"还是"厂级"的"成功"，吴信根本不屑一顾，在他的眼中，那统统属于平庸的成功，他向往的是更激动人心的成功，他要当真正的画家，世界级的大画家。但他无法跟他们讲，无法跟他们解释，他为什么要去西藏，为什么一眼望到底的生活他不要过，这种话他是说不出口的，说了这帮哥们弟兄也不会理解。但是这其实都不重要了，此时此刻，有交往，有友情，已经足够珍贵难得。

吴信为自己不确定的未来而兴奋，为他喜爱上绘画而庆幸。上小学时他就找到了一生的爱好——画画。长大后每创作完成一幅新画，他都会得到一种特别的享受，他找到了属于自己的精神立身之本，就是用绘画解决他的人生困惑，通过绘画表达他想说而又说不出来，以及他不想说的一些特别的感受。在绘画上，他追求凭借一己之力可能永远追求不到，但绝对值得追求的那个极限。

迫近要走的日子，吴信格外珍惜跟伙伴们相处的时间。在这之前，他遗憾地觉得一眼便可以看穿一生的人脸上没有画，现在他不这样认为了，他在他们的脸上看到了画，连小市侩贺耀民师傅的脸上都能找到画，当贺师傅谈到自己的小女儿时，平素的自私和算计瞬间消失了，满面都是发自内心的幸福微笑，这一刹那，他的脸上绝对有画可画。人人都可画，吴信发现自己对绘画的认识进步了。人生很长，可以活得多姿多彩，人生又很短，没有必要非得与众不同。

他爱他们，他要离开，要走出去。必须走，快走。

这段时间，他几乎每天都在家里画楼影，说画她，不如说画眼前的这幅画。他已经有一个月没有联系楼影了，没去她家，没给她打电话。一开始，楼影很生气，干脆跟他赌气，也不打给他。可是，她还是沉不住气了。

一个星期天，吴信白班。

"小吴，电话。"刘平师傅把电话撂到操作台上。

吴信拿过电话有些紧张。

"喂。"他说。

"吴信，是你吗？"

果然是楼影。

"嗯。"他说，说完便陷入沉默。

"你说话，你说话呀！"电话那头着急地说。

"说什么？"吴信说。

"什么意思？你到底是什么意思？你怎么也不来找我了？不打电话，也不来找我。"

"嗯。"

"'嗯'是什么意思？"

"没什么意思。"

"你大点声，我没听清楚。"

"我，我没说什么。"

"小吴，你到底是什么意思，你告诉我，你什么意思？"

"嗯，那……"

"那什么那？"

吴信拿着电话，浑身打冷战。

"说呀，说话呀！你倒是说呀！"楼影说。

吴信说不出。

过了一会儿，楼影在电话那头开口了。

"你再不想来找我了呗？"她说。

吴信心一硬，竟然感觉到了一丝快感，他说："不想去了。"

显然楼影开始就很担心，而现在担心的事情成为了现实，她绷不住了，失声痛哭。

吴信希望她是个拿得起放得下的女孩，没想到她会哭得如此剧烈。

"为什么？你告诉我为什么？快点说啊，我跟我爸爸妈妈在厂外浴池洗澡，打的浴池电话。你快说啊，他们还在等着我呢，让他们看到算怎么回事？"

她刚刚控制住了哭泣，这会儿又哭了起来。

"吴信，你说话呀！你再说一遍，你再不来找我了呗？"

他狠到了底，说："不找了。"

她把电话挂了。

吴信松了一口气，尽管内心非常难受，但也有一种痛快感，一种残忍的痛快。这事终于结束了。

吴信休班，正赶上妈妈也在家休息。

妈妈突然问他道："你走了，楼影怎么办？"

吴信去见楼影父母之后，他也领着楼影来见了自己的父母。吴信妈妈觉得楼影很可爱，那天吴信妈妈正在家蒸馒头，楼影坐下来一边帮着揉面，一面跟吴信妈妈聊天，给吴信妈妈留下了很好的印象，过年时楼影来拜年，吴信妈妈还给了压腰钱。

妈妈说："楼影没有意见吗？"

吴信说："黄了，我们已经分手了。"

妈妈说："哎哟！"

一向英姿飒爽的兵妈妈，此时此刻恢复成了一个普通女性，觉得男女分手，女性就是被抛弃了。妈妈这种表情让吴信不敢直视，他移开目光。

这时有人敲门。

这敲门声让吴信妈妈表情惊恐，她像预感到了什么似的。

吴信打开门，楼影站在门口，面色惨白。她向门里望了一眼，跟屋里吴信的妈妈对上了眼神，两人都想给对方一个笑容，结果都是苦笑。吴信穿上外衣，出了门。

早晨下起了春雨，现在已经停止，楼影手里拿着雨伞，眼睛里含着泪花。

吴信在前边走，楼影跟在后面。

他们默默地走着，不快不慢，时而一前一后，时而并排，一路无话，从朝阳街海军大院走到了儿童公园。

时值五月，公园里生机盎然，几棵老银杏树的巨大树冠，遮住了刚走出阴云的太阳，刚才下雨的雨水，被树叶拦挡了大半，树根周围的土地只象征性地湿了浅浅一层。最北边那棵银杏旁边是几株丁香。楼影朝它们走了过去，吴信闻到了香味。

"真香啊！"楼影开口了，"看看今天能不能找到五瓣的，小吴，你也找找，看咱俩谁先找到。"

吴信听话地凑了上前，在心里数起来树上花朵的花瓣，一朵一朵，他看到的都是四瓣的花朵。

"都是四瓣的。"他傻乎乎地说。

"一、二、三、四、五。"楼影摘了下来,"五瓣。嗯,又一个五瓣。"

吴信仔细地寻找,仍然没有找到。

楼影说:"小吴,你倒是认真找啊,找到五瓣丁香就是找到了幸福,我一个人找到有什么用!"

"对不起,楼影。"吴信说,"我对不起你,你看错了人,一开始我就不是个能'成气候'的人。再过几天,我就走了,离开大连去拉萨了,你就忘了我吧。"

楼影说:"终于说出来了!那我问问你,为什么要躲我?有什么可躲的?躲着藏着,然后跳出来就是一个窝心脚!去西藏、去东藏的,就不能好好跟我商量商量?说去就真去啊,对象不要了,工作啥的都不要了,拉萨在哪儿我都不知道,干什么你非要去那儿不可?"

吴信不言语了,他不知道如何回答。

"小吴,你是不是希望我也不来找你,这事就这么了结了,像没发生过一样?可能吗?你不面对我,就可以减轻一点你的负担,省得看到我你内疚、别扭,是不是?你是不是希望我出车祸死了才好呢是不是?哼,不是!那你也不想想,我人好好的,很正常,不痴不呆,我怎么向同事、向家里交代?谈了两年对象了,我怎么才能说服我自己?你凭什么不先好好跟我通通气?"

吴信被她说得低下了头。

"我心里有一万个问题没有答案，堵得我这个难受啊。我睡觉醒来，希望这不是真的，怎么可能呢，我的小吴不会的。"楼影用雨伞杵着公园的石子地面，"为什么？都是为什么？天为什么要下雨，雨为什么往下落，花刚刚开，一场雨就败了，为什么？这都是为什么？"

吴信感觉承受不住了。

"别说了，楼影，别说了，反正我们不可能再在一起了。"他的眼泪唰唰地流了下来。

楼影看到他哭了，赶快过来给他擦眼泪，她笑了一下，似乎看到了希望，他们之间不过是情人间的闹情绪。吴信不愿意看到她这样，那种抓住了最后一根希望稻草的苦笑，最让人不忍，他不想让她误会，心一横，甩开了她。

楼影收回手，眼泪含在眼眶，不掉下来，表情绝望。如果说来他家的时候还怀着一丝希望，现在完全破灭。

"我们没有未来，结束了吧。"吴信说，"楼影，你也不用愁找对象，你这么可爱，条件优越，好多比我优秀的人会爱你的。"

楼影瞪了他一眼，说："谁说我愁了。这是愁不愁的事吗？你们这些搞艺术的，最基本的道理都不懂，唉，怎么办呀？"

吴信的眼泪哗哗往外涌，怎么也止不住。

"楼影，我太差劲！"他说，"我根本配不上你，忘掉我吧。虽然我可能永远也忘不掉你。"

"伪善，虚伪。"楼影说，"虚伪，瞧瞧你，多虚伪啊。你把画我的画还给我。"

吴信说："我想留着做个纪念。"

说完，他眼睛望着地面，耳朵仔细听着她会怎么回答。

她却沉默了。

他俩在儿童公园里转了大半圈，绕到了明泽湖的东头。

她突然伸手到吴信的脖子里，把窝进去的衣领一角翻了出来。

"这是我最后一次给你整理了，以后就不知是谁了，是她，或者是她，反正都是她，不是我。"楼影说，"小吴，好好画你的画，你属龙的，总厂小水池子，留不住你这条龙，我等着你成为全国闻名、全世界闻名的大画家，你回吧。"

说完她转身往公园外走，没有回头。

吴信盯着娇小的背影远去，突然想起来一件什么事似的，赶快转身往相反的方向走。他是怕她这个时候回过头，那他就走不了了，而且很有可能会冲过去抱住她，拉萨也就去不成了。但是她好像并没有回头，即使后来回头了，也只是看一眼而已，看到的是一个胆小鬼拼命逃离的背影。

实际上她并没有回头，更没有喊他，没有向他跑来。她可能终究明白了，他的的确确不是她心目中那个能"成气候"的人。

班组工友要给吴信送行。张群、周光、刘平、张东，每个人拨了十二块钱，交给了贺耀民，让他买鱼买肉，在他家做一桌，送送吴信。贺耀民会做菜，爱喝酒，愿意张罗这种活儿，每年车间职工献血，他主动把献血的工友接到他家，做营养餐，车间把补助费交给他处理，他花掉四分之三，就能让职工满意，饭菜比饭店丰盛，味道也好。

　　上午十点半，除了刘平没到，大家都到位了，贺耀民一个人在厨房忙活，干这种活儿他不需要别人帮忙，瞧不上。周光招呼大家先打扑克，带赢钱的。大家打了两锅扑克，已经过了中午十二点。

　　贺耀民做好一样菜，端上桌一样，一会儿就摆满了一大桌子，端上最后一道鸡架炖土豆蘑菇，菜就算齐了。

　　十二点刚过，贺耀民打开一瓶吴信带来的金州大曲，说："这个刘平，让哪个娘儿们给绊住了腿，不等他了，兄弟们，开整吧，来，先把酒倒上。第一杯不偏不向，小吴不会喝酒这回也得少喝点，第二杯大家随意，有下夜班的，我们不劝酒。"

　　吴信说："我喝，这一杯我全喝了。"

　　于是大家碰了杯，祝吴信一路顺风。

　　一瓶大曲很快喝完。吴信又打开了一瓶，给大家满上。

　　屋外传来急匆匆的上楼声。

　　"来了！"

　　张东开开门，并不是刘平，而是刘平家门口的一个小子，张东见过他，但叫不出名字。

贺耀民问道："你找谁？"

小伙子朝屋里张望了张望，说："刘平在石油门市跟五二三厂的二明打起来了，都在拉人呢，定点中午在海燕第二小学操场，刘平让我来报信，我跑了好几家了，还有老奇家要去，我走了，你们也快点！"

大家听了，个个摩拳擦掌。

"我就不去了，你们年轻人的事，我老了，不掺和了。"贺耀民说，"速去速回，差不多就得了，别下狠手。"

周光说："你拍个黄瓜，我们去去就来。"

张群去厨房拿了一把菜刀揣进怀里，被贺耀民发现抢了下来。

"多大的仇，谁抱谁家孩子下井了吗？"贺耀民说。

张东蹲下来把鞋带解开，重新系紧。吴信也把腰带往里紧了一扣，周光看在眼里。

"小吴，没你什么事，老实待着。"周光说。

吴信说："我去，我也是练过的。"

张群说："练过也白练，你量级太轻，在这儿陪老贺吧。"

周光说："你是画画搞艺术的，大熊猫，保护你还保护不及呢，受伤了还怎么去西藏。老贺，你看住他，别让他去。"

周光、张群、张东往外走。

吴信说："我去站站队形。再说刘平打仗弄不好就是因为那天晚上，那几个地瓜的事。地瓜我吃得最多。"

周光说："妈的，那更得去揍他们，使劲揍。你跟着看可以，不许动手。"

他们往操场跑，周光半途从路边一堵墙上拆下来几块红砖，分给哥几个，吴信伸手要，周光没有给他。

吴信、周光、刘平在一个班，上周的第一个夜班，那天车间值班的是赵副主任，一个惹人讨厌的家伙，他带了地瓜在气锅里蒸。趁他去现场检查挂牌的时候，刘平把他饭盒里已经蒸熟了的地瓜拿来分了，换上了几块石头。

吴信从不带饭，那晚饭车的饭又特别不好吃，他没吃饱，就一连吃了两个地瓜。

刘平说："把地瓜皮远点扔。吃完跟我去门岗抽烟。"

他们抽完烟回来，赵副主任站在操作室，拿着装着几块石头的饭盒，大发雷霆。

刘平忍不住笑，就把脸歪了过去。

赵副主任说："刘平，是不是你干的？"

刘平说："什么是不是我干的？"

赵副主任说："你跟我装，好汉做事好汉当，别当缩头乌龟。我看你还是奖金扣得少了。"

上个月刘平因为被赵副主任检查挂牌不及时，被扣了百分之三十的奖金。

刘平被他勾起来火，要动手打人。

大家拦着，刘平还是踹了赵副主任一脚。

赵副主任跟五二三厂的社会人二明关系好，二明承包了一个废品收购站，专做总厂的生意。赵副主任把成品碱当碱渣处理给二明，二明返给他好处。赵副主任经常借二明之手，欺负单位不听他话的工人。赵副主任被踢，二明扬言要报复，这件事传了好长时间，大家都提醒刘平小心一点，想不到今天真要动上手了。

二明没有想到他碰的是个硬茬子，一交手，竟然输给了刘平。

吴信跟着周光到了海燕第二小学操场，刘平已经在那里了，他身边站了二十多个手持棍棒的哥们。

周光过去问："他哪儿去了？"

刘平看到周光来了，顿时有了底气。

"第一锅让我给揍了，回去拉人去了，还没来。"刘平说，"小吴，远点站着去！"

正说着，操场大门拥进来一堆人，有三十来个，拿着长短家伙。领头的人就是二明，他纱布缠着头，气势已不是很足。

二明身边有一个右手一直抄在裤兜里的人，不停地朝这边张望，像在找人。

只见他两眼一亮，看到了周光，喊："光哥！"

周光说："二东子？"

二东子走过虚拟的中间线，走到了周光面前。

周光上前迎接两步。

两人旁若无人地唠起了亲热嗑，仿佛两个老朋友在街上忽然遇见那样。

二东子回转身，对身后的弟兄说："没事了，都是自家人，我跟光哥多少年的交情了。咱们有什么事都可以唠，就怕唠，一唠都是朋友。"

周光赶上了个下乡的尾，在青年点没少打仗，进工厂稳重了，学好了，不再惹是生非，但在街上威名仍在，说话好使。

周光知道自己这边的刘平没吃亏，还占了便宜，就顺水推舟，做出大水冲了龙王庙，自家人不识自家人的豪爽劲。

他大声道："今天的事就到此为止了，传出去也是个平手，新朋友不打不相识，老朋友越打越亲。谁不服气，可以单独找我周光。但今天必须撤离，谁也别把小事惹大了！"

二明看重利益和实惠，皮肉吃点亏对他不算什么，见这一仗已没法打了，立马见风使舵，说："光弟，等哪天我让二东子找你，咱哥俩好好喝喝，瞧得起我就上我那儿，咱们联手干，还上什么班，总厂这块大肉，肥得很，一块儿吃，不吃白不吃。"

周光说："老妈不同意，好几次我要出去单干，她就是不愿意。"

二东子说："光哥可孝顺了。孝顺的人才可交。"

二明说："没错，交朋友就交孝顺的。"

周光说："都撤了，此地不能久留，说不定派出所已经得到情报了。咱们来日方长。"

两帮弟兄心领神会，一哄撤了。

周光、刘平、张群、张东、吴信，多了一个刚才也在站队形的工友李大军，大家一起回到贺师傅家继续喝酒，吴信酒量小，二两半的酒杯，喝了不到三分之一，就已经满脸通红。伙伴们兴奋异常，回味刘平跟二明打仗始末，并由这一仗，讲到以前的仗，讲到周光在青年点打过的仗，由身边的狠人，讲到街里的狠人。

吴信望着推杯换盏的伙伴们，心潮激荡，为他们的果敢青春喝彩，但想到他们对待平庸未来的麻木不仁，又深深悲哀。他越发觉得选择离开正确无比，只是伤害到了楼影，让他心有不安，"别想这事了，喝酒！"

其实他高估了国营化工厂的寿命，十年后，企业裁员重组，人员转岗下岗，他们当中大多数会下岗回家。只是那时吴信已经人在欧洲，成为画廊抢手的东方艺术家"吴"。他最著名的一幅画被柏林新国家美术馆收藏。那画尺幅巨大，构图庞杂，画面中装置林立，烟囱高耸，爆炸升空的火焰和冒出的烟雾，绚丽而诡异，在画面一角，一排管线下面，有一个小小的、佝偻着的背影。对这幅画，画家本人也颇为自得，他拍了照片，放大挂在家中，每次搬家都带着它。然而这幅灵感来自总厂的油画，对总厂下岗失业的工友来说，价值为零，提供不了任何帮助。画家在地球的另一面，遥对总厂的江河日下，宏观上他或许看得明明白白，感情上却不再能感同身受。落到具体的人，那些已人到中年的工友朋友，他们上有老，下有小，在人生爬坡阶段，被无情洪流击倒，生活难上加难，想重新爬起，谈何容易。吴信把这幅画悄悄收了起来，像低谷时给自己打气那样，在心里为他们打气。他开始创作一幅新作。他把工友朋友们年轻时的面孔一一画上。这些年，他游荡海外，历尽沧桑，画笔下的工友，仍然是血气方刚时的模样。他珍爱这种血气方刚。

22

陈工在爱慕林雪鸽的日子里，苦乐参半。

只要能够想到她，见到她，他就愉悦无比。痛苦的是他不会追女人，更多的是在心里，没有行动。

林雪鸽的冷淡让他气馁，缩手缩脚。那天在钱工家，大家一块儿撮合说媒，阵容不可谓不强大，应该说是总厂史上最强的说媒阵容了，但这事给人家姑娘造成的负面影响有多大，给陈工信心的打击就有多大。好在林雪鸽说的那句"我喜欢自由恋爱",不算同意,也不算拒绝,陈工听从了乔工的分析,把它理解成不反对他追求。

但他不敢跟她摊牌,不把话挑明了,还能保留一丝希望。

陈工出差回来,会带一点糖果,去图书馆送给小林。

最近一次在图书馆,林雪鸽向陈工咨询了个问题。

她说:"陈总,我去外地驻在,你看怎么样?"

陈工说:"可以啊,见见不一样的环境和人文,我觉得很好。单位安排你去哪里驻在?去北京?"

林雪鸽说:"广州,咱们厂的国贸不是在那里吗?"

"不好。"陈工迅速回答。

林雪鸽没有说话。

陈工说:"小林,定下来了吗?定了?准备什么时候去?"

"没有。"林雪鸽摇摇头,"没有定,我只是随便问问,陈总知识丰富,天南地北了解得多。"

"小林,既然你问我,我就说实话。"陈工说,"我不建议你去广州,不适合你。"

林雪鸽说:"我也在犹豫。陈总,你是在广州上的学是吧?"

"是,我在广州上的学。"陈工说。

"你老家不是在苏州吗?怎么去广州上学?"林雪鸽说。

陈工出生在昆山乡下,跟着妈妈和爷爷奶奶生活,爸爸在苏州警察局任职,一年在家待不了几天,到了上学的年纪，妈妈带着他来到苏州找爸爸，这才发现爸爸已经娶了二夫人，妈妈一气之下回到了乡下，把他扔在了苏州。抗战胜利，他爸爸到广州警察局任职，他跟着爸爸和二夫人从重庆去了广州。因为母亲的事，他不是太喜欢爸爸。最有意思的是，他跟着同学上街游行，要民主要自由，抗议国民党政府贪污腐败，警察手持大棒在大街上驱赶游行队伍，抓捕学生，陈工只要跑回家就万事大吉。解放军南下之前，陈工被送回了苏州老家，后来爸爸失踪了，听老家人说死在逃往海南岛的途中了，二夫人则带着两个弟弟先去了香港，后转去了台湾。最惨的是他的妈妈，后来被管制、批斗，妈妈身体本来就有病，经不起折腾，没两年就去世了。

林雪鸽说："今天才知道，陈总还有这段身世，你妈妈也太可怜了，以前，只知道你的爱人被迫害死了，没想到你妈妈也这么悲惨。好在这一切都过去了。"

陈工说："对不起，你问我广州，我跟你啰唆了这些，耽误你的宝贵时间了。"

林雪鸽说："我爱听，像书上的故事。"

"生活的故事更深刻。"陈工说，"书上人物命运已经固定，生活里人物的悲欢离合仍在进行，只是不能知道'合'什么时候才能到来。"

"会到来的，陈总人性好，又吃苦吃在了头里了，应该有一个幸福晚年。"林雪鸽说，"陈总，你得找一个十全十美的爱人，她能身兼数职，同志、妻子、秘书、保姆。"

"我想找一个你这样的。"陈工说。

"我不合适,我没有小金做饭那么好吃,我不爱做家务,我宁可躺着看小说。"林雪鸽笑了一下,"我倒是愿意洗衣服,但这也算不上什么优点,浪费肥皂,总之我不合适。"

陈工也笑了,他说:"饭,能吃饱了就行,衣服也不必手洗,可以买个洗衣机。我能设计出好多巧办法,节约体力和时间,把我们解放出来,用来读书学习工作,从事业余爱好。"

"我还有好多其他的缺点。"林雪鸽说,"我自私,我不懂得怎样关心他人。"

"你不需要额外做什么,平常什么样就什么样。"陈工兴致勃勃,就像她已经答应了他似的。而实际上,他们的恋情,如果可以算作恋情的话,没有实质进展,只不过话头赶话尾赶到这里。

陈工长时间沉浸在想象中的恋爱氛围中,实际他连林雪鸽的手都没敢拉一下。有一次,单位看电影,不知怎么发电影票把他俩发在了一起,黑暗中,陈工多么想拉一下林雪鸽的手啊,但他不敢,他根本不像一个结过婚并有过两段恋爱经历的人。

林雪鸽想去外地驻在,跟金素的出走有直接关系,金素走了,林雪鸽被硬推进了下一场戏,并且由配角转到了主角。还有一件事也让她心生涟漪,那个长期给她写情书、在区政府工作的男同志,来信说这是他写给她的最后一封信了，他找到了自己的爱人，今年十一就要结婚，他本人也已经升到了科长，在信的末尾，他祝她早日找到心爱的伴侣。

胡运升上任广州，工作开展得有声有色。广州让他大开眼界，南方人重利益和灵活的处世方式跟他的本性相合。他机警大胆，一面在单位任职，一面创造时机参股到朋友的公司，由小心翼翼到大展拳脚，赚钱就跟捡钱一样，他自己都不敢相信这是真的。商人争着跟他交朋友，只要时机合适，在"合理合法"的范围之内，他手头一松，双方就皆大欢喜，反正损失的是单位，而单位根本无法追究。晚上，他把钱散在床上，面对着一沓沓人民币、港币、美元，他跪地长叹，这是一个多么不同于北方大连的城市啊，处处是商机，但他不会满足，他的野心很大，有时候喝多了酒，觉得这城市里的每一个商机都跟他有关，他一个都不想浪费掉，想一想那么多的港台巨富，看一看身边的大小老板，哪一个都比他有钱，他倍受折磨。好在还有说着同一种腔调、不同省份的年轻漂亮的女人，陪他一起花天酒地，给他安慰和愉快。

狂欢后的空虚时刻，他想起了林雪鸽。很奇怪，什么样的女人他没玩过，心里念念不忘的竟然是一个毫无情趣的老姑娘。

他乘兴给图书馆打去了长途。

"林馆长，你好啊！恭喜你，升副科级了。"他说。

林雪鸽听出是胡副厂长。

"怎么想起给我打电话了，有什么重要指示吗？"

胡运升笑了起来，说："欢迎林馆长随时来广州视察指导。"

林雪鸽说："不敢当。适应广州的气候吗？我听说会连着下雨下一个月，夏天能热死人。"

"都不是事儿，下雨咱有车，房间里有空调，车里有空调，要多凉快有多凉快。主要这里有另一番光景，不是待在大连能想象到的。来看看吧，小林，我敢保证你来了就不想走。"胡运升说。

林雪鸽说："有那么好？那我还真得去瞧瞧了。可惜我不在供销科，工作不对口，去不了啊。"

"你只要答应光临，一切我来安排。"胡运升说。

又随便闲扯了几句，林雪鸽挂了电话，她要去厂会议室开当月生产大调度会。

大调度会上，陈工第一个发言，他总结一个月来出现过的生产问题，以及是如何解决的，下个月的重点是什么。往常，他发完了言，会迅速离开，这回看到林雪鸽在下边，身旁左右座位都空着，他走下台，坐到了林雪鸽身边，没说话，只觉得温馨愉快。

两人关系暧昧，却又没有实际进展。陈工除了这每月一次的大调度会，能偶然跟林雪鸽相遇，其他见面的机会很少。逆来顺受惯了的陈工，把漫长的等待、手足无措，也当成了美好爱情中的一部分。这么说吧，如果林雪鸽能接受这种柏拉图式的恋爱，陈工完全是能够接受的，尽管他刚刚从金素那里把性爱唤醒，但他似乎又完全可以做到让它平稳熄火。

即使一个月没有见到林雪鸽，他回到家里，看看吴信的画，看看自己的画，同样非常满足。他能够做到精神和肉体分离，可以为了精神压抑肉欲。

林雪鸽认为自己实际上已经婉拒了陈工，这样最大一个好处是，当她再跟陈工碰到一起的时候，不会尴尬，可以恢复到之前的轻松姿态，用一个旁观者的眼光，看陈工走路的样子，看他认真翻阅笔记本的样子，她也能够像从前一样，远远见到陈工的一举一动，忍不住想笑。

而陈工也愿意看到放松下来的林雪鸽，只要放松下来，她脸上那层特别的光辉就会显现出来。他珍惜林雪鸽脸上的神态，在内心里小心呵护，那神情在她的脸上，像是落脚在树枝上的小鸟儿，受到惊吓就会飞走，可不能让她受惊，多停留一会儿吧！

中午来不及去图书馆，陈工就到活动室打乒乓球。过了清明节，他便开始下海游泳。每天下班，他推着自行车到海边，游完了泳，直接到澡堂泡个热水澡，然后回家做饭，吃完了饭，稍作休息，继续工作学习到半夜，他只觉得时间不够用。他幻想着，早晚有一天他会鼓足勇气向林雪鸽求爱，在那幸福的一刻，林雪鸽将欣然同意。

这天下班，陈工又来到海边，他手里拿着一个尼龙绸包，里面装着泳裤泳镜和洗澡用的毛巾香皂。

在海滩上，他来来回回走了两三趟，找不到适合下水的位置，这天刮南风，海水漂浮着许多木块和杂草不说，还有厚厚一层深红色的污渍，这是沿海炼钢厂、炼油厂和化工总厂的"联合作品"。尤其最近几年，海水污染越来越严重，以前，下海时只要注意别把海水喝下肚就行，现在脚上腿上经常会蹭到沥青，全身的汗毛因挂上了污染物而变粗，用毛巾一擦，黑乎乎的一层。

同时来游泳的王广义师傅，看看海水，对着陈工无奈地摇摇头。

"陈总，今天看样子下不去了。"王广义说。

"今天南风，吹南风水就脏。"陈工说。

"别赖南风。"王广义说，"南风一直在刮，我小的时候就在刮，那时候的海水可不是这个样子，那时候这里也不叫什么东海头，它叫梭鱼湾，海蛎子、海虹捞上来就能吃，现在呢？"

王广义年龄比陈工小十来岁，真真正正的本地人，祖上几辈都是打鱼的，总厂扩建占了他家所在大队的地，每户给了一个农转非名额。王广义那年十七，进了钳工车间当了工人，一直干到现在。因为扩建新制碱车间是陈工积极倡议，并参与设计筹划建设的，所以某种程度上他是那一批农转非的制造者，很受他们尊重。

陈工说："梭鱼湾那会儿是个小渔村，现在是大化工厂。"

"我承认，扩建工厂我们当上了工人，吃商品粮。"王广义说，"可梭鱼湾毁了，变成了死湾。有时候我真不知道，我是该高兴，还是该悲伤？"

陈工吃惊他能说出这等见识的话，从环保这个角度感受问题，王广义师傅比他体会得深刻。陈工的脑子里，满满当当全是生产，扩大生产，没给环保留多少余地。

"陈总，如果说我是家乡的罪人的话，我只是个小小的罪人，因为把海水弄脏弄坏，我可没有那么大的本事，有本事的是像你这样的领导，像你这样的技术负责人。"王广义指着岸上的厂子，左右划动着胳膊，"看看吧，你们设计制造这些装置、炉子、烟囱，每天往天空、海水里，成吨成吨地排放着毒烟污水，几十年来的废渣残液，不都放到海湾里了？"

王广义师傅这一番当头棒喝，点醒了他，也摧毁了他引以为傲的荣誉感，一下子把他在化工上取得的所有成就，打击得荡然无存，陷他于比一事无成还令人愧疚和自责的深渊，成绩越大，环保上的罪责就越大。之前他经历的那么多残酷坎坷，都没有让他失去对工作的热情，如今王广义几句话，让他半生的追求成为负数。

"谢谢你，王师傅，你提出的问题，我今后要重点思考。"

"晚了！"王广义说，"晚了，陈总，晚了，别说咱们总厂，就是海边上这三个厂子都搬走，没有个百八十年，这片海都好不了。"

"办法总比困难多，解决一个是一个。"陈工说。

王广义说："我今天有点儿激动，陈总你别往心里去，今天是我姥姥的周年，我们全家，我的三个舅舅，都是打鱼的。我们老王家，王家大院在当地有名。今天不知怎么，我想起了小时候的海，就来了气，话说得重了些，你别跟我一般见识。"

陈工说："王师傅，你讲得真好，你教育了我，我应该感谢你。"

从海边回到办公室，陈工翻箱倒柜，寻找与环保有关的资料。

隔天他去到图书馆，挑了几本有关环保的书，因为没有看到林雪鸽，他稍感失落。

之后他又连续两天去图书馆，都没有见到林雪鸽。他问了管理员，管理员小杨刚进厂不久，见了厂领导很紧张，结结巴巴把林雪鸽去广州考察说成了"调到广州"。

陈工问："调到广州去了？"

小杨也没有完全听懂陈工的南方普通话，她说："对，总共六个人，几个主要科室都出了名额，林馆长代表我们工会。"

陈工跌跌撞撞回到办公室，那心情跟从派出所刘所长那里听了有关金素的事情一样糟糕，眼前一片灰暗，心上像是压了一块大石头。他坐在椅子上，按着右腹。

"为什么？"他回答不上来。

为什么会这样，她俩都要跟胡运升有瓜葛？金素曾陷入胡运升的权力魔掌，小林能逃出胡运升的金钱迷惑？广州的纸醉金迷会不会让她迷失本性？

不能再犹豫，马上找林雪鸽，向她表白，把她争取回来。也许小林只是想换一个工作。

两人有没有真缘分？这正好是一个考验。

第二天一上班，他知道自己搞错了，林雪鸽跟着厂子组织的联合小组，去广州出差学习，并非调到了广州。但他也不想再拖了，他盼望着林雪鸽回来，他要向她坦诚交心。

23

考察组由乔科长带队。包括乔科长，大家都是第一次去广州，个个精神抖擞，笑容满面。乔科长是个大高个儿，虽然已到五十，稍稍发福，跟林雪鸽站在一起，从后面看，却像一对姐妹。在广州，乔科长拉着林雪鸽逛街，逛夜市。高第街，十三行，好多时髦衣服、鞋，琳琅满目，随便一样都是大连不常见到的。

胡运升除了招待好整个考察组之外，对林雪鸽另眼相看，照顾有加。他抓住单独跟林雪鸽在一起的时机，再次提出让林雪鸽调过来，给他做办公室主任。林雪鸽这回没有拒绝，也没有答应。胡运升跟林雪鸽感慨，出来晚了，鼓励她快点出来，有些事情需要换脑筋，得来一个一百八十度大转弯。

广州确实是一个有特别活力的地方。林雪鸽通过一周时间的考察，已经多少能够理解胡运升的激动。但她不能接受胡运升的金钱观，或者说是"南方人"的金钱观，那种赤裸裸的、毫不避讳的对金钱的追求和渴望，以及他们难以掩饰的对北方佬的不屑，让林雪鸽感到不舒服。胡运升解释这是没有办法的事，在广州待久了，你也会瞧不起"老北"，"老北"太土，脑筋陈旧，因为没见过钱，所以理解不了金钱的魅力。接着他打了个粗俗的比喻，一脸坏笑地对林雪鸽说，就像小闺女理解不了小媳妇为什么要钻老头的被窝，结了婚就知道了。

胡运升开导林雪鸽，钱和时间第一重要，所以得抓紧时间赚钱，他已经考虑跟几个商人朋友合干一个公司，当然这事得秘密进行。林雪鸽说秘密你还说出来。胡运升回答，在她这里，没有不能说的秘密，只要她敢听。

林雪鸽说，不听。

胡运升告诉她，他已经离婚了，说着低下了头，坦率地交代，自从他被歹徒伤了下体，他老婆嫌弃他，现在又分居两地，老婆就提出跟他离婚了。他语气诚恳，不把林雪鸽当外人，甚至不当是个大姑娘，把林雪鸽弄了个全程大红脸，差一点从宾馆大堂旁的咖啡馆里夺路而逃，胡运升恳求她不要离开。最后，他说了一句两年前陈工曾经对她说过的意思差不多的话。

他说："我是孤男，你是寡女，我们俩可以拍拖的啦。"

林雪鸽撇嘴了之，但也不可能完全无动于衷，她能感觉得到，胡运升半真半假之中，透露着部分真情。胡运升中等身材，肩宽体壮，眼睛大而空洞，黑眼球小，白眼球多，笑起来比不笑难看，而且你从这双眼睛中看不出他的真实心思。以前林雪鸽只是把他当作自己的上司，一个靠实干起家的领导，从来没有往男女之情上想。所以现在重新回忆一下，把过去的点点滴滴串起来，似乎也能构成胡运升一直对她有好感的逻辑链条，但是这些跟爱情没有关系。

"感情可以慢慢培养。"胡运升嘿嘿一笑，"只要让我把种子种上。"

总厂的同志们发觉，胡副厂长来广州这一年，变化很大，谈吐自如放松，不像个国企干部，倒像个南方商人，而且非常爱开那种玩笑。用林雪鸽的话就是，老领导越来越没有个老领导的样儿了。

考察组吃完了告别宴，胡运升亲自到火车站送行。

胡运升跟同志们一一道别，最后一个轮到林雪鸽。

"再见了，小林，广州之行还满意吧？"胡运升说。

林雪鸽说："收获颇丰，谢谢你的热情招待，再见。"

胡运升说："你满意就好，再见就是再次见面的意思，再见，小林。"

经过三天两夜，火车抵达大连。厂里派了一辆小面包接站，挨家送人，先送乔工，然后一拐就到了宿舍。

林雪鸽下了车，带着旅途的疲惫，背好背包，走向门洞。

"小林！小林！"

林雪鸽四下里寻找，没看到谁在喊她。

女工宿舍前一辆出租车，副驾驶的车窗玻璃落了下来，胡副厂长油亮亮的分头从车窗里探出来。

"怎么回事？你不是在广州吗？"林雪鸽惊讶道。

"在广州那怎么给你接风？"胡运升招手，"上车！"

林雪鸽站在原地不动。

胡运升开门下了车，他卸下她肩上的背包，要往车上拿。

林雪鸽拽住包带。

"刚刚送行，又接风，搞什么花样？"林雪鸽说。

"我花样多了。"胡运升把背包重新放回林雪鸽肩上，"这样也好，你把包放上楼再下来，我车里等你。"

副驾驶位置上的胡运升，回过头对坐在后排的林雪鸽说："还记得火车站我跟你说再见就是再次见面，这不就又见了？"

林雪鸽问："坐飞机回来的？大连有急事？"

胡运升说："有急事。"

林雪鸽不往下问了。

胡运升说："怎么不问问我有什么急事？"

林雪鸽说："与我无关，不问。"

胡运升说："就是想早点见你。"

他带着她来到了大连饭店，一座小鼻子留下来的典雅老建筑。在一楼餐厅，他们刚坐下来，服务员便开始上菜，显然胡运升已经提前安排好了。

一位服务员端着一个大蛋糕送上前，上面插着两根蜡烛，她说："祝林女士生日快乐！"

林雪鸽一时没反应过来，她自小家里就没有过生日的习惯，长大了也没过过生日。在宿舍的时候，她跟金素一样，不过生日。

胡运升说："林小姐，祝你生日快乐，怎么，你不高兴？"

林雪鸽说："高兴是高兴，但我不想麻烦你。"

胡运升说："这才哪儿到哪儿。"

林雪鸽说："你真为了这个回来？"

"还用说吗！"胡运升说，"许个愿，吹蜡烛，不准许嫁给我啊，我单身生活还没过够！"

吃完了晚饭，林雪鸽陪着胡运升上到二层。

胡运升晃晃悠悠打开房间门，请她进屋。

林雪鸽喝了酒的缘故，面颊绯红。

她说："我回去了。谢谢你给我过生日。"

胡运升喝酒喝得多，站立不稳，走路东倒西歪，林雪鸽担心他摔倒，才陪他上楼。上楼梯时他几次想搂她，她躲开，送他到房间门口，她放心了，转身便下楼。

胡运升跨大步到她面前，扑通一下双膝跪地，抱住了林雪鸽的双脚。

"小林，你救救我吧。"他带有哭腔说，"我像是掉到冰窟窿里了，只有你能救我。"

林雪鸽后撤，却被胡运升双手紧紧搂住，她拉拽胡运升，让他快起来。走廊另一头，一位胳膊上搭着一摞白毛巾的女服务员，正朝这边走来。胡运升松开双臂，手仍扯着林雪鸽的裤脚不放。林雪鸽觉得难堪，就赶快往房间里挪，胡运升跪着跟进来。他用脚关上了门。

林雪鸽说："你喝得太多了，我给你倒杯水。"

胡运升起来，坐在沙发上喘着粗气。

林雪鸽端过来水给他，他再次双膝跪地。

"小林，跟我吧，让我娶了你，我的钱都是你的，好几家公司我有参股，每年光分红就不老少呢，全都给你。小林，你先调过来，上这儿当办公室主任，凑合着干一段时间，适应一下广州的气氛，等我钱捞得差不多了，我们怎么都行，去香港居住也可以，你喜欢旅游，我带着你全国转，你不是喜欢看书吗，你就看呗，一本书才几个钱？我把你当阔太太养着，让你过上书上的生活，我可不是开玩笑，我有这个实力，我是认真的，我一天挣的钱，等于你一年挣的。我现在看总厂这些人，一个个像傻子一样。但是你不一样，我需要你，钱越多，越需要你。小林，我没有喝多，我打心眼里喜欢你，已经好多年了。我需要一位像你这样，能让我无条件信任的女人。我知道你不贪图钱财地位，你有文才，我配不上你。"

林雪鸽说："你先起来，我们再说话。"

胡运升说："你不答应，我就不起来。我跪到天荒地老。"

林雪鸽在沙发坐下。

她说："这太离谱了，我先回去，你也冷静一下。"

胡运升一个高起来，坐到她身边。

林雪鸽躲闪。

胡运升说："小林你放心，我不会使坏心眼，不会动你一个指头的。我知道你跟别的女人不一样，你是真正经，不是假正经，我可以等。"

"胡说什么。"林雪鸽站起来，"我回去了。"

"那我咋才能不胡说？"胡运升起来拉住她的手，"谁叫我姓胡来着，一学说话就是胡说。"

林雪鸽说："以前没发现你这样，才到南方几天？"

"你说对了，南方就是不一样！能改变人，成全人，你去了多待一段时间，就全明白了。这叫什么？对，叫不知不觉中改造了世界观。"胡运升说。

"你松手，我回去了。"林雪鸽说。

胡运升扑上来，抱住她，重重地亲了她的嘴，林雪鸽拼力扭转，他又在她的脸蛋上亲，最后一口，用牙咬了一下，林雪鸽不由得叫了一声。

胡运升这才松开手。

"我给你叫个出租车，不，我送你。"他说。

林雪鸽边用手擦脸边往外走，胡运升跟了出去。

"不用你送。"林雪鸽说。

胡运升说："我的太太怎么能挤公共汽车，将来得坐专车。"

下楼梯时，他轻轻扶着林雪鸽的肩膀，林雪鸽挣脱。

在宾馆门口，他俩上了出租车，胡运升坐到了副驾驶的位置，林雪鸽长松口气。出租车绕了中山广场大半圈，转到了中山路上。

胡运升说："你回去准备一下，明天，不，后天，后天我去厂部大楼办你调动的事，然后我们一起回广州。你不是还没坐过飞机吗？"

林雪鸽说："我什么级别，卧铺都不够。"

胡运升说："南方不讲这个，有钱就行。你跟我一起坐飞机回去。"

陈工在厂部大楼碰到乔工，知道考察组已回来了。乔工捎来一盒广味点心给陈工。

陈工没吃午饭，骑着自行车去了图书馆。

到了图书馆，只有小杨一个人。

"小林呢？"陈工问。

"林馆长请假休息。陈总您找她有什么事吗，需要我转达不？"

"谢谢。"陈工说，"我周一再来。"

"陈总，请吃糖，这包是林馆长捎来的，我找找，还有没有酒糖了，有，这块，您尝尝。"

陈工把糖剥开吃了。

"嗯，好吃，林馆长请假几天啊？没说哪天上班？"

"下周二上班，图书馆还有好多事情等着林馆长拍板呢。陈总需要的环保杂志，我已经联系加订了，最快下个月就能收到。"

"到了请第一时间打电话！"

"放心吧，陈总，杂志一到我先收好。"

小杨心想，那种杂志，除了陈总，白给都没人要。

好久没回家了，林雪鸽回了趟家。上一趟回家还是过年的时候。

她家在振工街，从甘井子坐6路到沙河口火车站，换乘有轨电车，振工街下车往南走不远就到了家。后爸退休一直在外面干临时工，家里只有妈妈一人。妈妈一边织毛

275

衣，一边听广播剧，看见林雪鸽回来，并没有起身。

林雪鸽也习惯了。她把一包桃酥放到柜顶上，问道："妈，你怎么样？"

林妈妈说："挺好。坐一会儿吧，吃了吗？"

林雪鸽说："吃了。不坐了，妈，跟你说个事。"

林妈妈说："说吧。"

林雪鸽说："妈，我可能要调到广州去工作，你有事找我打图书馆电话，找小杨，小杨会联系我。"

林妈妈说："我没有事。"

林雪鸽说："调令现在还没有确定下来，等定下来，我打算直接从宿舍就走了。"

林妈妈说："你放心走你的。"

林雪鸽说："两斤桃酥，放在柜顶。"

林妈妈说："上个月你妹买了，还没吃完呢。"

见女儿真要走了，林妈妈起身，手里的毛衣针并没有停下来，边走边织。

林雪鸽说："你坐着吧，妈。"

林妈妈说："我得插门。"

从妈妈家出来，甘井子下车，林雪鸽漫无目的沿着马路走，走到了回族饺子馆，她跟金素常来的饭店，她进去，买了二两牛肉饺子，一边吃，一边想着这些天来发生在她身上的事情。刚才妈妈连广州在哪儿都没问，不会以为没出甘井子区吧！

饺子吃完了，她又去开票买了一斤。

她交了押金，租了大海碗和网兜，装了饺子拎着，走了两站路，来到了陈工家的小院，拍打门环。

陈工出来开门。

"小林！"他喜出望外，"快请进！"

林雪鸽把饺子递给陈工。

"还热乎，吃吧，一会儿凉了。"

陈工说："马家饺子，我们一块儿吃。"

"我吃过了。"林雪鸽说，"自己家包的饺子才好吃，我不会。陈总，我不进去了，在这里说两句话。"

陈工说："哪有不进来的道理，快请进！"

林雪鸽说："好吧，等着你吃完吧，我去还碗。"

"我去还。"陈工像个孩子一样欢快，"我的画又不一样了，你来看。"

他放下饺子，带林雪鸽来到书房。

林雪鸽看到并排摆在一起的那两幅画。

陈工说："怎么样，是不是有变化，又进步了？"

林雪鸽心旌摇动，不由得迅速在心底里把陈工跟胡运升做了一个比较，陈工要比胡运升纯洁一百倍，优秀一百倍，那为什么她差一点答应胡运升的求婚（当然了，差一点答应跟答应是两码事），而拒绝了陈工这样的好人呢？林雪鸽回答不上来，因为金素？也不全是。陈工太老了？胡运升也没有年轻多少。陈工长相不好看？但看惯了也觉得很可爱。

感情这个东西会如此轻浮地在两个人之间忽来忽往吗？林雪鸽缺乏实际经验，她解释不了，难道一个生日蛋糕比一幅画了两年多仍没有画完的肖像画值钱？下跪比害羞有效？那么如果现在陈工先于胡运升向她求婚，她是不是会答应？如果陈工今天向她求婚呢？他为什么不向她求婚？也许他向她求婚，她还是不会同意。她缺爱，所以不会爱别人？她自私，没有奉献精神？她天生冷漠，缺少爱的需求？

陈工吃着饺子，他可能饿了，或者看着林雪鸽坐在对面，心情特好，很快把一大碗饺子全吃了。林雪鸽抢着把碗刷干净，放在网兜里。

陈工洗洗手，擦干净了。

他要向她表白，这是个最好的机会，他人生的意义全部在此。对于爱情，怯懦等于背叛，他在心里对自己说。

林雪鸽坐在另一端，在他的对面。

陈工说："小林，我想郑重跟你说件事情。"

林雪鸽说："什么事？陈总，我听着呢。"

陈工说："小林，我说了，你不许生气。"

林雪鸽说："不生气，说吧！"

陈工说："小林，我对你的心意，你应该看在眼里，我的条件、我的过往都明摆着，没有隐瞒。小林，我想到我的后半生，如果能跟你一起生活，我会幸福得不成样子，被一片光明照耀。小林，我什么都不怕了，嫁给我，做我的妻子吧，我会尽我的所能，让你幸福。"

林雪鸽说："陈总，我对你的印象一直很好。但你为什么不早点说？"

陈工说："幸福不怕晚。"

林雪鸽说："晚了，陈总，我要离开总厂，我要到广州去工作了。"

陈工说："去胡运升那里？"

林雪鸽点点头，没有说话，即使她说话，陈工也不会听见，他的耳朵已失聪。他抬头望向天棚。"丘比特啊，为什么总要射我以铅箭？"

"小林，你观察一下周围人。"耳朵好了一点后，陈工努力让自己冷静，他脸上的肌肉僵硬，嘴唇却哆哆嗦嗦，"两地恋，又不是没有。"

林雪鸽说："陈总，我并不是贤妻良母，我做饭也不好吃，我自私，我喜欢享受，我喜欢看小说，不爱做家务。我真的不是你所想的那种女人。"

陈工说："小林，这些你上回说过了，我找爱人，不是找保姆，我怎么会在意这些，你怎么都是好的，只要能看见你，我心就安定下来了。"

林雪鸽说："陈总，晚了，我的心已经在广州了，这里一天都待不住，今天来，也是跟你道个别。"

陈工说："你答应了他？"

陈工并没有点名，但林雪鸽知道他指的是胡运升。

林雪鸽低下头。

"为什么？"陈工站起身，喃喃道，"为什么会这样？"

林雪鸽说："对不起，我得走了。"

陈工马上站了起来，完全不像是要阻拦，像是要送客，却又站在原地，久久不动。

林雪鸽离去。

24

胡运升打出租车接了下班的林雪鸽到海味馆吃饭。

胡运升说："厂里都打好招呼了，没有阻力，马上就办好。"

林雪鸽说："我不走了，我哪儿也不去了。"

"别闹！"胡运升说，"说话不算话？我可不管，我都筹备着怎么办婚礼了。你答应了我的，可不许玩赖！"

林雪鸽说："我只答应你去广州，没答应别的。可我现在广州也不想去了。"

"算我理解有误。"胡运升一歪嘴，"差一点做出过分的事。"

林雪鸽想起那晚他强吻的事，她擦了一下左边面颊，说："臊死了。绝不允许有下一次。"

胡运升说："好吧，除非你亲我。"

"我不喜欢你这样跟我说话。"林雪鸽说，"在总厂的时候，你可不是这样啊。"

"到什么山唱什么歌，在总厂我也压抑啊。"胡运升要了瓶果酒，打开来，"这个没有多少度数，甜的，别拦着呀，不给你多倒，你先尝尝再说。"

海味馆吃完饭出来，溜溜达达，走到了友好广场，胡运升见身边没有人，展开双臂要搂抱林雪鸽，林雪鸽报以严峻的目光。

"你是结过婚的，别欺负我是姑娘。"她说。

胡运升做听话状松开手，他不是真害怕她发怒，他是在讨好她。他当然知道林雪鸽不是那种唾手可得的女人，一方面觉得她土，另一方面也正是这种白纸一般的单纯，让疑心很重的胡运升能够放下戒心，感到些许轻松自在。还有一点他也愿意承认，他一直对写字好、写文章好、看书多的小林，有一点欣赏和崇拜。再说，还没到广州，可不能把她吓回去了。

"你真以为我那么随便吗？"胡运升一眨眼。

"再有一次，我连见都不会再见你。"林雪鸽像没有听到他的话一样。

"行，不识闹就不跟你闹呗。"胡运升说，"其实你不了解，我的思想也很保守，我一点都不喜欢那些臭眼子烂坑便宜货。"

林雪鸽实在受不了这种粗鲁，急得眼泪都快出来了，她说："别跟我说这些这样的话，我接受不了，你已经很越格了。"

"我说什么了？说粗话了？"胡运升说，"我送你回宿舍，明天别忘了，去劳资科填个表。"

第二天，林雪鸽来到劳资科，要了张调动申请表，填好了，去科长室找乔科长签字。

"小林。"乔科长把不高兴直接表现到脸上，"组织刚把你提拔到图书馆领导岗位，对你寄予了很大的信任和期望，你这样的优秀人才，我不放，放了是对总厂不负责。再说了，你说调走就调走，陈工那边你一点也不考虑？"

林雪鸽说："我跟陈总打过招呼了。"

乔科长说："陈工怎么说的？"

林雪鸽说："他没有反对。"

乔科长说："我反对！"

广州考察期间，大家注意到胡运升对林雪鸽献殷勤，照乔科长看来，胡运升存心不良，把林雪鸽当猎物。她一方面担心林雪鸽没有恋爱经验，不知道社会复杂，看不透胡运升这种深不可测的男人，另一方面，她还是希望林雪鸽能够喜欢陈工，跟陈工相恋结婚。对胡运升，她没有过多的了解，只是直觉印象不好。林雪鸽在大连，能否跟陈工走到一起不一定，但如果林雪鸽调到广州，她跟不跟胡运升也不好说，陈工的希望可就更加渺茫了。

胡运升得知乔科长阻挠林雪鸽的调动，并没太当回事，认为乔科长是知识分子，瞧不起他这种大老粗出身的干部。他想办法曲线救国，动用多人的关系，对孟厂长打人情牌，让孟厂长对乔科长施压。孟厂长果然过问了此事，乔科长不为所动，以不符合规定搪塞之。胡运升很不耐烦，劝林雪鸽干脆辞职，进他朋友的公司，工资多三倍。林雪鸽当然不会同意，她让胡运升先回广州，她慢慢做乔科长的工作。胡运升只好愤愤不平地回去，广州那边也攒了许多事情需要他亲自处理。临走前，他告诉林雪鸽，指不定哪天他就会飞回来。

　　陈工去图书馆查资料，林雪鸽给陈工端了杯热水，陈工迎上前，询问她什么时候去广州，林雪鸽把劳资科遇阻的事如实相告。陈工并不想借用老同学的权力给自己助阵，他深知，得不到小林的心，就算留下了她，她也不会快乐。假如小林的心思已经在广州那边了——这一点他隐约有所感觉——他不会采用生拉硬拽的方式留她，他不想让丁点儿不干净的东西污染他对林雪鸽的爱恋。他曾短暂有过向林雪鸽揭露胡运升欺辱过金素的冲动，但林雪鸽跟金素是最好的朋友，怎么会对此事一无所知呢，他始终认为，背后说人，跟告密没什么两样，他做不出来，也许林雪鸽对胡运升的过往比他了解得还多呢！女人眼中的男人，跟男人眼中的是不一样的，再说了，爱情是盲目的，不受世俗道德约束，监狱长女儿爱上囚犯的故事屡见不鲜，与其失去风度、不择手段，他宁可默默承受失恋的苦果。

可是眼见她入火坑，他实在不忍。

陈工说："小林，你真正了解胡副厂长吗？"

林雪鸽说："应该比一般人多了解一点吧，再说了，了解不了解也认识这么些年了。吸引我去广州的是南方的环境氛围，不是某个人。"

"吴信要去西藏，一定也是这种心情，我理解。我说过的，自己独闯的路，可享用一生。趁年轻应该出去闯一闯。"陈工说，"我跟乔科长打声招呼吧，让她放你。"

"陈总，你人品真好。"林雪鸽说。

陈工也吃惊自己想的是另一套，怎么做的是这一套，他刚才还心想："我不会耍手段挽留你，但也不会帮助你跟乔科长说情，放你走。"

陈工说："我帮助你调到广州工作，不代表我赞成你跟胡副厂长谈恋爱。我不愿意！小林，以后无论发生了什么，任何时候，你回来，我都等着你。"

林雪鸽想了想，说："陈总，恋爱不是玩笑，我不是那种不严肃的人。"

林雪鸽的意思是胡运升爱追追他的，她不会答应；对于陈工，她暂时还不能从一点点喜欢，变成爱。

陈工内心涌起阵阵酸楚，他把林雪鸽的话理解成，她已经爱上了胡运升，不会再移情别恋。

胡运升追林雪鸽的事很快在总厂散播开来。

强烈反对他俩相处的人中除了乔工，竟然还有钱工，虽然老婆跟胡运升是亲戚，但钱工不知怎么忽然来了正义感，他不但当着胡琴玉的面贬低胡运升，而且亲自去图书馆找到林雪鸽，在她的办公室，推心置腹谈了半个小时。具体内容虽没涉及胡运升的丑事，但没有什么好话，相反对陈工，他不乏溢美之词，极力说合。

林雪鸽说："谢谢钱总，我去广州，是要换个新环境，锻炼一下。"

周六，快下班的时候，陈工接到乔工电话，请他到她家吃晚饭。

陈工说："谢谢，我不去了吧。"

乔工说："老孟出差带回来一只沟帮子烧鸡，我再简单做两个小菜，没有别人，就我们仨。"

陈工说："不想见，见了会吵架。"

陈工提出关于环保的方案，因为成本过高，统统被孟厂长否决了。陈工为他的官僚和短视而大动肝火，在厂长办公室跟他吵了三次。陈工的意思是暂时做不到的可往上报，引起部里重视，厂子能做多少尽量做多少，能马上实施的尽快实施。但孟工认为时机不到，让他再等一等。

乔工说："老陈，我知道你们为什么吵，老孟有他的难处，好多事他一个人说了不算，这你应该知道。你提的建议，符合人民利益，也符合国际潮流，只是暂时不太符合部里的具体部署，交上去也是作废。不过我可以告诉你，老陈，你提的方案老孟都认真思考过，有两条可行性很大，老孟支持你，我也支持你，老孟要跟你谈谈这个事。"

陈工说："我提案中至少有五条不需要大投入，内部能够消化。"

乔工说："但也得慢慢来。"

陈工来到了孟厂长家，菜早端上了桌，撕好了的烧鸡，西红柿白糖炒鸡蛋，煮了盐水花生，拌了个黄瓜，现蒸的热馒头，三人边吃边聊。

乔工直接把话题拉到她最关心的问题上。

她说："老陈，小林要调广州，你怎么还支持她去呢？"

"年轻人要出去见见世面。"陈工说，"广州是改革开放的前沿，吸引力大，机会也多。"

乔工说："听说胡运升也在追小林，那人给我的印象不佳，俗不可耐。"

孟工说："男女感情的事，说不清楚的。强扭的瓜不甜。天下又不是只有小林一个女人。小乔，你好好访访，就不信找不到跟老陈合适的。"

陈工说："小林要走，就放她走吧，难得有机会换个地方发展，我们应该支持。"

"你们这些无用的知识分子啊，自欺欺人吧！难怪人民群众批评你们只会下台阶找借口，婆婆妈妈，成不了大事。"乔工说，"我觉得小林姑娘她就应该是老陈的妻子，从第一次见面，我就这么感觉的，老孟，当时我是不是这么说的？"

"可不是么。"孟工说，"小金给我们的第一印象过于漂亮了，不适合你。小林最适合。"

陈工沉默不语。

"不过适不适合得看缘分，良缘孽缘，由天来定。我们谁能想到周琳跟了张彪子。"孟工说。

"唉。"乔工长叹一声，"周琳，当年多乖多聪明啊。"

孟工说："周琳，好可怜。"

陈工说："你们去看过她了？"

"周四去的。"乔工说，"张彪子没在家。改天老孟还得组织人再去她家，声势大一点，正告张彪子，不得再打她。那个混蛋喝了酒就拿周琳出气。"

孟工说："必须给周琳撑腰。"

陈工说："老孟，你干了件好事。"

"周琳那不能算正常婚姻。"乔工说，"说到婚姻天定，细想想还真是那样，多少外表看起来并不般配的，结果两人相爱得不得了，又有多少外人看起来天造地设，就应该他俩，可实际生活中难上加难，怎么也成不了。有姻缘，没姻缘，终身姻缘，半路姻缘，露水姻缘，都安排好了，但谁又能提前知道呢？所以我们不可以不追求，老陈，你如果真心喜欢小林，就不应该轻言放弃，也许管姻缘的爱神正在考验你意志坚定不坚定，是真爱不是真爱。"

"真爱也可以藏在心里。"陈工说。

25

次日中午，乔科长打电话给林雪鸽，让她来办公室。

乔科长交给她一份签好了的调令。

道别乔科长，林雪鸽没有急着往厂外走，这是十月里的一个中午，阳光充沛，不冷不热，林雪鸽拿着装有调令的公文袋，朝海边走去。

海边小沙滩上，几个游泳的人在用塑料桶装着自来水冲洗身体，他们抹干净，换下泳裤，穿好衣服，往厂内返。

林雪鸽认出来其中有一个人是陈工。

陈工看到了她，小跑两步。

"小林，你是来跟它告别的吧？"他说。

林雪鸽当然知道陈工说的"它"是指火车车厢。

"你怎么知道的？"她说。

"我知道。"陈工说。

他俩一同走到车厢前，陈工做了请的手势，林雪鸽先上了火车。

找了个干净的座位，两人相对而坐。陈工盯着她手上的公文袋。林雪鸽把它放到桌板上。

"什么时候走？"陈工问。

林雪鸽说："我让办公室订票了，反正尽量早。"

"票买好了通知我一下，我去送你。"陈工说。

林雪鸽说："不用了，我定不下来从家里走，还是从宿舍走。"

陈工说："那我直接去火车站送你。"

林雪鸽说："别去，我看过在火车站送人的，挥着手告别，一想那场面就很想哭。"

陈工说："小林感情丰富。到了我这个年龄，眼泪只会往内流。"

林雪鸽说："今年我们的生活都发生了很大变化，不过陈总经历的变化更大。"

陈工沉默。

林雪鸽说："陈总，金素走的时候给你留了封信是吗？"

陈工说："留了，你也知道？"

"那封信还在吗？"说到这里，林雪鸽勇敢地回视着陈工，"我好奇她怎么跟你开的口？"

陈工说："信烧了。"

林雪鸽说："噢。"

陈工说："我可以背给你，一字不差。"

林雪鸽说："啊？"

"你听！"陈工说，"'老陈，我走了，别找我，找也找不到。非常感激跟你在一起度过的日子，让我感到温暖，但我不能真正快乐起来，这不是你的事，是总厂的事，这个厂子对我来说，是屈辱痛苦的源头，也是囚禁我的牢笼。我走了，永远离开了。我会记着你对我的好。你跟我说过，人要勇敢追求真爱，我听从你的话，去追求我的真爱去了，去寻找我自己的幸福和自由去了。再次感谢你，老陈，看完信烧掉，忘了我，早日找到自己的幸福，找到真爱！金素。'"

林雪鸽眼泪下来了，她觉得从前自己对老对儿的了解很不够。

她说："小金说出了我的部分心声，可我做不到像她一样，说走就走了。我是一方面被远方吸引，一方面对总厂不舍。"

陈工说："嗯，你一定是不舍的。"

林雪鸽说："陈总，你也好好的，多多保重啊。"

陈工说："我总记得第一次见到你的情景，那天中午，我去图书馆，你在低头看一本杂志。以前，我已经习惯了，一直是低着头看世界，眼睛也像是装了过滤网，好多东西都挡在了网外。但是你脸上的光辉是那么美，穿透了保护网，让我见了就再也不能忘。"

林雪鸽说："第一次见面？我完全不记得了。"

陈工说："你认出了我，给我倒了一杯热水。从那以后，我最大的快乐，就是中午去图书馆看书，只为了能看看你。看到你，我一整天工作就格外有精神。有一次，单位去旅顺中路植树，在班车上，我坐在你旁边，车子一路颠簸，车上的人都闭眼休息，我偷偷看你，你的侧脸太美了，完美的轮廓印在我的脑海中。这是一种不会变的爱，永恒的爱。回到家，我开始画画，我笨拙的笔，每天挥舞，是真正的挥舞，手舞足蹈，乐此不疲，努力要把我心中的美呈现在画布上。钱工夫妇看过它，说像我的妻子，也许我脑子里有妻子的印记，也许你们有许多相像之处。

"我做白日梦，常常幻想向你求婚成功后我们在一起的日子。但我清楚我自己，永远是幻想的巨人，行动的矮子。我连跟你开个玩笑都不敢，我知道我们之间的差距，成为恋人几乎是不可能的。后来钱工给我介绍了小金，我接受了，我感谢小金，她给予我的，比我给她的多得多。"

林雪鸽说："是啊，小金跟我说过她也很喜欢你，要不是她已经有了所爱，她不会抛弃你的。陈总，你别怪她。"

陈工说："我不会怪她的，永远都不会，对她我只有愧疚，我太软弱了，没能帮助到她。小林，是乔工的帮助，让我敢于公开对你的爱慕，我不是厚颜无耻的人，但是，如果我不跟你说出来，那我这一辈子，可真是窝囊到底了。"

林雪鸽说："我是不懂爱的，自私的人不懂爱，不配爱。陈总，找个喜欢你的对象结婚吧，你需要一个妻子呵护，你一定能找到一个爱你的好妻子。"

陈工说："大家都这么劝我，随便找个伴吧，你也这么劝我。唯有小金鼓励我寻找真爱。"

"忘了我吧，我这次离开，不知多久才回来。"林雪鸽说。

"小金让我忘了，你也让我忘了。"陈工说。

林雪鸽说："你有小金的消息吗？"

"没有。我相信她会很好。"陈工说。

"我也这么想的。"林雪鸽说。

"我该上班了。"陈工说。

"我再坐一会儿。"林雪鸽说。

"再见，小林。"陈工走到车门处，"一路顺风！"

"再见。"林雪鸽起身摆手，"再见，陈总！"

林雪鸽从车窗目送陈工缩着脖，驼着背，往坡上走。

26

离开大连的日子到了，林雪鸽一个人背着包来到火车站。她检了票，随着人流，来到站台。列车已经静候在这里，她开始走错了方向，拿出车票询问列车员，又折返回去，找到了所在车厢，登上了火车。

她把背包放到行李架上。她的座位靠着车窗。

没过多久，列车员催促送站的同志抓紧时间下车。

林雪鸽往窗外张望。今天她是一个人来的，并没有人送站，她目光炯炯，似乎是在寻人，要"无中生有"寻出一个为她送站的人。

火车启动了，她没有看到那个人。她最希望从众多陌生人中看到谁呢？她说不上来。

林雪鸽背靠火车前进的方向，车窗外楼房、平房、马路、汽车、自行车、行人、树、田野，纷纷后退。

天黑下来后，乘客闭眼休息，林雪鸽毫无睡意，她深知今天一登上火车，她生命中的一些重要东西，就已经发生了质变。往事一幕幕在她脑中快速演绎。

模模糊糊的，她爸爸教她画画的情形。

清晰如昨的，妈妈改嫁。

后爸带来的哥哥姐姐，一人给了她一块水果糖。

妈妈从医院回来，抱着刚出生的妹妹。

因为字写得好，老师让她当语文课代表。

招工考试进工厂。

她看小说，写文章，从车间调到工会图书馆。

胡科长整理仓库，帮着她调换宿舍。

金素到来，两人朝夕相处的时光。

在图书馆经常见到陈工。

金素反常的日子。

金素跟陈工处对象。

金素的火车故事让她兴奋，现实世界比书本精彩。

胡副厂长调到广州。广州之行让她的视野打开。

胡运升追她，她不反感，却无动于衷。她执意离开总厂，想换一个环境。

陈工向她表白。她内心的矛盾纠结。难道她不懂爱？

广州在招手。

她隐约感觉得到，一个新时代正大踏步走来，它的一只脚已经先踏入了广州。大连暂时什么都没有发生。

伴着车轮的节奏，林雪鸽的心思一下子模糊，一下子清晰。

到了北京，她在车站正门站了一会儿，然后找到签票窗口，签好了去广州的车票。她往广州打了个长途电话，看着时间还早，步行到了天安门广场。

上次跟金素、陈工三人来京游玩的事儿，一幕幕重现。

她漫无目的在广场上走着，越走越快，忽然间，她找准了方向，急返火车站。

她没有去候车室，而是去退票窗口，退掉了去广州的车票，重新排队，买了当晚回大连的车票。她不要去广州，她要回大连。

到了大连，她换乘1路公共汽车。中午时分，她出现在海边。

今天海上有浪，天有点阴，海水看起来是黑色的。游泳的人不多，有两三个脑袋在靠近岸边不远的海里上下起伏，最远处有一个小红点，林雪鸽知道，那就是陈工。

她盯着那个小红点，一会儿沉下去，一会儿浮上来。

后来小红点越来越大，他在往回游。

陈工从海里上来，隐约看到有一个衣着时髦的女孩子站在海边，平常海边，只偶尔能见到一两个穿工作服的女工。陈工用塑料桶里的凉水冲洗了头脸，摘下泳镜，戴上近视眼镜。

"小林。"他喊起来。

林雪鸽走下沙滩。

陈工拉住她的手。

"你不是走了吗？"陈工说。

林雪鸽说："我到了北京，听到你喊我。"

陈工说："是，我喊了，我昨天在心里，喊了你一夜。刚才在海里，我大声地喊你的名字。"

"快换衣服吧，怪冷的。"林雪鸽说。

陈工把塑料桶里的水往身上冲，快速倒空了，拿毛巾擦干，把一个大号围裙系在腰间，褪下了泳裤换上。

"小林。"陈工说，"你回来有事情？"

林雪鸽没有回答他。

陈工说："不走了？"

"是的，不走了。"林雪鸽说。

"怎么？"陈工说。

林雪鸽说："就是不走了。"

"太好了！"陈工张大嘴，"我昨晚一直在回想你说过的话，想你说话时的神态动作，想我跟你说的话，我想如果我能一字不差地还原，如果我做到了，你也应该会有所感知的！"

林雪鸽说："是的，我有感知！"

陈工说："小林，跟我在一起，永远别走了。"

林雪鸽点了点头。

陈工拉着林雪鸽，离开海边往上走，绕过那列车厢，一直走到厂部大楼，进到他的办公室，请她坐下。下班后，他跟林雪鸽手拉着手，走出了二号门岗。

这可轰动了总厂，陈工跟林雪鸽恋爱了，此消息迅速传开了，比当初他跟金素处对象还轰动。年轻人都没有在厂里手拉手的，想不到陈工这老知识分子如此浪漫，比年轻人还热情大胆、不管不顾。不过，也仅限于拉手，没有继续的行动，陈工老实保守，每到关键时刻，体贴地刹住了车，他不想让小林为难。

他俩一块儿看书，朗诵诗歌，讨论小说，欣赏绘画，拥抱亲吻，手拉着手出门，逛街，看电影。他俩商议，这个春节前，选一个合适日子结婚。

胡运升在广州火车站接站，当然不会接到。

那天林雪鸽到北京签完了票，去车站邮局打了个长途，告诉了胡运升车次。她挂断了电话，去了天安门广场，走到金水桥，突然听到了有个声音呼唤她的名字，她听清楚了，这是陈工的声音，五雷轰顶一般，当初她怎么会犯了糊涂，为什么不在第一时间答应陈工？

胡运升带着司机，早早在火车站出站口外等着，等了一拨又一拨，人走空了，也没有等到。他没太担心，心想反正她来过公司，轻车熟路，丢不了，就回去了。

可是第二天仍然没见到林雪鸽，胡运升感到奇怪。第三天，他接到了林雪鸽的电话，说她不去广州了。他一愣，问为什么，她不回答。胡运升再三追问。林雪鸽告诉他，她不走了，要留在总厂。最后胡运升好像听出来一点门道。

"陪那个书呆子？别犯傻！"胡运升气炸了，"早听说他对你有意思，没想到你真上了他的当，你等着，我马上飞回去，我不能眼见一个二百五把你耽误了不管。"

林雪鸽说："你别回来，回来我也不想见你！"

胡运升说："不行，你要守信用。"

林雪鸽说："我没答应你什么啊。"

胡运升说："小林，我缺一个妻子，办事处缺一个能干的主任。"

林雪鸽说："我不可能跟你有那种关系，比我能干的有的是。"

胡运升说："信不着她们。小林，你不给我当老婆，我那么多钱往哪儿放？交给谁我都不放心。"

林雪鸽说："又提钱，恋爱婚姻的基础是有共同语言，我俩根本就没有共同语言。"

胡运升说："经济基础决定上层建筑，哲人的话会有错？你等着，我马上过去找你。"

林雪鸽说："别来！"

胡运升说："老婆另说，办公室主任非你莫属，抢也要把你抢回广州，一个人才，放在农村白瞎了，总厂不就是个大农村吗？”

胡运升飞到大连，在大连饭店住下。他来到一楼餐厅自斟自饮，思考下一步怎么从陈工手里把林雪鸽夺回来，弄到广州。

说夺回来也许不够准确，按照胡运升的标准，没有上床，就不能说得到过。

胡运升喝完了第五瓶啤酒，掏出电话本，选了一位在邮局工作的“小吕美人”，到服务台给她打去了电话。

“没错，是我，没想到？”胡运升嬉皮笑脸，“那你想不想我？呵呵，对，在大连饭店，下班过来，陪我喝酒，有，有礼物！”

他刚把电话挂断，餐厅大门进来一位穿旗袍的高挑妇女，胡运升心头一喜。她叫高淑敏，总厂医院的护士，吃饭前他给她打过电话，她说医院忙，过不来，明天再联系，胡运升这才联系的“小吕美人”。

胡运升得意高淑敏这一点，总能变着法儿给他带来点小惊喜。他带着高淑敏回到了房间。

胡运升拿出一块电子手表。

“漂亮不？”

“漂亮！给我的？”

“不给你给谁。”

胡运升抱着她，亲吻揉摸一顿，放开手。

他说：“走，换个地方吃饭。”

"完事了？"高淑敏娇嗔中包含着不甘，"这就完了？"

胡运升说："妈的，完蛋货，不好使了，上回的伤还没有好利索。"

"逗你玩儿，没事的。"高淑敏说，"慢慢养，会好的。"

"还是小高好，我那个傻老婆有你一半的懂事就好了，她他妈的可尖酸刻薄了，是个坏女人！"胡运升说。

高淑敏说："别糟蹋刘姐，这些年都是你的错，最后也是你把人家甩了，还赖人家。"

"你不了解情况，她太坏了。"胡运升咬牙切齿。

到了山水楼，高淑敏点了几个她喜欢吃的菜，自顾自先吃饱了。胡运升基本没动筷子，看着她吃。

胡运升说："最近厂子有新闻没有？"

"太多了。"高淑敏说，"你想听哪方面的？"

胡运升说："当然上层的。鱼鳖虾蟹不关我事。"

"我理顺一下。"高淑敏身子往前一探，"搞破鞋的事你不最感兴趣吗？"

"停，不听破鞋讲破鞋！"胡运升说。

"滚蛋，狗嘴吐不出象牙。"高淑敏说，"对了，图书馆那个老姑娘小林，跟陈总谈恋爱了，都在议论。"

"不听这个。"胡运升手一挥，"讲点别的！"

"你接着往下听呀，我还没讲完呢。"高淑敏说，"这可是件大事，老大老大的事，厂子暂时保密着呢。"

"你快赶上刘兰芳了，吊我胃口，能有多大的事，快讲！"

27

"先来根烟！"高淑敏拿起桌上烟盒，抽出一支。

胡运升拿打火机给她点上。

"孟厂长得癌症了，胃癌，这事大不大？"高淑敏说。

胡运升着实吓了一跳，他说："孟厂长？什么时候的事？"

高淑敏说："才查出来没两天，厂医院体检结果指标不好，乔科长带他回北京复查，消息传回来了，晚期，最严重的那种，转移了，做不了手术了。"

胡运升说："这不又要换厂长了。"

高淑敏说："快了三个月，慢了不会超过半年。"

胡运升说："还有其他吗？"

高淑敏说："这一件还不够？"

胡运升说："够，我完全没有想到。"

高淑敏说："还有你没想到的呢，刚才讲那图书馆小林，没讲完就被你打断，跟她有关。这次体检犯冲，厂子检出不少人有事，小毛病不算，大病当中，有陈总一个。"

"什么？"胡运升站了起来，"陈总，他哪儿的毛病？"

高淑敏说："肝，上火上的。老婆没了，改造那么多年，刚要过上好日子，对象又撇下他跑了，才跟小林好上两天半，身体又出了大问题，陈总这命够苦。"

"病到什么程度？"胡运升坐下来，"没什么大事吧？"

"但愿没大事。"高淑敏说，"片子送北京了，得复查，才能做结论。"

胡运升说："给我留心盯着，病情报告出来，第一时间告诉我。"

高淑敏说："好久没去文化宫跳舞了。"

胡运升说："一会儿带你去，现在几点？"

"四点一刻。"高淑敏把胡运升给她的新手表戴在右手上，两只手臂抬到同一个高度，左右看了看，"跑得一般准！"

胡运升说："算了，今天不跳了，我晚上还有别的事。"

高淑敏说："晚上还排着别人是不是？哼！"

胡运升说："明天上午你来宾馆找我。十点以后来，我睡个懒觉。"

医院通知陈工住院复查。

陈工根本没当回事，该上班上班，该游泳游泳。

这天乔工从北京打来电话，没说话先哭了。

乔工向来沉静稳重，可把陈工吓了一跳，意识到问题严重。

"老孟怎么样？"陈工问。

"很不好，赶快过来一趟吧，老孟想见见你。田书记他们都在北京。"乔工说。

"怎么会这样！告诉老孟，我马上到。"

陈工到达协和医院，孟工已经进入了昏迷状态。

陈工握着他的手，看着被疾病折磨得没有人样了的老同学，不胜唏嘘，感觉说什么都苍白。

陈工原以为大连这边医疗水平不行，孟工来北京出个医疗方案，哪怕做个手术，问题都不会很大，没想到事态如此严重。一向健康的孟工竟然如此脆弱，前后没到一个月，一个生龙活虎的生命就走到了尽头。

告别追悼会在北京举办，部领导和总厂大部分领导都来送孟工最后一程。

一周后，总厂在厂俱乐部给孟厂长举办了追悼会。这两场追悼会陈工都参加了。孟工的离世，对于陈工无疑是一场重大打击。

孟工来总厂当厂长，时间虽不长，却做了许多建设性的贡献。他性格温和，做事有条理，赢得总厂上上下下的钦佩和尊重。

孟厂长上任之初各烧了三把火，三把明火，三把暗火。三把暗火是生产方面，他完全交给了陈工，这方面他跟田书记一样，生产上百分之百信赖陈工，让陈工拟三个改革方案优先实施。三把明火是他自己的主意，一是全厂搞卫生，把车间、马路，包括海边沙滩清理干净；二是把绿皮火车的座椅修整一新，开辟成一个可供干部职工休息活动的景点式场所；第三点最让陈工佩服，他带领大家两次去探望了他们的老同学周琳，周琳在运动中受迫害，精神出了问题。

周琳跟孟厂长、乔工、陈工是清华同学，也是全年级年纪最小、最文静的大家闺秀，上海人，资本家家庭出身，毕业分配到总厂。她的未婚夫也是上海人，北京大学的，分配回了上海，周琳正想法子往上海调，赶上了运动，被从大楼技术科扫地出门，打扫厕所，后来批斗会上，把她的头发剪了，挂上牌子，揪上台。一个无依无靠的年轻姑娘遭受如此野蛮对待，根本无法适应，在变本加厉的折磨和呼救无望的绝望中，她发了疯。未婚夫在上海那边也自身难保，顾不上她，等于分了手。后来街道妇女干部可怜她，把她介绍嫁给了总厂的一个老光棍，张彪子。

周琳有一份基本工资，不犯病的时候，能简单做顿饭。

那次张彪子见大领导来到他家，后面跟着一大帮人，拎着米面油、水果糖块，他迎出来，一脸谄笑。

周琳根本认不出她的同学们，她坐在火炕上，一个劲往墙角里挪动躲避。

孟厂长说："周琳你好，还认得我吗？"

周琳瞪着眼睛，不开口。

张彪子斥责她："这是孟厂长、胡副厂长，都是大领导，识相点！"

孟厂长说："老张同志，家里有什么困难可以找厂里，你只要把小周照顾好，别饿着她、冻着她，好好过日子。"

张彪子说："那点工资都让她吃了，嘴馋，孬的不要。我早就退休了，她也好几年没涨级，两个人加起来就那么两个鸟钱，怎么够用！"

孟厂长说："吃住日用有困难你尽管说，胡厂长，你帮他算算，拟个补助方案。"

胡副厂长说："没问题，交给我办。"

趁着孟厂长跟周琳说话，胡副厂长狠狠瞪了张彪子一眼，张彪子立刻收敛。他知道该害怕谁，他不怕知识分子臭老九，但他怕胡副厂长。

陈工看着仅仅能喘口气，却再也回不到正常人思维的周琳，心情格外沉重。

周琳突然说："陈，陈。"

胡副厂长说："陈总，她认出了你。"

孟厂长指着陈工，说："对，对，他是陈呈章，我是孟凡臣，还记得不？还有小乔。"

孟厂长转身找乔工，乔工忍不住，跑到屋外痛哭了起来。

周琳说："吃，吃。吃糖，我吃糖。"

张彪子一挥胳膊，周琳一哆嗦。

胡副厂长呵斥道："张彪子，你干什么？胆肥了！"

张彪子说："我吓唬吓唬她，省得她得寸进尺，在领导面前不知个好歹。"

孟厂长说："给她糖，快给她。"

从张彪子家出来，大家一路叹息，久久无言。孟厂长左右寻找陈工，想跟他说句话，没有找到。陈工早在他们离开张彪子家之前，已经选择了落荒而逃。

造化弄人，疯的疯，亡的亡，病的病。孟工去世后，陈工重新思量生命的短暂和意义，人世间的痛苦和留恋。他为孟工惋惜之余，也为尚未启动的环保措施担忧，不知道新厂长还会不会像孟厂长一样理解和支持他。

部里下了新任命，厂长没有外派，也没有从副厂长里选，而是直接把楼副总工程师提升为新厂长。楼厂长上任第二天，强行把陈工安排住进了北京协和医院，做了全面检查。检查结果出来，严重肝硬化，会随时危及生命。

陈工倒是很冷静，他没有告诉林雪鸽，也没有告诉女儿女婿。他集中精力，先做最坏的打算，思考了死亡降临之前他的生活和工作该如何安排。林雪鸽从大连给他打来电话，陈工安慰她说自己没什么事，调理几天就回去。

在医院，连续几个晚上他彻夜不眠。他把安眠药挑出来扔掉，他要思考问题，不要睡觉。确诊以来，每天他思考的最多的除了死亡，就是林雪鸽。

陈工的病情很快在总厂传播开，林雪鸽火速赶来北京。

来之前，楼厂长找她谈了话，安慰她。林雪鸽非常恐慌，但没有哭。

"我们原以为只是个小问题。没想到会到这一步。"楼厂长说，"不过也不用绝望，有病慢慢治，总有办法。"

陈工正准备第二天出院。他经过深思熟虑，想趁着身体还允许，去一趟湖南，见见女儿和外孙。林雪鸽来到了病房。

见到病床上的陈工，她的眼泪再也止不住了。陈工住的是单人病房，林雪鸽去卫生间洗了两次脸。

陈工坐起来，握住林雪鸽的手。

他的目光久久不离开她的脸。

"小林，你来了也好，本来我想过几天回大连再跟你详谈，看来你都知道了，我这病，很严重。我不能拖累了你。明天你回去，不用再来了。我马上也出院。别哭！比起孟厂长，我不还活着？即使有一天我真的不在了，你不用太难过，人的生老病死，是自然规律，不可避免的事。小林，理智些，回招待所好好休息吧，我需要静一静。"

林雪鸽说："我不走了，我留医院陪护。"

陈工断然拒绝。

"不行，小林，我们要理性行事，你应该是最懂我的，我服从理性，得病这事情与你我的主观愿望都无关，完全属于客观范畴。别哭，小林，跟你相识相爱，我已经很感恩。谁知命运不成全我们。你还年轻，未来充满着无限的可能，绝对不要因为一个不可逆的病号而驻足不前，耽误前程。小林，只有你过好了自己的生活，我才高兴，对我的康复也有帮助，如果想有奇迹降临，好吧，借你吉言，我相信奇迹，但首先你得听我话。我也不相信活不过两年，手头上还有好几个工作计划没有完成呢。小林，趁着还有公交车，回招待所吧。我这边各方面都很好，有好多同志关心我，你尽管放心。我最需要的是静下来，你回去，做好你自己的事，那样我最安心，明白吗？现在回招待所，明天不用来，然后走自己该走的路，想去广州就去广州。听从内心召唤，做最好的自己，我相信你，支持你！"

林雪鸽不走，她拖了把椅子到床边。

然后在某一个瞬间，两个人的内心忽然同时安静了下来。林雪鸽不流泪，不表白要跟他生死相依之类的话，陈工也不再撵她。他俩好像同时明白过来了，语言比眼泪还要无力，任何安抚的动作也属多余，一种特殊的内在力量在安静中产生，生长。

他回握着她的手。

她和他进入了一个无言的安详世界，"无声"即内容，无声的"内容"在轰隆作响。

对一对恋人来说，时光中的任何一段，都是短暂却永恒，分分秒秒珍贵。过了今夜，他们将亲如同志，不再谈男女爱恋之情。此刻，没有分手的悲伤，也没有身患绝症的哀痛。林雪鸽累了，趴在陈工的胳膊上，直到天亮。

第二天上午，林雪鸽回招待所休息。陈工出院坐火车去了湖南。

中午林雪鸽再来到医院，病房已空。

林雪鸽一路迷迷瞪瞪回了大连。

胡运升无比及时地出现在了图书馆。

他不看林雪鸽神情落寞，只一个劲儿跟她说话，说了好些关于陈工的事情。林雪鸽一边收拾桌子卫生，一边听着，若有所思，脸上没有她以前常有的，那种缺乏生活经验的年轻女性遇到大事情时的慌张。胡运升看在眼里，心想小林变成熟了。

胡运升说："我听说陈总回湖南找他女儿去了，这个时候能不想亲闺女吗？该安排交代的，他得安排交代，等他从湖南回来，还能回大连？我看够呛，部领导厂领导都不会允许，得让他在北京继续治疗，他的病，太重了。小林，我说句话你别生气，我觉得你不必再在大连待下去了，我先声明啊，这绝不是乘人之危，我只是觉得，这个时候你最好离开大连，换个地方，换个心情，也避一避那些闲言碎语，有说陈总的病是你妨的，'颧骨高，杀夫不用刀'，听说了没？这些封建残余思想，我可不信，让他们议论去吧！再说你颧骨可不高，这段时间你瘦了显的，他们什么眼神？小林，到我那儿去吧，我向你保证，坚决不会做出半点你讨厌的事来，而且咱们怎么说也算老朋友了吧，有个什么事情，可以互相照应。到了那边就会知道，有好多东西值得你学习，知道你最爱学习了，而且你这边练成的一身本事，也有用武之地。小林，跟我走，我们坐飞机走，明天就走。而且，你知道吗？香港有好药，我们到了广州，方便给陈总弄点好药，在这里只能徒伤悲，办不了实事，做姿态没有用，时不我待，救人要紧。你看，乔科长把陈总需要的药单子给了我，现在我交给你，我们俩一块儿办，一块儿想办法，我真怕给弄岔了，有你帮着我放心！只要办法得当，陈总再活个三年五年都是有可能的。小林，人事科和劳资科你不好意思去，我替你去，乔科长不在了，一个电话的事。"

林雪鸽高声道："谁用你办，我说我要去了吗？"

"你糊涂啊，小林，你不想去给陈总弄好药？你不愿意抢救陈总？我不相信。单子给你！看看，好多药名的字我不认识，还有几个是外国字外国名，你提前查查字典，到了广州咱先办这件事。"胡运升说，"小林同志，你要明白，去广州可不是抛弃病号，是到第一线冲锋陷阵去，越早越好，病情可没有闲工夫跟你啰唆。"

林雪鸽听从了胡运升的主意，或者是有了自己的主意，反正没过两天，她跟胡运升一起坐飞机去了广州。

工作认真是林雪鸽的基本素质，到广州当然不会丢，到任后她边适应，边学习，很快成了胡运升的得力助手，让胡运升既在意料之中，又刮目相看。

广州的新生活打开了林雪鸽的格局。每个周末，请胡运升吃饭的生意人排成队，他们有广州的、上海的、香港的，还有新加坡的，思维修养都很高，且各有千秋，林雪鸽观察学习，深度思考，一天一天，过得丰富、充实。

这天，胡运升大连出差回到广州，他来到林雪鸽办公室，郑重请林雪鸽吃晚餐。

胡运升说："小林，今天我自由了，你也自由了。"

林雪鸽说："神神道道，什么意思？"

胡运升说："到白天鹅我们喝一杯去，这事必须庆祝庆祝。"

林雪鸽说："说清楚理由。"

"我说了你可别昏倒。"胡运升说，"先告诉你结果，后说原因。结果就是我从今天起，可以重新追求你，正规向你求婚。原因嘛，陈工结婚了。"

"陈工结婚了？太好了，祝贺！"林雪鸽说，"跟谁？新娘我认识吗？"

离开大连，到了广州，林雪鸽往医院打了多次电话，陈工拒接，她渐渐接受了现实，控制住了冲动，没再打扰他。她跟乔工联系密切，两人共同努力，从香港给陈工弄了一些内地弄不到的药品。陈工病情有所缓解，这极大地减轻了她选择来广州产生的背叛感。后来听说陈工已回到总厂，虽没有正式上班，却已经能够承担一部分力所能及的工作。她万分开心，陈工很看重工作，工作有助于他康复。

"小林，你不猜猜，他跟谁结了婚？你肯定猜不到。反正我是没猜到。"胡运升说，"你猜两下，不，我让你猜十下，你也猜不着！"

"那一定是我认识的人了。很好，不管是谁，都是好

310

事，说明陈工的病没有大问题了。"林雪鸽说。

胡运升说："你说对了，你认识，我们都认识。"

林雪鸽说："终于有个人能够照顾他了。"

"总厂都传翻天了。"胡运升说。

"到底是谁呀？"林雪鸽说。

"乔科长。"

"什么？乔科长？乔工？你瞎说吧。"

胡运升说："就是她，孟厂长的老婆，乔太守乱点鸳鸯谱，陈总工程师娶了孟厂长的寡妇，怎么着吧？他跟孟厂长还是同学加好友，朋友妻不可欺，这个书呆子可不管那一套，表面上看着老实，花花肠子一大堆，原来目的在这里啊，很可能有病也是装的，目的要先把你甩了。"

"别捣乱。"林雪鸽说，"啊，跟的乔工！我想不到。是真的吗？如果是真的，他们其实挺般配的。乔工人很好，善良细腻，她没了老伴，两人相互照应着，很好啊。"

"瞧你，还挺兴奋！你一点不嫉妒？那我也不吃醋了，我还以为你有多爱他呢。哼！"胡运升说，"老头前脚死了不到一年，就跟了老头的朋友，这档子事只有那些知识分子干得出来。唉，你说他俩会不会以前就有勾搭？"

林雪鸽说："你的心思真肮脏，我不想跟你交流这个问题了。"

"我错在哪儿了？"胡运升双手一摊，"这话不是我说的，总厂不少人这么议论，工人阶级的眼睛是雪亮的，都说他们那些知识分子，道貌岸然的，净干一些常人干不出来的肮脏事，你说说他们怎么好意思？不过也好，你可以放心了，陈工有人照顾了。爱情的力量就是大，据说陈工的病也好了一大半，一时半会儿死不了了。我真的很怀疑他是装病，醉翁之意不在酒，玩够了你，又想泡乔工。"

林雪鸽说："太好了，陈工的病好了，就是天大的好事！上帝保佑好人，陈工壮志未酬，身体康复了，许多工作又可以往下进行了！"

"他进行他的，我们进行我们的，小林，虽然我配不上你，但我崇拜你，喜欢你，需要一个像你这样的妻子。"胡运升说。

"怎么又来了。"林雪鸽说，"跟你说多少遍，我来工作学习，不是来谈恋爱的。谈恋爱也不会跟你谈，我们不是一路人，胡老板，可懂？"

胡运升说："听说过先结婚后恋爱吧？你先嫁给我，帮我管钱、管家，我继续赚钱，才更有劲头。我的好多朋友，特别是东南亚那几个大老板，好几个人跟我夸过你的长相气度，总厂那帮子农民懂个什么，南方朋友懂，说你菩萨相，旺财，旺家。以前没从这个角度观察，听他们说了，我再仔细瞅你，越瞅越像，除了眼睛大了点，真的很像，下回我们去庙里拜佛，我告诉你从哪个角度看最像。嫁给我，当我的菩萨，帮我管钱的菩萨。"

林雪鸽说："钱钱钱，总要有一点精神追求。"

胡运升说："把你追求到手，就是我的精神追求。"

"那说明我也没有什么精神追求了。"林雪鸽说，"你那些所谓的成功，我不羡慕，也不稀罕。我有我的追求。"

胡运升说："搞不懂，天天看书看不够，有什么好看的。"

林雪鸽上班之外，从事了第二职业。许多广州人下班后在路边摆个地摊，做点小买卖，一开始林雪鸽看不惯，后来慢慢理解了，入乡随俗，自己也参与其中。

在任何地方她都爱逛书店，到广州也是，尤其一些个人开的小书店，它们身处闹市一隅，卖杂志，卖新书，也卖旧书，吸引她流连忘返。

林雪鸽最爱去大北路一家名叫"素雪"的书店，她主动跟书店老板、四川姑娘宋素雪交了朋友，后来她还参股了素雪书店。一有空闲时间，林雪鸽会来到书店，帮着卖书。

在广州，林雪鸽常想的两个人就是陈工和金素，回忆在她这儿会分化成两种作用方式，一个强化，一个简化，强化多用在陈工身上，每想到陈工她便百感交集，备受折磨，就像一个不会游泳的人，面对一个不断挣扎自救的落水亲人，自己又没敢跳入水中相救。而想到金素往往就是简化，回忆把她俩一起度过的青春岁月，简化成了一个单纯而温馨的轮廓。

其实金素找林雪鸽容易，往总厂打一个电话就行，但她好像并没有找。而林雪鸽要找金素则属大海捞针，哪怕金素真的人在广州，想找到她，也只能寄希望于电影中常见的偶遇了。有一次，林雪鸽看到一个走路姿势酷似金素的姑娘，她快步追上前，很遗憾，并不是。

金素不喜欢看书，进书店的可能性微乎其微。不过，假如她走在街上，经过书店，看到"素雪"二字，应该不会无动于衷吧。

陈工在总厂的海里游泳。他深吸一口气，臀部一抬，扎下了海底。他贴着海底横游，直到憋得缺氧，才哗啦啦钻出水面，大口痛快喘气。

从北京回到大连，最大好处就是终于可以下海游泳了，这是在什刹海淡水里游泳所无法相比的。

乔工已经调回了北京。陈工在北京治病养病那会儿，工作关系仍在总厂，乔工的意思是让他也调到北京来，治病方便，以后身体康复，可以上班了，在部机关上班，比基层轻松一些。陈工舍不得总厂，没有同意。乔工回到了北京，她觉得离总厂越远越好，可以少听一些关于她跟陈工的流言蜚语。小地方的人少见多怪，总爱背后指指点点。

陈工治疗完三个疗程，回到了大连，一到家，他先到书房看了画，然后收拾了一下小院卫生，捡拾树枝树叶，堆成了个小堆，浇了浇地，地里还有几棵老葱顽强活着。他打开所有的窗子，通风透气，晚上在他一手打造的浴缸中，泡了一个热水澡。对一个从死亡边缘挣扎回来的人来说，家，家里的浴室、书房带给他的安宁，那种寻常又强烈的愉悦，是任何地方都无可代替的。长年孤寂的生活让他习惯了独处，甚至爱上了独处，但死亡除外，死亡是一种令他感到害怕的独处，他不想死，好时代刚刚到来，他想活下去，活得久一点。他需要所有的帮助，医院大夫的帮助，同志的友爱。

在北京住院治疗期间，陈工得到了乔工许多照顾和关怀，乔工不超过两天就要来医院一趟，捎点家里做的可口饭菜，见见面，聊聊天。两个人就像是瘸子需要拐杖、瞎子需要导盲犬那样自然，没有旁的选择，他俩都陷落泥潭，只有彼此搀扶，方能摆脱困境。

无论年龄，还是经历，两个曾经沧海的男女，都正好到了互相支持的紧要关头，这种性命互相交给对方的感情超越了闲言碎语，也超越了一般世俗意义上的男女关系。

陈工总结过自己的一生，家庭生活不完整，父亲下落不明，十有八九死了，并且没得好死，妈妈死得也惨，弟弟妹妹不知所终。一次次运动中，他都是挨整的对象，挨批，挨斗，下放，妻子的死亡，在劳动改造中苟活。"文革"结束了，知识分子平反昭雪，他重获新生，然后未婚妻遭受欺凌和不告而别，老同学孟工离世，他自己身患重疾，跟林雪鸽一波三折的单相思感情刚刚有所突破，却又不得不因病放手，纵使万般不舍，也不得不对她说，忘掉我吧！

他不断对自己说，忘掉她吧，忘掉她就是记住她，放手就是爱她。

绝望的虚无感让他陷入无力，他的脑海中数次闪过林雪鸽，有时候又似乎不是现实中的林雪鸽，而是吴信画的林雪鸽，是他怎么画都画不完全的林雪鸽。他在医院里发着低烧，难受得生不如死，迷迷糊糊中，林雪鸽从画中走下来，他闭上眼，想躲开她，可是她拉着他的手，抚摸着他的手背。如果不是昏昏欲睡，他会听清她说的话。她一直在喋喋不休，在诉说，在安慰。

醒来后，他看到坐在病床边的是老同学乔工。

28

陈工向来遵从理性，表现在对待自己的病情上，他听从医院的会诊意见，积极配合治疗，他去图书馆查找了所有能查到的关于肝硬化、肝癌的病理和治疗方案，西医、中医、民间偏方他一个不落，琢磨总结出一套心理、饮食等方面的调理方法，走一步，看一步。

他要求自己不再长时间思考死亡，因为从逻辑上讲，最正确的做法是让死亡待在死亡的位置，不让它提前侵占生存的地盘，只要活着，就好好地活。

乔工常来探望他，安慰他，鼓励他。

她把没有来得及往孟厂长身上倾注的关爱，转移到了陈工身上，因失去丈夫遭受的打击和自责，从帮助病弱的陈工身上获得了慰藉和救赎。陈工在乔工这里，得到了他最缺乏的、亲人般的温暖和关怀。他们甚至没有害羞，没有考虑一定会有的风言风语，在这一点上，两人都出奇地坦然真诚。

　　乔工陪陈工聊天，回忆起在清华读书的时候，他们四个，陈工一对儿，她跟孟工一对儿，在颐和园游玩时的一些情形。有一些细节他都忘记了，乔工却都记得，乔工一提，陈工也记了起来，那些沉睡在他记忆宝库中的场景，在病榻前一一复活。

　　病情和情绪双双稳定的陈工走出医院，来到了大街上。

　　他步伐时快时慢，行走的节奏跟他思考和感受的节奏合拍。王府井大街，往来行人，熙熙攘攘，把生而为人的幸福体现得淋漓尽致。他去百货柜台，买了一条泳裤、一副泳镜，装进挎包，包里面提前装好了一条毛巾。

　　什刹海岸边，夏季时人们游泳的位置，今天只有一个游泳的人，年纪六十上下，陈工到达这里，他已经游完了，换好衣服，准备离去。陈工把包放在地上。那人放慢了脚步，确认陈工是来游泳的，他站住了，看着陈工换上泳裤。陈工跟他点点头，翻过栏杆，直接下到水里。距离上一次来这里游泳，已经二十多年过去了。

　　从经历老同学孟工去世，到检查出自己身患大病，到住院、出院，再次住院、出院，反反复复，陈工想到古罗马被迫进入斗兽场的角斗士，接受最坏的结果，冷静下来，然后展开肉搏。

他把脸埋进冰凉的水中，感受到了一种无比清爽的解脱，或者说精神回归。他不但活着，而且还能游泳，能思考，冰凉的湖水使他皮肤紧绷，精神振奋。他决定了，回总厂上班。

回到大连后，他每天早早起床，吃过早餐（开水冲奶粉，饼干，煮鸡蛋），骑着自行车去海边游泳。随着冬季来临，天还没亮，他钻进比黑夜更黑的海水，仿佛在生死边缘地带穿越。有一回，明月当空，他潜入水下，睁着眼睛往上望，激动得想大哭。

楼厂长的四女儿结婚，请乔工当证婚人。乔工从北京来到大连。

陈工从不参加婚礼，嫌浪费时间，乔工硬拉着他来到婚礼现场。

婚礼在宿舍食堂二号小餐厅举办，为绕开摸黑通道，参加婚礼的人走的东侧门。

新娘楼影，二十二岁，新郎姓唐，二十七岁，在工商局工作，戴着眼镜，两人站在一块儿，十分般配。楼影烫了新发型，笑容满面，每回跟别人打过招呼，目光马上回到新郎身上。

楼影是一个敢爱敢恨的姑娘，天生乐观向前看，每一段恋爱都真诚投入，现任就是最好的。她的经历和婚恋观，在保守的总厂领先潮流，每当有人说她轻浮，就会有年轻女性为她辩护。她的女朋友来了一桌，都是些打扮时髦的年轻姑娘，她们以她为荣，佩服她敢为爱疯狂，不怕受伤，当火苗不可控制，又能果断掐灭，她做了她们想做做不了的事，她是她们内心向往的榜样。

陈工极其不适应这种热闹环境，他走进食堂，见有这么多人，想退回去，被乔工拦住，等到简短的婚礼仪式一结束，他喝了一小盅酒，就起身离开了。他去了厂子办公室，研究他早晨刚想到的一个新问题。

新娘新郎敬完了一圈酒，相邻的来宾开始互动走动打招呼。

林雪鸽和一个港商般模样的人从一间小房间（会计室）里出来，端着酒杯来到乔工的小房间（会议室）。乔工看到林雪鸽，眼睛一亮，万分亲切，她有好多话想要跟小林说。

"小林！"乔工说。

"乔科长！"林雪鸽跑到乔工身边。

乔工抓住林雪鸽的手不松开。

跟林雪鸽一同进来的那位港商，脸上流露着一切尽在掌握的笑容，他开口敬酒，乔工才认出来他是胡运升，他越来越像个南方老板了。同时，乔工感觉到小林也有了很大变化，说变化不是很准确，应该说进步，具体说不上进步在哪里，至少表面上看，小林由幼稚的执拗，转变成有了生活历练的沉稳。

胡运升说了通客气话，跟大家碰了杯，留下林雪鸽，去了一旁的房间（活动室）敬酒。

"陈工没来吗？"林雪鸽问乔工，她早已知道乔工嫁给陈工属于谣言。

"老陈屁股没坐热乎就走了，进厂子了，走就走吧，在这里他也心神不宁，还是回办公室踏实。"乔工说，"小林，一会儿我们去陈工家做客怎么样？我们好好聊聊天，跟老陈，跟你，我都有好多话要说呢！"

"好啊！"林雪鸽没有一丝迟疑就答应了。

时间冲淡了林雪鸽对陈工的愧疚感，她这个曾经临阵脱逃的爱情逃兵，很想立刻站在陈工面前。

乔工用食堂电话，打往厂里办公室。乔工问陈工，一会儿她跟林雪鸽去他的小院，欢迎不欢迎。

陈工说欢迎欢迎，他马上回去。

林雪鸽和乔工来到小院，看到敞开着的院门，林雪鸽的内心暖流涌动。

已先到家的陈工挽着袖子出来迎接。

乔工和林雪鸽一起望着陈工微笑。

陈工去厨房洗水果，乔工和林雪鸽在书房喝茶。

墙上挂着吴信的画。陈工画的那幅，虽在画架上，但已盖着布用麻绳包扎了起来。要不是乔工在，林雪鸽真的会解开来看看，看画成什么样子了。

乔工也不避讳，急切地说："小林，我问你，你一定跟我说实话，大家都说你跟胡运升谈恋爱，还有说你们快要结婚了，这是真的吗？"

林雪鸽说："不是真的，怎么会呢，我不会跟他恋爱，更不会跟他结婚。"

"果然是以讹传讹。"乔工摸了摸心口，"这下我放心了。听说你跟他谈对象，我心里那个不舒服啊。不知怎么，我对他印象非常不好。"

林雪鸽说："乔科长，你说，女人非得嫁一个男人吗？我从小就不想嫁人，不想成家，当然那时候太小，不能算数，进工厂参加工作了，我有工资了，有工作干，可以看书学习，我从内心里打算自己一个人过的。现在到了广州，更想通了，我打算独立过一辈子，不做别人的老婆。"

乔工说："小林，我能理解你说的话，但我还是不赞成你独身，你把爱情和婚姻排斥在人生之外，我不赞成。自爱跟恋爱本不矛盾。我一直鼓励老陈再婚，哪怕找一个保姆型的老伴儿也好呢，但陈工不同意，他不凑合，现在有病了，不愿意连累别人。"

林雪鸽说："没有你的照顾帮助，陈工可能不会恢复得这么好。"

"那不是应该做的吗，我们是同学、同志、朋友。"乔工说，"我问过老陈，他跟你到底怎么回事，他坦诚告诉我，他非常爱，真爱，但他得病了，不能拖累你。我能理解他的决绝，也理解你的处境。还记得吧，在电话里，我没阻拦你调去广州，老陈的意思是让我鼓励你去，但我没鼓励，也没反对。老陈的性格，宁可自己悄悄去死，也不愿意连累别人、麻烦别人。小林，也亏了你去广州，没有你的药，老陈不会恢复得这么好。"

"陈工不见我，不接我的电话，后来一点一点，我也接受了。"林雪鸽说，"当我认识到，买药帮助陈工身体康复是我所能做的最有意义的事，减轻了些心理压力。我是个自私自利、不懂爱情、不配享受爱情的人。"

"你成熟多了。"乔工说，"老陈少言寡语，默默承受，但我能看得出来，他跟我一样，绝对不希望你跟胡运升那种人在一起。小林，不跟胡运升，也不用独身一辈子，该结婚还得结，当然了，首先得有爱情。"

"也许我对爱情的理解有偏差吧。"林雪鸽说，"别人说我看书看傻了，拔高了对爱情的预期，导致我高不成、低不就。其实也没说对。我习惯了一个人看书，工作，学习。单身适合我。爱情需要牺牲和奉献，牺牲自我，奉献时间，我可能都做不到。"

乔工说："当爱情真正降临的时候，你说的那些问题都不是问题。"

林雪鸽欲言又止。

乔工说："怎么，谈上了？"

林雪鸽微笑了一下，没有正面回答，她说："反正我不想结婚，至少现在不想。我喜欢一个人待着。"

　　"唉。"乔工长叹一口气，"陈工不得病该有多好。"

　　陈工端着削好了皮的一盘苹果进来。他的表情像是到现在也不相信会在家里见到林雪鸽似的。

　　他盯着林雪鸽，又看看乔工。乔工微笑着，像是做了一件大好事，但又不想求表扬。

　　"吃苹果，你俩吃。小林，你吃。"陈工说。

　　他望望林雪鸽，再次望望乔工，然后去了厨房。

　　林雪鸽对乔工说："陈工气色不错，太好了，真心替他高兴！"

　　乔工说："有大夫的功劳，有我们的功劳，也有老陈自己的功劳。他动脑筋，自我调理，大夫都认为出了奇迹。"

　　陈工从厨房回来，端来一盘蒸花生。

　　"小林，你怎么样，你一切都好吗？"他说。

　　林雪鸽说："我很好，我非常喜欢广州。我学会了粤语。"

　　当年有一次跟金素来陈工家，陈工曾经讲过粤语，并用粤语数数，逗得金素和林雪鸽乐不可支。

　　林雪鸽说："我现在可以用粤语跟老板谈生意。"

　　陈工说："语言须有环境，我多年不说粤语，已经忘得差不多了。但如果把我放到广州，不用一个月就能全部捡回来。"

乔工提议，三个人立刻动手，和面擀皮剁馅儿，包了一顿大白菜猪肉饺子。

吃完了饺子，乔工和林雪鸽跟陈工告别，要回厂招待所。

"等一等。"

陈工去了书房，很快出来，捧着那幅捆扎妥当的油画。

"小林，请收下，我的礼物。"

林雪鸽抱在胸前。

晚上，胡运升给住在厂招待所的林雪鸽打来电话。

他嫌招待所档次低，住在大连宾馆。他来电话邀请林雪鸽去人民文化俱乐部跳舞。林雪鸽回拒了，说有些累，想早一点休息。实际她躺在床上，眼望天棚，一夜未眠，油画放在桌子上，她没有打开，或许是舍不得，或许是有些胆怯。她想了想陈工，想了想乔工，想了想妈妈。这次回来，她直接回家先探望了妈妈，一进门，妈妈看到她，没说话，却走上前迎了上来，林雪鸽不假思索地拥抱了妈妈。这一个拥抱胜过千言万语，那一刻，她理解了妈妈所有的难处和好处，内心充满了感恩和惭愧，多年来跟妈妈说不上来的别扭关系，这温暖的一抱，全部理顺了。

部领导和楼厂长为避免陈工劳累，给他挂了个副厂长，总工程师工作移交给了钱工。陈工适量做一点环保工作，没有具体的指标压力。他提出的环保方案，也有几项已逐步实施。

陈工每天都到海里游泳，风雨无阻。年轻的时候，他曾经游过两年冬泳，今年他把冬泳捡起来，他想通过极端的锻炼方式，逆转疾病。也许是病急乱投医，一向信奉科学的他，开始研究起了气功、玄学，只要对病情有利，哪怕仅是一种心理暗示，他也愿意信以为真。有一次在医院，陈工听一位老大夫讲他曾经遇到过一个肝硬化不治而愈的病例，他竟然不加任何分析便信以为真，并且坚信自己是第二例，如果不是，再理性接受不迟。在病情这件事情上，他找到了理性和非理性间的平衡点。

天气好的时候，陈工一天游两次，除了早晨，中午也游泳。

一天中午，陈工游完泳从海里上来，低头换衣服的时候，捡到了一卷纸，纸的正反面都密密麻麻写着字，打开来看，是一首诗，有好几处涂改。陈工快速读了一遍，很受感动，因为诗里写的人和事为他所熟悉。

陈工把冬泳的人从脑海中过了一遍，一一排除了，冬泳的人当中没有年轻人，能看书的文化人少，更别说写诗了。他推测诗人可能偶尔来到海边，走的时候遗落在石子堆上。

他回想起来，是林雪鸽说的还是吴信说的记不准了，化验室有个性格怪僻的人写诗，一个少见的姓，可以查一查，查得到。

陈工回到办公室，给化验室打去电话，找姓谈的师傅接电话。

陈工说："谈师傅，我是大楼的陈呈章。"

"不认识。"

"是这样，我在海边捡到一张纸，上面有一首诗。"

对方好像极其不愿意有人跟他提到诗，立刻打断。

"别跟我提那个字，你不一定有资格。我们不熟，没别的事我挂了。"说完真把电话挂了。

陈工咧嘴笑了，他已经好久没笑了，这位谈师傅某个方面跟少年的自己颇有几分相像，如此说来，他等于是被少年时的自己给逗笑了。这样一想，他放声大笑了起来。

他把诗稿铺在书桌上，对潦草的字迹逐一辨认，然后用毛笔正楷，誊写到了一张绘图纸上（修改了十几个错别字）。他把它挂到了书房墙上，那里有"我愿从今以后，寡言力行"，还有吴信画的林雪鸽。

　　一　生

张彪子高举着左臂

泡在浴池里

他快有七十岁

他虐待他的老婆

几度致她奄奄一息

工厂浴池里的水火热滚烫

只剩下张彪子这身老肉

坐在浴池中

高举左臂

不发一言

他曾经剥光他老婆的衣裤

把她按到火炉子上

她彻底疯了

她是个大学生

出身资本家

分配总厂没有多久

受了惊吓

送进精神病医院

关了许多年

并从此

不能生育

出院后

好心人介绍

工会安排

嫁了厂里一位老光棍

张彪子

张彪子从此

支配着两份工资

他骑着变速自行车

下饭馆

吃饱喝足了

桌子上的残羹剩饭

饭盒一划拉

带回去喂疯婆子

……

29

又一年。

广州初春，一个星期天上午，恩宁路一栋骑楼的一层，"素雪书店"分店开业。

胡运升从皇冠车里捧着一个花篮出来。

老板林雪鸽站在书店门口迎接顾客。

"不通知我，我也要来。有点晚了是吧？睡过头了。"胡运升打了个哈欠，眼珠滴溜乱转，在已经摆在了地上的花篮中寻找着什么，突然他咧了咧嘴，"周老板像样！人在新加坡，礼数到了。"

胡运升把花篮挤着放到了最显眼的位置上。

林雪鸽说："胡总那么忙，不敢惊动！"

胡运升说："林老板，我就不进去了，今天约好了去茶楼打牌，因为怕输，不便看书。"

林雪鸽说："什么时候也没见你看书呀。"

胡运升掏出一个红包，别在他送的花篮上。

"只要你能开心，尽管拿我开涮。"他说，"祝贺你，小林，终于心想事成，做了你最喜欢的事。改天我来喝茶。"

林雪鸽说："多多买书！"

"小事一桩，有合适的你推荐，我发给我的员工，人手一本。"胡运升摆了摆手，"那边等我哪，拜拜。"

临走他往橱窗瞄了一眼，一幅林雪鸽的肖像画摆在最显眼的位置上。

"画得还挺像的。"他在心里嘀咕道。

他走了两步，回过头，又看了看画像。

因为正在下个小台阶，他差一点摔倒。眼花了还是怎么，画中的林雪鸽变成了金素，正鄙夷地盯着他。这眼神跟疗养院海边陈工的眼神相似，凛然不可犯，让胡运升心虚胆寒。

林雪鸽和胡运升先后离开了总厂办事处。林雪鸽辞职在前，胡运升被开除在后。部里派调查组来广州，调查核实胡运升的违法违纪行径，加上他在总厂时犯下的男女关系作风问题（胡运升原配提供了大量材料），很快便下达了严肃处理意见，开除了胡运升的党籍和厂籍。胡运升倒是没怎么在乎，留在广州堂而皇之地干起了自己的公司。在大连他隐忍收敛，较为辛苦，来广州本性得到了极大释放，但多少仍然要受到单位的约束，好多事情得藏着掖着干，这下好了，彻底放开，可以大张旗鼓地赚钱享乐了。

林雪鸽空闲时间，除了在家看书就是去素雪书店帮忙，书店的书和杂志比总厂图书馆里的书可好看多了，许多印刷精美的明星画刊、时装杂志，大连是看不到的。

有了一定积蓄，林雪鸽着手开分店。她一面租房装修，一面觉得上班心不在焉，对不起单位，不如辞职。那时她刚刚跟男朋友周老板分手，需要来一点更大的变化化解心情。胡运升极力挽留，没有留住。

胡运升请她到他参股的公司，她当然不会考虑。不只胡运升，听到她辞职了，好几家公司看重她的工作能力，向她发出邀请，她均婉拒。赚钱方面林雪鸽不贪婪。她跟男朋友周老板分手，一个重要原因就是金钱观不合。周老板是扬州人，最早跟着海外的亲戚学做石油化工生意，后来尝试着自己做，他比林雪鸽小一岁，相貌堂堂，谈吐文雅，他是通过胡运升认识林雪鸽的，周老板被林雪鸽的气质品行吸引，喜欢上了她。当时胡运升正好有笔买卖有求于周老板，就主动帮忙穿线。对林雪鸽，胡运升是这样考虑的，既然得不到，那么不如反手把她当作筹码打出去，只要能给他带来好处。

"不跟那个书呆子，你跟谁我都能接受。"胡运升撒娇状说。

"请好好说话。"林雪鸽毫不客气。

林雪鸽设想将来在大连天津街开一个分店，把她精选的文学艺术时装图书奉献给家乡。那时陈工一定会来书店。

这几年，她积攒了好多心里话，无人诉说，她的读书心得、人生感悟，缺少一个知己来交流。她时常想象跟陈工在素雪书店相遇。

30

早晨，天还没亮，陈工来到厂里海边。

乌云顿足咆哮。大海挥臂汹涌。

他换上泳裤，走下了沙滩。

他扑进海水，奋力前游，似乎要凭借一己之力，把扭成一团的海水和乌云分开。

浮出水面，脑子就会思考点什么，想要清空所思所想，只有再次潜入水下。

潜泳累了，他改蛙泳和自由泳。仰泳时他往岸上观看，厂里灯光点点，分不清楚具体是哪个车间。他躺在水面上，随着浪涌起伏，岸上的总厂，如梦似幻。

刚出院的时候，他不敢想自己还能不能活到明年，他的工作计划都在一年之内，后来延长到两年，现在他感觉身体状况还不错，可以往后面想一想了。他不想调到北京，也不想去湖南投靠女儿，他甚至都没有把自己得病的消息告诉她，他在书房抽屉，给女儿留了一封遗书。只要能动弹，他哪儿都不去，看着总厂的烟囱他心里踏实，偶尔他会想一下广州，他住过的房子，读书的学校，还有金素，听说她去了广州。当然，他最想念的是林雪鸽。

从海里上来，他穿着泳裤去澡堂。澡堂门前，已经有五六位退休的老师傅在等待开门。老师傅们跟他打招呼，陈工礼貌地回应。

陈工虽不能叫上他们的姓名，但熟悉他们每一个人的面孔，他在自己年轻的时候就见过中年的他们。

他在最热的池子里闭着眼睛享受。

人可以片段地思考、回忆，却不能把一生同时拿在眼前端详打量。绘画能，一幅画就是一生，能够让你瞬间看到所有一切，能够轻松从记忆中打捞出你最想要的，当时的感受、心灵颤动的一瞬、顾虑、感叹、痛苦、绝望、呐喊、美、幸福与微笑等等，在你眼前同时呈现。他想起吴信画的自己。

"给沸腾的生活添最后一把柴吧，老陈，不当冰凉的石头，当柴草！"

泡完了澡，陈工回到办公室，开始工作。

到中午他一般会午睡，如果天气特别好，风向好，海水干净，他会再去海里游一次。

这天中午，陈工从办公室窗口看到海水干净如镜。他又去了海边。

"陈总，今天天气真好哇！"王广义说。

"跟上我，往远一点游。"陈工说。

陈工潜泳，王广义跟着潜泳。一群小鱼儿因为受了他俩的惊扰，忽东忽西，变化着队形，像农场扬场，扬起来的一锹谷子，在他俩眼前飘落。陈工的心情因此大好起来，格外亢奋。这段时间，他的听力时好时坏，于是他一次次下潜，往深里扎，试图让水的压力给耳朵治疗一下。

上岸后，陈工用桶里的水冲了一下身体，穿上衣服。

"再见，陈工，今天游得真带劲！"王广义骑上自行车。

"明天如果风向好，我们再游。"陈工说。

"好的，一定。"王广义骑走了。

陈工最后一个离开海滩，他慢慢往上走，临近那列车厢。

"陈总！"

他停住，四下里看看，并没有人。

"陈总，是我，现在你单身，我也单身了，理论上讲，我们可以恋爱！"这个女声调皮地笑起来了，"'没有爱情的生活，只能算生存。'"她停顿了一下，"命运之神已悄悄来到了我们身边，要仔细倾听哟！"

他在仔细倾听，但他很疑惑，疑惑自己的耳朵。

他登上了车厢。

"爱情有自私的权利，可是，小林，我例外……"

他脚下一软，天旋地转。

十一月的广州，素雪书店分店。

林雪鸽在书架间徜徉。

书架每一本书都经过她精挑细选。每当顾客发现了某一本书，眼中放射出光芒，那也正是林雪鸽觉得"值了"的时刻。

林雪鸽从书架抽出一本时装画册，准备带到办公室看。

书店一角隔出一间小小的办公室，她在那里办公，看书，写作。

有一本老照片集引起林雪鸽注意，她一并抽了出来。

书的封皮是一栋骑楼，乍一看，跟大连西岗街边那几栋老楼相仿。在大连的时候，每次乘坐 1 路公交经过，她都会被吸引，总要透过车窗多看它们几眼。

"小林，再见！"一个声音说。

她摸了摸额头，感觉冒出了冷汗，可是并没有。

"再见了，小林！"这个声音有一点大连味，有一点南方腔，有一点普通话，南腔北调的混合。

它语调平和，像普通的一声道别，稍一辨认，却又像呼救。

林雪鸽打了一个寒战。

最可怕的一幕在她头脑中出现，陈工向她发出了生死呼喊。这个时间，正是陈工在总厂海边游泳的时间，她看了一下手表，下午一点钟，应该是他从海里游完了，往岸上走。她眼前出现了一个完整的画面，陈工登上海边列车，刚走进车厢，轰然倒地。

"不许啊，不许这样！"

她扔下书和画报，奔出了书店。

"不，不许，不许死亡，无论生活还是小说，我们不需要死亡，我们需要希望。"

2023.01.24 始

2024.01.25 初稿毕

2024.03.11 改

2024.03.20 改

2024.05.27 改

2024.06.08 改

2024.10.22 改

后　记

二〇二三年元旦祭拜先人，下山的时候，遇到一位书法家的墓，若不是见到墓碑，我早已把这个名字忘掉了。

由此我想到单位的一位老工程师。那段时间不知怎么，我常常想起他。他去世有十几年了，准确年份我已忘记，但是有一回，他劝解某人时说"己所不欲，勿施于人"的情形，我记忆犹新。他一贯的和颜悦色，他的守时重诺，他的"寡言力行"……时间越久，越令人怀念。

记得送别他那天，告别仪式结束，我们一干同事不忍马上离去，在大厅外自动自觉站成了一圈，陪候着他化成骨灰。

我们这圈人年龄相仿，除了难过，还被一种不舒服的感觉笼罩：随着上一代人的消失，我们正在被往最前边推。

一只白色蝴蝶凭空出现，在我的头顶上翩跹飞舞。

大家把目光投向蝴蝶。

有位同事轻声对我说："就是他！他来跟你道别来了。"

大家一笑，沉重的气氛稍有放松。

有一个说法，一个普通人离世五十年，便会在人间被逐渐抹掉，最终痕迹全无。元旦扫墓归来，我沉静了几天，决定写一部"鲜活生活"同"叙述魔镜"时时映照,"真相的秘密"在"语言空隙"里闪展腾挪、怅然若失、脱胎换骨(此属个人即兴狂欢,勿按字面理解)的长篇。我准备从女主人公的外祖母写起,一直写到当代,让那些远逝了,心却万般不舍的悠悠岁月,在我的小说世界中复活。

可是,没出一周,我改了主意,不想写成"波澜壮阔"了。我觉得以我目前的定力,能将三四年间发生的故事写踏实了,写精彩了,也就不错。

我想象它已经完结成书,穿越回上个世纪九十年代,落到了他的手上。

他看了会心并感动,那是一定的,完全没有想到作者竟然是小谈,也是一定的。

九十年代初他五十七八岁,比现在的老谈年轻。小谈那时三十不到,是单位赶场子级胡同串子,每回跟他聊天,往往很仓促,不过,只要跟他聊,哪怕一句两句,都十分惬意快然。

有一年单位组织去旅顺疗养,和他同室的"疗友"受不了他打鼾,央求跟我交换,我欣然同意。白天,我们一大早出发,游览炮台和堡垒(他带着两台相机和一挂二战德国造的铜质军用望远镜,还有一本附有俄军堡垒构造图的有关日俄战争的书。望远镜较沉,我跟另一位同事轮换着背)。晚上则听他讲天文地理,解惑答疑。我常常是问着问着睡着了。那会儿我睡眠超级好,属于一闭眼就昏迷过去的那种,偶尔被他的打鼾声震醒，翻个身继续睡，不影响休息。

也就是在那一周，我知道了"鼾声如雷"可以当一个普通的描述词用，不一定是夸张。

他瘦小的身躯哪来那么巨大的音量？这是困扰我至今的一个未解之谜。

"小谈，我提个建议，加上'如有雷同，纯属虚构'，好不好？"他谨小慎微惯了，十有八九会这样叮咛。

"好的，陈工，'请勿对号入座'，包括您。"我想我应该如此回答。

写之前我先确定好了书名，"陈工程师"。

陈工程师一生命运多舛，有苦往肚子里咽，却不失韧劲儿，无论生活为他提供的舞台逼仄还是宽敞，都没能改变他对生命的热爱、对美的向往，以及对专业的执着，在守住道德良心的前提下，尽最大可能地跳好这支"人生独舞"。这是我给男主人公定下的基调。实际写起来，会有微小变化。

故事中途，陈工、两位年轻女主角，还有副线人物，都先后到达了必须做出抉择的命运节点，我也相应把书名改成了"命运在呼啸"。

快写到收尾的时候，赶上我要出一趟远门。我就把未完成稿交代给了姚祝耶，万一发生什么意外，请他接着写完。当时就觉得真的扔掉了，实在可惜。

一年后初稿完成，十八万字出头。原本打算修改两遍，扩展到二十万，结果修改了三遍，删减了三万。字数方面不想再减了，修改还得继续。

其中变动最大的是小林这个角色，这得益于黄盼盼的精准点拨和吴越的果断裁剪。修改后的小林，由一个辅助型配角，发展成为这条小说之船弧度最大的一根龙骨。这是修改前我根本不可能想到的。

小说定名"海边列车"，也是吴越的主意。

期刊发表对我是个难过的坎儿，凡我直接投稿的小说，一篇也没有通过过，搞得我灰心丧气，基本上把这事放弃了。这次在写的过程中，我投稿的心思又活泛了起来……不过，仍然不顺……不放大招是不行了，我整理了一下手上的牌（微信通讯录），抽出"大王"，投了过去。

第十二天，"大王"回信："……始终被叙事牵着，一口气读完，仍能感觉到后劲……这个小说我们想留用……看怎么进一步打磨完善。"

就这样，有了"大王"徐晨亮的加持相助，《海边列车》驶入《当代》。

感谢所有鼓励过我的朋友和老师，你们的一篇文章、一段评语、一句话、一个竖起的大拇指、一个表情包，都是作者跟"今天的自己"较劲的勇气来源，是把此篇指向"既好看又严肃"的方向标。没能到达是作者能力的问题。

2024.10.02